世界英雄
史诗译丛

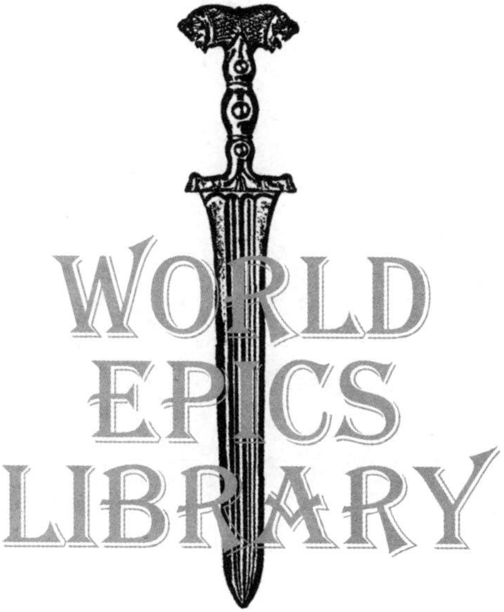

萨逊的大卫

[亚美尼亚] 佚名 著　严永兴 译

译林出版社

萨逊的大卫纪念碑为苏联著名雕塑家与画家叶尔万德·科恰尔（1899—1979）于1959年创作，艺术地再现了亚美尼亚古代民族史诗《萨逊的大卫》中的主人公大卫的英雄气概。该纪念碑至今耸立在亚美尼亚首都埃里温车站广场前，成为埃里温的象征。

目　　录

第三篇

大卫

第四篇

小姆格尔

译　　序

严永兴

一

亚美尼亚是个小国，人口不足四百万，国土面积不够三万平方公里，千余年来，一直遭受列强的瓜分、侵略、吞并和蹂躏。但是，英勇无畏、坚强不屈的亚美尼亚人民生命不息，斗争不止，他们一代又一代，在地势险峻、高山连绵起伏的土地上抵御外敌，顽强生存，将自己铸就成一个英雄的民族。

一千年前，在这个英雄民族的国度里，诞生了一部英雄的史诗《萨逊的大卫》，作品神奇雄浑，一直由亚美尼亚民间说唱艺人代代传诵，是亚美尼亚人民的骄傲和国之瑰宝。1873 年首次由加列金·斯尔万德兹佳恩(1840—1892 年)于君士坦丁堡以亚美尼亚文整理结集出版。他是位亚美尼亚学者、民族学家、民间创作收集家、宗教活动家，著作甚丰，但他穷毕生精力搜集整理的这部伟大史诗，是他对人类最大的贡献。此后，亚美尼亚学者收集了有价值的不同版本，计七十种之多。

在加列金之前，亚美尼亚的另一位著名学者、语文学家尼基塔·埃明(1815—1890 年)，曾于 1850 年发表一部专著《古亚美尼亚史诗歌谣》,在此书中他亦曾提及这部史诗,并给予极高评价,而且他发现,早在5世纪时,亚美尼亚的一位历史学家莫夫谢斯·霍列纳齐在他的《亚美尼亚史》中,就曾关注亚美尼亚的神话和民间传说,并提及古代亚美尼亚神话中龙、巨鱼、精灵、雷神、基督教大天使的形象。而这些在以后诞生的《萨逊的大卫》中,均有所描绘。

据此,亚美尼亚和苏联学者一致认为,《萨逊的大卫》诞生的年代当在5世纪之后。而据亚美尼亚著名文艺理论家、亚美尼亚科学院院士阿别吉扬(1864—1944年)在其专著《亚美尼亚人民史诗》(1908年)和《亚美尼亚古代文学史》(1—2卷,1944—1946年)中考证,《萨逊的大卫》诞生的时间,应在公元8世纪至10世纪,因为他认为史诗的历史核心是亚美尼亚人民反抗外敌阿拉伯哈里发的入侵。

二

确实,亚美尼亚历史上经受过太多的外敌入侵,经过外敌无数次的吞并和瓜分,她的版图几乎面目全非。

如今的亚美尼亚是个内陆国家,她的东西南北分别为信奉伊斯兰教的阿塞拜疆、伊朗、土耳其和信奉东正教的格鲁吉亚。她面积不大,人口不多,百分之九十三的人口为亚美尼亚族,居民多信奉基督教。

亚美尼亚境内地势高峻,平均海拔一千八百米,北部和东部是起伏连绵的小高加索山脉,西北部则有海拔四千零九十米的全境最高峰阿拉加茨山。河流多短小湍急,以阿拉斯河为主要河流,塞瓦湖为主要湖泊,但塞瓦湖并非《萨逊的大卫》里经常提及的那个凡湖,史诗中的孪生兄弟萨纳萨尔和巴格达萨尔便是在凡湖附近建造起萨逊城的。如今该湖在土耳其境内,面积要比塞瓦湖大得多，约为三千七百六十平方公里。

史诗中，有一段给城市起名的有趣故事。说是兄弟俩用巨石在峭壁上建起了一座要塞后，冥思苦想，该给要塞起个什么名字。后来萨纳萨尔骑上马，找了好久，终于在山冈上找到位白胡子老头在耕田，便将他请回家。天一亮，做过祷告，老人吃得饱饱的，起身来到要塞，将四面八方瞧了个遍。

老人说：

“嘿，这让我该起什么名呢？
愿上帝赐福于你们！
是谁给予你们力量，
使你们能攀上这么高的峭壁？
哎哟，这些巨石何等凶暴，
它们可怕而又凶狠！
你们怎么能把它们举起，
怎么能把石柱在圆柱上安放？
不，你们建造的不是家园，
你们在建造恐惧和狂暴！
嘿，这是狂暴的巨石，
嘿，这是狂怒，而不是家园！”

萨纳萨尔立即让他打住，因为名字已经找到，它就叫狂暴的巨石，萨逊在亚美尼亚文里意即“狂暴的巨石”。萨逊后来就成了亚美尼亚的首都。

如今的首都埃里温也是座石头之城，城里的房屋多用亚美尼亚盛产的彩色花岗岩建造，桑加河上胜利桥两端的宽广大街，幢幢彩石大厦十分壮观，而市中心列宁广场四周壮丽的巨石建筑群，包括歌剧院、历史博物馆、大饭店、运动场和用浅红淡紫巨大花岗石砌成的亚美尼亚政府大厦更显华贵典雅。早在公元前 782 年，乌拉尔图国王阿尔吉什提一世便在埃里温附近用巨石建成埃列布尼要塞。可见，高山、巨石和史诗中的巨人英雄，是亚美尼亚人生命之不屈的象征。甚至连亚美尼亚国徽中的图案，也是一座白雪皑皑的千仞冰峰——阿拉拉特山，此山与阿拉加茨山南北对峙，是亚美尼亚民族的象征。

但是，我们从《萨逊的大卫》中也可得知，史诗中的第一代勇士萨纳萨尔和巴格达萨尔孪生兄弟诞生于海边。当时，亚美尼亚国王加基克，膝下有女措维娜-哈图，长得楚楚动人、国色天香。阿拉伯巴格达的哈里发要娶她为妻，加基克不准，哈里发便发兵攻打。国王势单力薄，只得订城下之盟，将女儿献出。临行前措维娜来到大海边，口干舌燥，想饮水，便向上帝祈求道：

“主啊，请在此开眼清泉吧，
给我指条免受地狱之苦的路！”
于是上帝下令——拍岸浪将
岩礁劈开一道深深的罅隙，
显露出甜丝丝的清泉一泓。

她脱去衣裳，来到泉水跟前，
将手掌浸入神力无边的清泉中。
她喝了一掌窝水又饮了半掌窝，
冒泡沫的那眼泉水随即消失。
于是，她因两掌窝水而受孕。

十年后，兄弟俩长成巨人，哈里发几次三番欲将母子三人杀死祭神，但两个儿子最终还是跃上马踏上漫漫旅途。他们来到一处陌生的土地上。一道狭长的溪流，从崇山峻岭上奔泻而下，他们翻

山越岭,找到水之源,决心依山傍水建造一座自己的城堡:

谁在它的源头喝上一口,
那他就会变得力大无穷,
无人能打得他仰面倒下。
谁能在这溪水旁建起自己的家园,
他就将强大无比,无人能敌,
他的儿子也将身强力壮。

在许多民族的神话中,水这个自然元素标志着生命的诞生。如果说,在英雄史诗《萨逊的大卫》中,高山、巨石乃是亚美尼亚人民不屈生命的象征,那么对水的渴望,则表示他们对生活的渴望,对生命的渴望和对自由的渴望。从远古至今,由父母子孙结成的一条长链,生长、繁衍、起义、死亡、再生,生生不息。为了生存而放弃生存,用自己的生命去守护山的尊严和水的纯洁,这是亚美尼亚人民曾经走过的一条艰难曲折的路,也是亚美尼亚人民的英雄史诗《萨逊的大卫》所要表现的一个最重要的主题。

三

在埃列布尼(即今日之埃里温)修建巨石城堡的阿尔吉什提一世,是奴隶制乌拉尔图王国的国王,在他治理下,乌拉尔图变成近东强国,其势力范围已达塞瓦湖附近。该王国大致存在于公元前9—前6世纪。

公元前6—前3世纪,古亚美尼亚王国受阿契美尼德王朝和塞琉古王朝统治。

直至公元前1世纪，亚美尼亚国王梯格兰二世(公元前95—前56年)在位时，亚美尼亚才达到了全盛时期，他先后同罗马、伊朗、拜占庭作战，并获胜。高加索阿勒巴尼国王和伊比利亚国王都承认是他的属国。他还与本都国王联姻，归并塞琉古王朝的叙利亚领地。公元1世纪，亚美尼亚又成为罗马和帕提亚(安息)国的争夺对象。

公元3—4世纪，亚美尼亚被伊朗和拜占庭瓜分。必须一提的是大亚美尼亚王国的国君梯利达特三世(287—330年在位)。此君王在反抗伊朗的斗争中，依靠盟国罗马帝国的支持，于297年大败伊朗军队。为了巩固君主教权，梯利达特于301年与本国贵族共同接受基督教为国教，此宗教信仰一直延续至今。

《萨逊的大卫》的第三篇《大卫》中有一章为“大卫和姆格尔”，描述了小姆格尔寻父的故事。小姆格尔途中遇见一黑胡子骑士，两人发生争执，交起手来，高山和巨石在他们脚下碎裂成粉尘弥漫。大槌飞舞，引得旋风乍起，吹走大卫的头巾，直吹到姆格尔的母亲罕黛特的家门口。罕黛特见到头巾，纵马疾驰，只见父子俩，两个巨人正在厮杀，各不相让。罕黛特-哈图呼喊道：

“无比美好、宽大的上帝，
你慈爱、伟大，请你下令，
让天使长加百列下凡来，
将儿子同父亲分开。”
于是上帝下旨让加百列下凡，
他用手一触，分开了父子俩，
好像有谁突然驱散了
两只好斗的公鸡。

这段有关基督教的神话故事，虽然简短，却曾引起过许多研究者的浓厚兴趣,在信奉伊斯兰教的阿拉伯哈里发的残酷统治下,亚美尼亚人民为了求得自身的生存,竟然坚持信奉基督教,而且他的国君梯利达特三世还为此献出了生命。

尤其是在公元7—15世纪长达八百余年的历史进程中,亚美尼亚受到了阿拉伯哈里发、拜占庭、塞尔柱梅利克,以及蒙古、鞑靼,包括帖木儿大帝的入侵。《萨逊的大卫》就诞生于这段时期,它所描绘的大致亦正是这段历史时期所发生的事件。

据史料记载,公元640年,阿拉伯人入侵亚美尼亚,并占领其首都萨逊城。整个国家成为阿拉伯哈里发和拜占庭搏杀的竞技场。从8世纪开始,亚美尼亚彻底被哈里发占领,直至9世纪中叶始终处于倭马亚王朝和阿拔斯王朝的统治之下,土地荒芜,财物被抢掠一空。亚美尼亚人民从八世纪初,便不断进行大规模起义。据亚美尼亚学者捷尔-格翁江《亚美尼亚和阿拉伯阿里发》(1977年)一书记载,规模最大的有三次,即703年、747—750年和774—775年。起义遭到血腥镇压,但亚美尼亚人民争取自由的斗争,从未止息过。到9世纪中叶的850—852年,他们再度拿起武器,这次起义,萨逊的山民起了重大作用。正是他们摧毁了尤素福哈里发的统治,并消灭了他的军事讨伐部队。高山和险峻的地理条件,成了敌人不可逾越的障碍,也造就了萨逊居民的民族性格和民族精神,成了他们克敌制胜的重要武器和永不言败、永不屈服的精神支柱。

亚美尼亚近代诗人希拉兹(1914—1984年)在他的诗篇《亚美尼亚之歌》(1940年)中,曾用高山作比喻歌颂过亚美尼亚人民的这种世代相传的精神:

我们爱好和平,如我们的高山,
你们恶狠狠奔袭而来,如旋风。
我们奋起反击,如我们的高山,

你们惊恐地号叫起来，如旋风。
但是我们永恒，如我们的高山，
你们惶惶然腐烂成泥，如旋风。

英雄史诗《萨逊的大卫》中的第三篇《大卫》有描述巨人大卫驱逐税吏的故事，税吏们来到萨逊，掠夺金银财宝，掳抢妇女、牲口，无恶不作，大卫发神威，将他们打得落花流水。狼狈逃窜的酷吏科兹巴金回到自己的国度，对人所说的头一句话便是：

"我原以为萨逊一马平川，
却原来它悬崖峭壁叠嶂。
那里吃奶婴儿都似巨人，
那里野草尖得能扎死人，
那里剑戟锋利快如闪电，
……"

因此，苏联的历史学家们普遍认为，749—752年"萨逊山地居民"的这场起义，很可能就是有关萨逊勇士英雄事迹的史诗的创作初因和基础。它的创作和诞生年代，当在8—9世纪。

但是，也有人提出不同看法，认为史诗的创作年代，应该更早或更晚。理由是小姆格尔的形象诞生于古代亚美尼亚神话，而第三篇中出现的罗马教皇则涉及12世纪发生的十字军东侵。至于大卫的死对头姆斯拉-梅利克的形象，更与埃及12世纪末的阿尤布王朝有关。哈里发和梅利克，虽在阿拉伯文里同为"皇帝"之意，但使用年代各不相同。《萨逊的大卫》共分四大部分(篇)。与8—9世纪有关的是第二篇《大姆格尔》和第三篇《大卫》，而第一篇《萨纳萨尔和巴格达萨尔》和第四篇《小姆格尔》之间，则要相隔遥远的两三个千年之久。

四

有意思的是，在19世纪，亚美尼亚和俄罗斯的许多学者，出于对这部伟大史诗的喜爱和浓厚兴趣，还对史诗中的人物原型进行了各种考证。如亚美尼亚哈拉季扬茨的《亚美尼亚的英雄史诗》(1903年)、卡纳扬的《亚美尼亚的马米科尼扬家族》(1906年)等。他们认为，萨逊的大卫便是萨逊的王公巴格拉特的儿子大卫·巴格拉图尼。大卫的伯父奥瓦-戈尔兰是萨逊人民起义的领导人之一。大卫的舅父托罗斯是特奥多罗斯·勒什图尼大公，等等。

亚美尼亚历史上确有一个古老的巴格拉特王公家族。1—5世纪这个家族在亚美尼亚阿尔萨克王朝曾担任世袭职务典礼官和加冕官。8—9世纪巴格拉特家族逐渐占有亚美尼亚的大部分地区，并领导同阿拉伯人的斗争。

亚美尼亚也确曾有过一支大的封建氏族——马米科尼扬家族，这个家族从4世纪起世袭马队统领职位——亚美尼亚最高军事长官。瓦尔丹-马米科尼扬432年任亚美尼亚马队统领，450—451年曾领导反波斯起义，多次击败波斯军队，被推举为起义军政府首脑。穆舍格·马米科尼扬在莫里斯皇帝在位期间(582—602年)作为亚美尼亚杰出的军事长官，却镇压过反波斯皇帝的起义。774—775年反阿拉伯人统治的起义失败后，这个家族在亚美尼亚的政治生活中不再起明显作用。

特奥多罗斯·勒什图尼大公曾为亚美尼亚统帅和政治活动家，阿拉伯人曾委派他任亚美尼亚、格鲁吉亚和高加索阿尔巴尼亚的最高统治者，658年卒于大马士革。

也就是说，这些学者指出的史诗主人公的原型，历史上确有其人。但这样的考证却并不可取,它遇到了阿别吉扬、图曼尼扬(1869—1923年,亚美尼亚诗人)和奥尔别利(1887—1961年,苏联东方学家、科学院院士)等人的反对。他们认为这样的考证会将对英雄史诗的研究引入歧途,并产生错误的结论。

此说倒也并非危言耸听。在随后的研究中,就出现了将萨逊的大卫同基督教的大卫相类比的情况。本来风马牛不相及的两个大卫,被找到了近似点,理由是,他们都曾是牧童,都同祖国的敌人厮杀,并建立功勋。基督教的大卫战胜了歌利亚,萨逊的大卫战胜了姆斯拉-梅利克。

接着便是亚美尼亚学者斯尔万德兹佳恩将孪生兄弟萨纳萨尔和巴格达萨尔同亚述王辛那赫里布(公元前704—前681年)相类比,然后还引发出他们的父亲是谁的争论。这样,就将一个因喝神水而受孕的美丽神话,考证得索然无味,完全失却了史诗的艺术魅力。

不过,由于历史的久远和史诗形成过程的漫长,以及亚美尼亚民间歌手传诵时所产生的大量不同的版本,对史诗进行梳理、考证和研究,是完全必要的。问题是方法和路子是否对头。

五

在史诗《萨逊的大卫》中,亚美尼亚国王加基克的独生女措维娜虽被巴格达的哈里发强娶为妻,却一直独居深宫,未与哈里发成亲,直至将因喝神水而受孕的双胞胎兄弟生下,并抚养大。孪生兄弟虽均为巨人,但因为母亲喝的神水多寡不同,老大萨纳萨尔比老二巴格达萨尔更为威武伟岸,并在萨逊家族中占主导地位。关于这一点,11世纪亚美尼亚的历史学家阿里斯塔克斯·拉斯季韦尔特齐在他的著作《亚美尼亚史》中就已有叙述。他在描写萨逊的军队时指出,他们通常均按其祖先姓萨纳萨尔。而且有意思的是,在史诗的大部分版本中,巴格达萨尔都无子嗣,而萨纳萨尔的儿子大姆格尔、孙子大卫和重孙子小姆格尔,成为萨逊勇士、巨人族的继承人。

更令众多学者惊奇的是,5世纪的亚美尼亚历史学家霍列纳齐在他的著作《亚美尼亚史》中,竟然提到一个叫阿尔茨鲁尼的家族,并解释说,阿尔茨便是鹰的意思,而鲁尼就表示拥有。说他们总在国王前面提着鹰开道。还引用了一则有关这个家族的传说,说是一个青年在露天地里打盹,雨淋日晒,一只鹰张开翅膀为他遮蔽。埃明指出,霍列纳齐说的是一则史诗般的传说。而阿别吉扬更进一步强调,这是一则有关阿尔茨鲁尼家族的祖先萨纳萨尔的传说。

根据何在?阿别吉扬举了《萨逊的大卫》第一篇《萨纳萨尔和巴格达萨尔》中"孪生兄弟在绿城"的故事。说兄弟俩来到绿城,向老婆婆讨水喝,老婆婆说:

"可在我们城里没有水。
它曾经有过水和绿色,
因此叫绿色的城市,
如今山上有眼泉水,
但只要巨鱼一接近
它的源头,
就将泉水堵住,
不让水流向城市。"

于是,兄弟俩杀了巨鱼,为民除害,并将溪流的源头打开,让泉水流淌,川流不息。

但是，阿别吉扬指出，其实，别的版本中，故事还在继续，萨纳萨尔还杀了另一条专吃雏鹰的巨鱼。然后，他睡着了。感激不尽的雌鹰用双翼挡着他，给他遮阳，并把他从黑暗世界带至光明世界。

他认为，这并非巧合。在多神教的亚美尼亚，那时完全可能存在自己的不取决于《圣经》的神话，或是勇士民间传说，包括有关萨纳萨尔的生活和功勋的传说。只是后来，此神话或勇士民间传说才与描写同哈里发斗争的史诗结合在一起。

作为《萨逊的大卫》开篇的孪生子神话，也引起了当代苏联学者的兴趣，其中包括如今已是科学院院士的维亚切斯拉夫·伊万诺夫(1929—)。20世纪80年代，苏联曾组织一批专家通力合作，编写大部头的《世界各民族神话》一书，该书出版后，许多参加编写的文艺学家，包括伊万诺夫，获1990年苏联国家奖。其中一章《孪生子神话》，即由伊万诺夫撰写。他将亚美尼亚这部史诗中的孪生子神话，与世界各民族中著名的孪生子神话进行了比较。

他认为，世界神话中，神奇般诞生的孪生子只是作为文化主人公，作为缔造者，作为家族的创始者出现的。但亚美尼亚史诗中的萨纳萨尔却不然，他是萨逊巨人族的始祖。孪生兄弟萨纳萨尔和巴格达萨尔在崇山峻岭中建造要塞，或曰城堡，但先于要塞，他们建造的是贫苦人们的住所。

孪生子在巴格达异族的环境中诞生、长大，他们上街与孩子们玩，蓦地那些孩子朝他俩猛扑上去，叫他们野种。孪生兄弟来到母亲跟前，问她：

> “告诉我们：谁是我们父亲，
> 否则我们走，去跳河自尽。”

俄罗斯学者认为，这个阶段，应是从母权制向父权制过渡的阶段:孩子们需要父亲。

六

其实,在这个阶段,除了孩子们需要父亲外,长大成人的青年还要婚娶和建树功勋,以显示自己对女人的优势,并以自己的英武和能力证明,未来的女人能受到他们的保护和免受许多不幸。于是,史诗中便有了萨纳萨尔单身独骑赴卡扎日国王的铜城,去娶德黑珠的故事。

国王的女儿德黑珠会妖术具魔力,四十个英俊少年、王公贵胄前来求亲,都被她施魔法变成老态龙钟的白胡子老头。其中一位对萨纳萨尔说:

"明天的阳光尚未熄灭,
你将变得像我们一样,
你会发现我们之间没有区别!"

于是萨纳萨尔取下宫门横檩上的金苹果,摘下塔楼顶上的大槌,又潜入海底,打死巨鱼,从鱼嘴里取走耀眼的宝石,破了德黑珠的魔法,除了她占卜的力量。逼得国王不得不召见他。

国王问:"这一切全是你干的?"
萨纳萨尔对他说:"没错!"
国王对他说:"倘若不是谎话,
那么一如你偷走金苹果那样,
你是如何将它从横檩上取走的,

你得把它重新放回去再取走。
你若在白天完成，我把女儿给你，
倘若你无法完成此事，就处死。”

萨纳萨尔完成了一切，但国王还要求他再将大槌抛上顶楼。小伙子将大槌拿在手中转动几下往上抛了出去，大槌落在塔楼的楼顶上，把塔楼砸了个粉碎。国王再次刁难他，要他同六十名力士巨人决斗。六十名力士一拥而上，萨纳萨尔骑着宝马贾拉利冲进巨人群，挥舞起青虹宝剑朝他们无情砍杀。他们从夜晚杀到天亮，又打到暮色苍茫，六十名力士还有二十人活着。

四周躺满了他们的尸体，
尸体中一汪血泊。
血泊中站着萨纳萨尔，
他陷在这黏稠的血中。
他无法从血泊中脱身，
他们也无法杀死萨纳萨尔。

此时，巴格达萨尔赶来，帮助哥哥杀了剩下的二十名巨人。但是国王又想出新招，说：

“你通过了四种考验。
但你们还应该去趟绿城，
再返回来将我女儿领走。”

孪生兄弟在绿城杀死了巨鱼，救出了美丽的姑娘、德黑珠的妹妹，但国王还是不想把自己的女儿给萨纳萨尔：

卡扎日国王说:“萨纳萨尔,
德黑珠在城外,在古堡里生活,
那里的看门人便是恶魔阿姆陀。
你如果有胆量,就去将她领回。”

为何卡扎日国王对未来的女婿采取如此不怀好意的,甚至敌意的态度?苏联的文艺学家普罗普(1895—1970年)在他的专著《民间文学和现实》中的解释是,由儿子继承父业和王位,是更晚些时候才形成的继承形式。当时政权的移交是由父亲交给女婿,也就是女儿的丈夫。也就是通过妇女,通过婚姻来继承政权。面对巨人萨纳萨尔这个未来的女婿,国王感到害怕,于是给他出了一个又一个的难题,谁料萨纳萨尔都取得了成功,卡扎日国王真是赔了女儿又折兵,有苦说不出。

但是,萨纳萨尔并没有看重卡扎日小小的王位,领着自己的德黑珠回到萨逊故国。上帝赐予萨纳萨尔三子:维尔戈、奥瓦-戈尔兰和姆格尔,真正成气候的是姆格尔,即大姆格尔。

七

大姆格尔的父亲出生于大海。当萨纳萨尔和巴格达萨尔建成萨逊城后,他们整日里在群山中漫游,终于有一天他们来到了海边。巴格达萨尔望着波涛汹涌的大海,不敢往海里跳,萨纳萨尔却鼓足勇气,祈求上帝保佑,纵身跳入了大海。他在海底里一如踩在干地上。

他见到一座水下花园,

花园里有富丽堂皇的宫殿。
他还见到花园里有池塘,
宫廷的塔楼前喷泉飞溅。
他还见到一匹系着的骏马,
骏马配有镶满珠母的马鞍,
马鞍上悬挂一把青虹宝剑。

他还见到一座教堂,他刚进去,便睡意蒙眬,做起梦来。梦里,只见圣母站在他面前,告诉他,这里有枚战斗十字勋章,有件束带长袍,有战靴、金腰带、盔甲、长矛、弓箭、盾牌和大槌。还让他到池塘里浸泡,能使他高大七倍,强壮七倍,变得无比强大。他得到了所需的一切,又到池塘里浸泡,喝了泉水,立刻变成高大、强壮无比的巨人勇士。

水与萨逊的勇士们结下了不解之缘。措维娜-哈图喝了神奇的泉水生下了萨纳萨尔。萨纳萨尔喝了海底泉水变成巨人。他的儿子大姆格尔喝了妖魔霸占的泉水,救出了少女阿尔玛加,杀死了白妖魔的魔力无比的黑公牛。大姆格尔的儿子大卫,喝了牛奶泉的泉水,原先过于宽大的父亲的盔甲,穿在身上变得正合适。水下所得的宝物传了一代又一代,连神骏贾拉利的寿命亦比萨逊的巨人勇士们长,陪伴他们克服了无数艰难险阻,战胜了无数强敌,建立了无数战功,直至大地承受不了小姆格尔和它的重量,跻身裂开又合拢的山崖。

但是,亚美尼亚史诗中英雄们不可战胜的力量,不仅来自水,而且来自在海底天使们亲自给萨纳萨尔放在右手上的战斗十字勋章,使他变得无法战胜,无法伤害。只是,英武的大卫由于违背了他与奇姆什金卡苏丹的誓约,他手中的十字章整个儿变黑,最后失了十字章的保护,下河洗澡时,被奇姆什金卡苏丹的女儿一箭射死。

这又是一则与基督教有关的神话,同时让人想起特洛亚的英雄阿喀琉斯,他也是因为他母亲捏住他的脚踝把他浸到冥河斯堤克斯河里而周身刀箭不入的。

由于史诗中出现大量同基督教有关的神话故事,由此而引发出一些学者对史诗主人公宗教信仰的考证和争论。其实,史诗《萨逊的大卫》中的四代主人公,他们的精神支柱并非宗教,而是信念,正是他们那种豪气冲天的必胜信念,使他们克服种种艰难险阻,立于不败之地。而对于宗教,他们或是漠不关心,或是采取嘲讽的态度。

在第三篇《大卫》中,有大卫修神庙的故事。位于马鲁塔山上的神庙,原先为大卫的生父大姆格尔所建,取名为至高无上的圣女马鲁塔神庙。大姆格尔死后,神庙即被奸诈凶恶的姆斯拉-梅利克拆毁。大卫决心重修神庙,并非出于宗教信仰,而是为了重现萨逊昔日的雄风,显示萨逊人的力量和独立自主的精神。但是,神庙前后修了两次。

第一次,神庙在原址上耸立起来。当晚,他做了一个梦,梦见至高无上的圣女马鲁塔吩咐他,将宝剑放在神庙的地基上,重修神庙。

大卫一觉醒来,望见——
马鲁塔神庙已踪迹全无;
所有巨石离开自己的地方,
所有土地离开自己的地方,
树木、黏土、沙子——
全都离开自己的位置。

这一细节说明,神庙若要存在,若要耸立在大地上,必须依靠自己的剑,依靠自己的力量。结果,神庙建起,姆斯拉-梅利克暴跳如雷,派遣五百骑兵奔袭而来,要踏平重新建起的神庙,大卫率萨

逊居民奋起抗击,把敌人消灭殆尽,只留一人回去报信。大卫对他说:

“骑士,我能赶上并杀了你,
但是我不杀死你,
走吧,去向梅利克点头问候,
告诉他:‘萨逊还生存着!’
但愿他以后变聪明些,
靠抢劫能有多少好处?”

此外,在史诗的另一处,即第二篇《大姆格尔》中也有一个有趣的情节。姆格尔背叛阿尔玛加,他在姆瑟尔的女王伊斯米尔-哈努姆的宫闱里待了整整七年。阿尔玛加发誓四十年不许姆格尔走近她的床榻。修士大司祭和王公们决心劝说阿尔玛加取消誓言,与姆格尔和好如初,因为法律掌握在他们手里:

“我们把四十年当作四十个月,
我们把四十个月缩减为四十周,
四十周我们把它当作四十天,
而四十天我们缩减为四十小时。”
这时有位修士大司祭祝福道:
“上帝将宽恕你们的罪孽!
好吧,你们还是丈夫和妻子,
并将诞生你们的儿子!”

这是对神职人员一种善意而幽默的讽刺。大姆格尔有外遇,在基督教是最大的罪孽,上帝如何会饶恕呢?

最后一篇《小姆格尔》中,小姆格尔对神职人员更是大为不敬。

他在为父报仇途中,遇到道路被人用原木堵塞,后借宿修道院又被七个国王领着大军团团围困,原来阻路和报信全是修道院院长所为。小姆格尔将敌军打得落花流水,杀个精光,回到修道院,把修道院长的头塞在原木底下,对他说:

“让你那可恶的修道院
今后别再叫牺牲者修道院,
而叫背叛者修道院。”

八

史诗中,萨逊人同征服者的斗争,从没有转化为基督教徒同异教徒的斗争。人民群众也从没有将别的宗教视为有害的。

《萨逊的大卫》中,有一个很奇特的故事。萨纳萨尔死去后,姆瑟尔的梅利克便向萨逊发兵征讨,将沉重贡赋加予萨逊百姓。三儿子大姆格尔当时只有七岁,十五岁不到他就只身与狮子搏斗,将它撕成了两半。他成了全体子民的首领,母亲把宝马贾拉利、青虹剑、战袍给了他。嗣后他大战妖魔,救出捷瓦多罗斯国王的女儿阿尔玛加,并娶她为妻。姆斯拉-梅利克听说后,要同姆格尔决一死战。他们打了三天三夜,不分胜负。梅利克工于心计,提出与姆格尔歃血为盟,结为兄弟,免去萨逊的税赋,假如他去世,将把女皇和他的孩子托付给姆格尔。姆格尔欣然同意,与梅利克义结金兰。

老梅利克死了,他的遗孀伊斯米尔-哈努姆年轻美貌。她遣信使让姆格尔履行誓言,来保护她。姆格尔的妻子阿尔玛加劝阻,怕他将自己忘怀,另有新欢。重信义的姆格尔不顾妻子四十年不让他上她床榻的毒誓，离家而去。伊斯米尔用美酒将姆格尔灌醉，使自己有了身孕，生下一子，起名为姆斯拉-梅利克，以纪念她的丈夫。伊斯米尔给姆格尔饮了七年美味佳酿，不让他清醒过来，终于有一天他清醒过来，明白自己铸成大错：

我在姆瑟尔点燃一支巨烛，
却将萨逊的明灯熄灭！

姆格尔回到萨逊，阿尔玛加不接纳他，经众人劝说，夫妻俩重归于好，并生一子，起名大卫。因为违背誓约，夫妻俩双双去世，大卫来到人世便成了无依无靠的孤儿。萨逊城里所有喂养过孩子的女人都想喂养这个孩子，但小婴儿谁的奶都不吃。无奈，他的两位伯父只得把他绑在宝马贾拉利背上，送往阿拉伯的姆瑟尔。伊斯米尔断了姆斯拉的奶，来喂养大卫。而梅利克却说自己是阿拉伯人，而大卫是亚美尼亚人，不让母亲给大卫喂奶。可是伊斯米尔却说：

"梅利克，有什么不明白的？
要知道亚美尼亚人和
阿拉伯人经常是兄弟，
他们互相做客乐意帮助。"

大卫渐渐长大，姆斯拉-梅利克想杀了小男孩，而母亲伊斯米尔却：

当着儿子的面敞开胸乳，
说："要是你杀了大卫，
我的乳汁便是给你的毒药！"

连大臣维齐也过来用身子挡住孩子,并且朝伊斯米尔-哈努姆大叫道:

“夫人,为什么你不把
大卫送回他的亲人那里,
送回他在萨逊的亲伯父那里?
再过一两天梅利克将砍他脑袋。”

大卫终于逃出虎口,小小年纪历尽艰险回到萨逊,成长为一个英武勇猛的巨人勇士。梅利克一次次派兵进犯,都被大卫击败。最后梅利克亲率十万大军向萨逊挺进。萨逊军民虽势单力薄,却同仇敌忾抗击敌人。大卫和梅利克进行决斗,先让梅利克攻击三次,大卫毫发未伤。轮到大卫给梅利克致命一击,这时:

伊斯米尔敞开自己胸脯,
挡住道路,并说:“大卫!
我喂养了你!我使你长大!
为此你把首次打击给予我!”

大卫放下剑,放弃一次攻击,又应伊斯米尔的要求放弃另一次机会,最后才一剑劈开四十个磨盘和四十张水牛皮,将藏身地穴中凶残的恶魔梅利克劈成两半。大卫离开营帐,朝向梅利克的军队,说:

“我赐你们所有人自由!
你们从何处来,就回哪儿去。
好好生活,如过去那样,

我不需要你们的贡赋。
你们就为我的生命,
为我双亲的灵魂祈祷吧!
平静地待在自己家里,
别再想起对萨逊发动战争!”

千年前的一部英雄史诗,竟能如此细腻、真切地塑造一位性格如此复杂的妇女和母亲的形象,又能如此生动地将亚美尼亚勇士们豪迈、勇敢、正义、热爱和平、不要战争的精神世界表达得淋漓尽致,真让人叹为观止。

九

在萨逊的英雄谱中,大卫占着一个极其重要的中心位置。全书共四篇,大卫篇占了一半的篇幅。并非所有说书人能将全书四个部分说全的,但作为例外,有关大卫的部分,他们从不放过。在他们看来,这部分是史诗的基础。

大卫从父亲大姆格尔和萨逊的事业中学会许多东西,并逐渐成长起来。

他从姆瑟尔逃回萨逊,学当牧童。他把小山羊赶到山上,倒头便睡,一觉醒来,小山羊都跑了。他到处逮兔子和狐狸,把它们从七个山头聚拢来,与小山羊混在一起。

“不过那些棕红色的小山羊,
那些长尾巴的白色小山羊,
我从它们那里不得安宁,

它们总想溜掉,把我折磨死,
它们弄得我不得安宁,
我感到疲惫不堪!”

放羊不成,他又替居民们放牛。因为睡觉,牛又跑了,他只得:

从下面赶来一头狮子,
从上面赶来一头雪豹,
从左面赶来一头胡狼,
从右面赶来一头熊,
从四面八方赶来狼,
他将所有野兽赶回来,
把它们塞满所有牧场。

大卫的行为,从小,从孩提时代,或少年时代就不符合人所公认的规矩,而是显示出他与众不同的个性。

史诗一次又一次地强调,萨逊的英雄们从小就异常强壮有力,非同凡响。大卫婴儿时,竟然已能将摇篮的皮条扯断。

人们给他缠上铁链条,
但大卫力气大得不可思议,
连铁链都经受不了被他挣断。
无论给他缠上什么,
他都能揪得粉碎。
人们用牛筋编成粗绳,
用它把孩子绑在摇篮上。

大卫的妻子罕黛特-哈图在父王瓦乔家将儿子生下。瓦乔为了证实小姆格尔是大卫之子，用的方法便是测试他的力量，他吩咐：

女仆们抱来孩子，给他裹紧，
仆役们拖来犁上的铁链。
他们将铁链盘上，绑在孩子身上。
但孩子刚一啼哭，他就开始
在摇篮里伸胳膊蹬腿，
铁链竟然在他身上绷断，
究竟断成几截无从统计。

史诗在描写萨逊英雄们强大无比的同时，也强调他们的不机敏、稚气和实心眼，表现他们不擅阴谋诡计、纯正无邪，更不善于在往往十分复杂、非正义的事物中正确地做出决断。

大卫的父亲大姆格尔，怎么也搞不清楚，为何一头大狮子挡住了道路，会使大地发生饥荒。凯里·托罗斯告诉他，因为狮子吃人，粮食运不进来。

姆格尔问："是从远处吃，
还是当你走近时吃？"
凯里·托罗斯回答道：
"不是，是它先走近，然后吃！"
姆格尔说："如果是这样，
天一亮我就去会会狮子！"

见到狮子远远朝他走来，他吩咐众人不准用剑朝狮子袭击。他说：

“那头狮子的母亲
恳求上帝——生下了它；
我母亲恳求上帝便生下了我！
我应该摘下自己的剑放在地上，
我要不带武器投入战斗！”

萨逊的勇士们甚至信任自己的敌人。大卫的父亲大姆格尔曾同老姆斯拉-梅利克决战三天三夜不分胜负。梅利克知道自己年老体迈，久战下去必死无疑，便假惺惺与姆格尔结拜兄弟。姆格尔深信不疑，与他结义，并且认为：

梅利克是个好人，
他取消了贡赋，蠲免了债务。

他的儿子大卫，后来亦同梅利克的儿子决战，小姆斯拉-梅利克事先在营帐里准备好陷阱，却假仁假义请大卫就座，叙旧，结果大卫掉入深坑，差点“出师未捷身先死”。

当然，史诗所要表现的并非主人公们的愚笨和只凭匹夫之勇的鲁莽。他们不可能也无必要懂得和掌握背信弃义的伎俩和各种阴谋诡计的复杂技巧。他们只需要懂得勇敢、坚强、正义和人道，这就是史诗英雄们的为人之道。

十

这一为人之道，也体现在他们对战争与和平的看法上，体现在他们不但战斗，而且建设上。萨纳萨尔和巴格达萨尔从事建设，花一年时间，用自己有力的双手战胜一切困难，建成了萨逊城。大姆格尔也搞建设，他从姆瑟尔回到萨逊，与妻子重归于好，便在萨逊山上兴建御花园和美轮美奂的马鲁塔修道院，并让盲人和老人、穷人和残疾人搬进寺院去住。

父亲的寺院被可恶的姆斯拉-梅利克摧毁，长大成人的大卫决心重新将它修建。他的伯父奥瓦-戈尔兰替他四处吆喝来参加建设的工人们：

“哎，来啊来啊，全来啊，
哎，来啊来啊，全来啊！
采石需要五百至一千名工人，
锛石需要五百至一千名工人……”

奥瓦的呼叫飞到七座城市。
成千上万的工人和工匠们，
从七个城市蜂拥而来。

奥瓦带着一帮工匠翻山越岭，攀上高山之巅，来参加建设：

工匠们爬上高墙，
大卫抓住那些巨石，
运来，将它们堆在墙上。
没有工人能将那些石块举起，
没有工匠能将那些巨石举起，
更不用说将它们放在高墙上。
工人们搬来小石块，
工匠们将那些小石块，
堆在巨石四周，

工人们揉黏土，将它递给工匠，
工匠们用它将石块固定。
黑暗尚未降临——神庙已经完工。

大卫吩咐守卫：

“恶人来了——别把大门打开，
若是朝圣者或是叫花子来了，
你打开大门，供他们吃喝。”

接着，大卫又在萨逊河和马鲁塔山间修建了一座桥。“以免人民掉落河中溺水”，桥很宽，可并行驶过两辆双轮大车。

如今，亚美尼亚境内的马鲁塔峰上，依旧傲然耸立着一座中世纪建造的古塔。那是否就是史诗中所描述的马鲁塔修道院，无法考证，也并不重要。重要的是，它证实了千年史诗对萨逊的英雄所作的评语是何等重要和确切：他们是战士也是建设者。

与奥瓦召唤建设工人的嘹亮呼声相对照，姆斯拉-梅利克对萨逊发出的则是战争的叫嚣：

“我要摧毁萨逊，我要去萨逊，
他们的水、土地、人民——
我全都拿走！我要摧毁他们城池，
将他们全都轰到姆瑟尔，
我要建起一座新城，
让全世界再听不到‘萨逊’的名字！

我需要许许多多勇敢青年
　　为了战争！

我需要许许多多寡妇的儿子
　　为了战争！

飞驰吧，勇士们！跟随我
去投入同异教徒的战斗！
战争！战争！”

结果他死于大卫的剑下。四十个磨盘、四十张水牛皮，也未能保护得了他。

两相对照，这两个涵义上和精神上均截然相对立的情节，具有强烈的象征意义。亚美尼亚人战斗，是为了捍卫自己家乡与美好的劳动生活。亚美尼亚学者加纳拉尼扬在其专著《亚美尼亚的传说》(1979 年)中称，传说是将大卫作为建设者和亚美尼亚的阿特拉斯来歌颂的。将大卫比作肩扛天宇的泰坦神该是很确切的。

十一

写了战争，写了建设，史诗还写了什么？还写了爱情！如果说史诗中的战争场面，写得恢宏博大，气势如虹，建设场面写得具体入微，平实感人的话，那么四代萨逊英雄的爱情故事，则写得哀婉动人，浪漫而又凄楚。

萨纳萨尔为了得到德黑珠的爱情，经受了种种考验，战胜了巨人，杀死了为害一方的巨鱼，最后还受到卡扎日人的追杀，击退一群又一群的骑士。这时卡扎日国王、德黑珠的父亲才到来，说：

“看在上帝面上，萨逊的勇士们，

别再杀戮我的子民。
想要什么,我全给你们:
想要女儿——我给你们,
想要帝国——我给你们。”
他俩说:“我们想要德黑珠,
那么我们就把她带走。”

但是,萨纳萨尔没有将德黑珠直接带回萨逊,而是带着她,来到被德黑珠变成老人的四十个求婚者跟前。年轻的萨纳萨尔说:

“这四十个人为你而来,
你把他们引诱又让他们变老。
来吧,解除你的魔法,
使他们重新恢复青春,
变成他们原先的模样。”

金色发辫的德黑珠说:“他们全为我而来,倘若我为他们恢复青春,他们将会向你们提出挑战。带上我吧,快些走!”萨纳萨尔认为这样不合适。于是:

德黑珠顿时占卜,
召来自己的鸟儿。
鸟儿唱起歌来,让青春
回到了外乡人的身上。

但萨纳萨尔依旧不急于领着德黑珠回家,而是来到那群年轻人跟前,说:“勇敢的力士,道路把你们引向金发姑娘,不过你们必须进行搏斗,才能将她领走。来吧,如今你们重新有了力量,让我们开始厮杀,如果你们有力量将我们战胜,德黑珠便归你们所有,假如我们取胜,那她就是我们的人。"

力士们回答说:"嗨,萨纳萨尔,由于你们的意志我们重获自由,年轻的鲜血在我们血管里重新流淌,难道我们会同你们厮杀?请接受我们的祝贺,祝你们幸福美满!"说着他们便分道扬镳各自回家。

看来似乎有点不可思议,但这正体现了英雄的气度和正义,他既要纠正妻子的错误,又相信自己的实力,这让他不但获得了异国兄弟们的尊敬,更赢得了德黑珠的芳心。

萨纳萨尔死后留下三子,老大特鲁斯(胆小鬼)-维尔戈是个扶不起来的"阿斗",老二奥瓦(大嗓门)-戈尔兰虽也算得一位英雄,但有勇无谋,成不了大事业。唯独姆格尔极富天赋。德黑珠把对丈夫的爱和深切的怀念全部寄托在三儿子身上,终于在她精心培育下,三儿子继承王位,成为萨逊的大英雄。姆格尔死后,德黑珠悲痛欲绝,她立下誓愿:

她要深居在七间内室后面,
她要反锁在七重门扉后面,
在自己的内室里闭门不出。

直到姆格尔和阿尔玛加遗下的婴儿长大成人,接替姆格尔的位置。

十二

姆格尔在德黑珠的调教下,十五岁便成了打狮英雄。德黑珠将他父亲遗留下来的宝马、青虹剑、头盔和铠甲都给了他。他去向捷瓦多罗斯国王的女儿阿尔玛加求婚,但谁知他女儿七年前就被白妖魔赫拉特国王囚禁。他翻山越岭,攀登悬崖,终于找到了被缚的姑娘。

他将姑娘身上绳索扯断,
美丽的姑娘站起身来。
她见到美男子姆格尔,
顿时看得入了迷,
这姑娘便是阿尔玛加,
她爱他爱得欣喜若狂。
她说:"勇士! 无论是飞禽,
还是长有肚脐眼的蛇身怪物
都无法飞临此地,爬到此地,
而你如何能抵达?"

于是他血战白妖魔,亲屠黑水牛,救出姑娘,喜结连理。但由于他生性仁义、忠厚,受奸佞之徒梅利克的骗,又受伊斯米尔酒色的诱惑,终因违背誓约,夫妻双双去世,留下刚出生的小婴儿大卫。

大卫历尽磨难,终于成长为一个顶天立地的英难,这时他干出了几件惊天动地的大事:驱逐税吏,歼灭姆瑟尔的大军,搏杀背信弃义的姆斯拉-梅利克。

在大卫未去征战之前,
他一个人生活无依无靠,
不知道炉灶和娶媳妇。
自从征战归来他发育成熟。
无论谁瞧一眼他的眸子,

绯红色面颊、漂亮的鼻子和嘴，
都会立刻丧失理智。

于是，他的伯父奥瓦替大卫去向奇姆什金卡苏丹求婚，双方交换了戒指。大卫击毙梅利克，使他声名远播，消息也传到蓝色的卡布特-科赫，传到瓦乔国王那里，传到他的女儿罕黛特-哈图那里。罕黛特以其美貌使世界动容，沙普赫国王遣使节来向她求婚，四十位勇士借自己之威武也来向罕黛特求婚，可是姑娘谁也看不上，心中只有大卫。她打发民间歌手们去萨逊为大卫唱赞歌。可大卫不愿听，却让歌手们为罕黛特唱赞歌。听罢三位歌手对罕黛特的颂扬，大卫拿起萨兹琴，唱道：

"你们带给我幸福，歌手！
我的心地纯洁如牛奶，
你们用酵母使它发酵！
我的心肠坚如萨逊的要塞，
你们用铁钎将它摧毁！
我的心灵清澈如秋水，
你们用春天的暴雨将它搅浑！
你们将我熔化，将我改变，
使我对罕黛特-哈图产生眷恋！"

大卫赶来与罕黛特相会，两人一见钟情，罕黛特将红苹果抛给了他。正在此时，瓦乔国王的敌人罗马教皇，借机联合其他六国的皇帝率领军队奔袭而来。罕黛特请求婚者出战，四十名勇士谁也不愿意，唯独大卫单身前往应战。

亚美尼亚和苏联的学者，对这场战争和七位皇帝进行了仔细考证，不过，我以为这并不重要，最重要的是史诗体现了大卫为了爱情义无反顾的精神,表达了大卫大英雄大丈夫的本色。双方血战几天几夜。这一晚大卫没有回家,罕黛特不管大卫让她待在家里不许出门的禁令,骑上马,带上长矛,去寻找大卫。战场上尸横遍野,悲痛欲绝的罕黛特用长矛一具具挑开,要找到大卫的尸体,将他安葬。原来大卫并没有牺牲,他满身血污,兀立在大地上。

几天后,夫妻双双把家还。路过赫拉特,女勇士奇姆什金卡苏丹醋意大发,认为大卫与她交换过戒指,如今却把罕黛特领回家,因此要求同大卫决一死战:

“要是我将你杀死,
剩下两个寡妇,罕黛特和我,
要是你杀了我,
你就上罕黛特的床,共效于飞。”

大卫答应她七天后来和她决战,并以手中的十字章起誓,决不食言,结果却由此种下祸根。

回家后,举行了盛大的婚礼。可惜正当大卫和罕黛特共享床笫之欢的时候,他却将十字章的誓言忘得一干二净。待到七年后他去同奇姆什金卡苏丹决斗,却阴错阳差地死在自己女儿的箭下。

罕黛特爬上塔楼,见到大卫虽骑着马,但已是死人一具,说:

“可尊敬的人回来了,
不值得尊敬的人回来了,
而我勇敢的大卫却没回来!”

说着,便纵身跳了下去:

轰的一声脑袋坠落在巨石上,

在那巨石上砸出了一个窟窿。
萨逊人开始往那里倒黍子：
边倒，边在窟窿里捣成粉，
一如在捣臼中那样。
她双乳坠落的地方，
则涌出两眼冰冷的泉水，
而在她七根发辫的地方，
迄今耸立着七根黑圆柱。

大卫夫妇的死令人感到凄楚，但是这或许正是史诗的魅力所在，它处处充满匪夷所思的神奇想象和神话色彩。

十三

在四代萨逊英雄中，第四代的小姆格尔，是个复杂的人物。这一复杂性，导致了他在爱情上、事业上、人生中的悲剧性。

小姆格尔一生下来便攥紧一只小手，托罗斯赶来发现孩子的手上有个凝血块，便说：

“哎哟！除非岩石接收他，
大地可容不得他！
他把世界变成了一滴血，
并紧攥在自己的手掌中。”

姆格尔满一岁时，就到城里满处转。六岁时，他在大河上架了一座桥，把城市连接，桥上行人往来如织。那天行人们正在过桥：

来了姆格尔,将行人殴打,
说:"狗崽子,这桥是我所架,
但不是为你们架的,
你们为何在我的桥上走?"

老百姓转过身,吃力地往回走,他们下桥,涉水过河。

而姆格尔又走过去,殴打众人,
说:"狗崽子,桥是我架的,
但是为你们所架,
为何你们要蹚水过河?"

可以把这看作小孩的淘气和顽皮,但就在这孩子的淘气中已经隐藏着这一形象的复杂性甚或矛盾。

为了给父亲报仇,他攻打赫拉特,杀了所有守城官兵,将奇姆什金卡苏丹绑在马尾上拖烂,又破坏城市,使它变成废墟。然后他登上涅姆鲁德山,发现一股浓烟顺风飘荡,是个老妖婆在城里将火点燃。

"你为何散放烟气?"他问。
妖婆答:"为的是你们别显摆,
好像整座赫拉特城是你们破坏,
烟无法从别处冒出。"
姆格尔抓住老妖婆,弯倒两棵树,
将她的双腿绑在树上,
再把树放开弹回。
他就这样杀了妖婆,

赫拉特上空不再冒烟。

老妖婆在史诗的其他版本中,也称老婆子,不过这并不重要,重要的是这简短的情节,表现了小姆格尔的愤怒和残酷,他痛恨这个虚伪、充满罪恶的世界,要摧毁它,把它变成一滴血,并重新建立一个真理的光明世界。他作恶,但也为善,因此也可以说,他是善与恶的化身。

他去帕奇克沙皇的首都,与其指腹为婚的女儿戈阿尔完婚。戈阿尔乔装打扮与姆格尔比试武艺和箭术,此时的姆格尔充满童心,憨态可掬。新婚之夜,戈阿尔拿来一把宝剑,放在她和姆格尔中间,说:

"西方的皇帝要求我父亲进贡,
你能使我父亲免除贡赋,
到那时我就是你妻子,
你也才是我的丈夫!"

姆格尔二话不说,第二天便上路,将西方王国征服。接着他又回萨逊,将围困萨逊的从前税吏的孙子们擒获。回家路上,他又帮助四十名巨人把篡夺他们父亲王位的吸血鬼姐姐除掉。姆格尔骑上宝马贾拉利,来到杰济拉城,只见河水泛滥,将城市冲垮。

姆格尔来到城里,
拽来一块巨大的岩石,
将它卸在城外的激流中,
激流分成两条河,
一条往左流淌,
另一条往右流淌,

城市处在它们之间安然无恙。
他在巨岩上建起座带塔楼的要塞,
而那座要塞永远未遭破坏。

姆格尔回到家,只见戈阿尔躺在床上。他碰了一下她的手,她已死了,手中紧握着一封遗嘱,要求将她送往萨逊,同罕黛特葬在一起。姆格尔为妻子建了座陵墓,将她与罕黛特安葬在一起。参加完葬后宴,从家里出来,他的双腿陷入土中。他伏在母亲和父亲的墓上哭泣,他们从地下响起声音,让他别再在世上漂泊无定,他的归宿在沃龙悬崖上。

姆格尔骑上宝马贾拉利去往悬崖,大地松软,已经承受不了他们的重量,好不容易登上悬崖,悬崖合拢,结成一体。人们传说,这座悬崖,一年分开两次,一次在主显圣容节,一次在耶稣升天节,姆格尔只有在一小时内,走完四十天的路程,山岩才会挪开。

也有传说,说在耶稣升天节那晚,有个牧人曾到达那里,问姆格尔何时从这儿出来?姆格尔回答道:

“要是我站起身,便能来到世上,
大地无法将我留住!
至今这个世界充满邪恶,
至今人间仍将一派虚伪,
我不愿在世上生活。
何时世界遭毁灭并重新建立,
何时小麦有如森林中的核桃,
何时野蔷薇的果实成为粮食,
那时我的日子便将来到——
那一天我将从这里出去!”

因此,全书的最后一篇,也可以说是期待篇、希望篇。它希望这个世界上不再有战争和杀戮,不再有虚伪和邪恶;它期待人人获得自由与平等,美满与幸福;它愿生活如泉水般清澈,川流不息,自由奔放,永恒不衰;它愿生命之树长绿。

十四

《萨逊的大卫》是亚美尼亚人民的英雄史诗,1939 年苏联文化界为纪念史诗千年诞辰,举行过隆重的纪念会。亚美尼亚著名诗人、作协主席、科学院院士伊萨基扬(1875—1957 年)当年亦曾用亚美尼亚文赋诗,道出史诗最本质的特点:

独处在昏暗无光的修道小室内,
独处在修道院无门窗的高墙内,
历史学家们面对圣像前的油灯,
因病痛和悲伤而变得弯腰驼背,
无梦之夜就水吞咽发霉的面包,
在发黄的纸上记下事件的进程:
外敌入侵和毁灭性战争的不幸,
血腥残暴的镇压和祖国的覆灭。
悲悼亚美尼亚残酷无情的命运,
只指望上帝能听到他们的祈祷。

在农村简陋的茅舍里、炉灶旁,
我们的民间歌手边饮酒边歌唱;
他们歌颂胜利为勇士们唱赞歌,

他们向敌人预言灾难溃败耻辱。
人民在庄严的传说中获得永生。
他们嘱咐我们将荣光代代相传,
为幸福的生活将自由精神保存,
教我们手持青虹剑将祖国保卫。

可以想见,民间歌手中隐潜着许多真正的艺术家,他们站在高山之巅吸纳着无数的才情,手持萨兹琴,放声歌唱,一代又一代,传诵着萨逊勇士们的传说。他们把英雄神化,又用英雄引发人性,于是人们在史诗的旋律里,神人交融,时空飞腾,走进神话,走进历史,走进艺术天国里自由的殿堂;于是英雄史诗成了亚美尼亚人民心底一种彩色的梦幻,一种圣洁的积淀,一种对美好生活永久的向往。它超越宗教,将宗教理义用崇高的信念和美的火焰蒸馏,剩下庄严、纯洁和雄浑。使得子孙后辈聚集在高山牧场,大河之滨,农家小屋和神圣的庙堂,千万次地聆听它的感召,接受它的洗礼和熏陶。

别忘了萨逊的大卫说过的一句话:“只要你们在世,就不该知道战争!”

第 一 篇

萨纳萨尔
和巴格达萨尔

深切怀念，
　措维娜-哈图！
深切怀念
　你，萨纳萨尔！
深切怀念
　你，巴格达萨尔！
深切怀念
　你，凯里·托罗斯！
深切怀念
　你，德黑珠！
好好记住
　那些来听我
讲故事人的祖先！

孪生兄弟的诞生和他们的童年

话说从前有个异教徒哈里发[1]，
还有位亚美尼亚国王加基克[2]。
渎神的哈里发在巴格达称王，
加基克王在别德卡波金[3] 当权。
加基克他年已垂暮满头白发，
虽说资财万贯却无承继子嗣。
膝下有一女名措维娜-哈图[4]，
出落得楚楚动人、国色天香。

那时候国王用他所掌的权力，
力所能及向子民们征税纳贡。
巴格达的哈里发却势要国盛，
他亲率大军来到我们的边寨，
掠夺大批财物掳获无数俘虏，
亚美尼亚平民横遭杀戮祸殃。
从此亚美尼亚的国君加基克，
向巴格达的哈里发纳贡进税。

---

① 哈里发，又译哈利法，原指中世纪阿拉伯国家和奥斯曼帝国的国家元首。此处指与信仰基督教的亚美尼亚为敌的异教徒统治者。

② 亚美尼亚国王加基克，是史诗中的人物。也有些亚美尼亚研究者认为，是指公元908—1021年在瓦斯普拉坎地区建国的亚美尼亚封建国家、瓦斯普拉坎王国的国王加基克(908—943)。

③ 别德卡波金，亚美尼亚语即“蓝色古堡”之意。有研究者认为，它曾位于喀拉地区，后改名为“罕黛特要塞”，乃据史诗中的女主人公罕黛特-哈图名字命名。

④ 措维娜-哈图，亚美尼亚语“措维”即“大海”之意，“哈图”即“女王”之意。

有一天哈里发从卧榻上起身，
派遣两人到亚美尼亚去收税：
“去，替朕把税赋收缴来。”
于是两个税吏来到我们国度，
驻足巍峨的宫阙旁不可一世，
不经意他们抬头仰望：只见
有道神奇的光芒熠熠生辉。

他们往上究竟瞧见了什么？
原来有位美丽姑娘粲然夺目，
仿佛在对太阳公公悄悄诉说：
“为何你急忙升起？我来了。”
她竟然如此美貌、娇艳动人，
恰如两周一轮的清辉明月，
升起在重峦叠嶂的群山后面。
收税人只匆匆见上她一眼，
顿时便魂飞魄散、软瘫在地上。

一小时后国王派人有请他俩。
来人领着他们去晋见国王，
但他们未置一词便默然起身，
静悄悄启程离去，打道回府。
他们抵巴格达向哈里发禀报。
哈里发问：“收了？什么！没有！”
他们说：“吾王万岁！万万岁！
贡赋算什么！财帛又算什么！
我们见到稀奇古怪事一桩，
惊叹得至今依旧历历在目。

毫无疑问:陛下你如若见到,
也会神不守舍三个月失去知觉。”
哈里发问:“你们见到了什么?”
他们道:“噢,祝你万寿无疆!
国家、金钱、财宝对你算什么?
你拥有万贯家财,富甲天下,
你拥有国家、金钱和财宝,
你金满箱银满笼珠宝无数,
亚美尼亚人顶礼膜拜的君主,
却有一个女儿,沉鱼落雁,
你将为她绝色容貌献出一切。
陛下,我们曾一睹她的美貌。
哪怕白天黑夜、不吃不喝——
只消双眸不离她那火样容颜!”

哈里发终日里想着这件事情,
他给亚美尼亚国王捎去信息。
说:“将你女儿献给朕为妻!”
国王答道:“你是阿拉伯人,
我乃亚美尼亚人,我以十字
架为荣,你却为偶像唱赞歌,
为何我要将自己女儿许配你?
我决不会把自己女儿交给你。”
哈里发说:“阁下,既然你
不识相,想敬酒不吃吃罚酒,
那么我们就兵戎相见动干戈。
倘若你不将女儿拱手献给朕,
朕就要把你的国土全部占领,

朕就要把你的百姓杀个精光，
朕就要把你的氏族诛灭干净，
朕就要把你的城池翻挖个遍，
朕就要将你的王位掀翻在地。”
国王说：“开战吧，我不给！”

巴格达的哈里发嗷嗷乱叫：
“来啊，替朕集合大军去出征！
让他把女儿奉献给朕，否则，
扫除所有石块，筛遍所有沙子
都要把她寻觅到，奉献给朕。”
于是他们集合起军队赴征程，
他们对亚美尼亚国王滔滔道：
“那么，阁下，你好好听着，
或是将自己的女儿交给我们，
或是我们扫除石块筛遍沙子，
掳掠并且毁掉你们的一切。”
亚美尼亚国王环顾四周发现：
双方军队一望无际如密密星空。
士兵们厮杀惨烈，尸横遍野。
基督教的国王终究败下阵来。

措维娜-哈图独自待在深宫。
她想：“父亲将如此深重的
罪孽压在我肩真是徒劳无益，
最好还是将我交给那哈里发。
因我一人使许多人死于非命，
我们的孩子孤儿将把我诅咒。

我毕竟终将被他们强行掳走，
倒不如我心甘情愿自行前往，
保父亲的江山社稷持久平安。”
女儿款款起身去找父亲商议，
她问：“父王为何愁眉不展？”
父亲答：“如今我有何思量：
所有这些士兵均因你而来。
或是让他们将你强行掳走，
或是让我们国土沦丧受蹂躏。
巴格达的哈里发想占领国土，
他杀一批将另一批掳为战俘。
我怎能交出女儿，须知他是
阿拉伯人，可你是亚美尼亚人。”

措维娜-哈图答道：
“倘若我不愿意跟异教徒走，
他会因我而向人民大开杀戒。
最好还是让我独自随他而去，
不然他决不会容忍别人存在。
让我去死，让我为父王去死，
这样，亚美尼亚将幸免于难。
无数人的生命也将免遭杀害。”
接着道：“父王，把我交出去！”

于是亚美尼亚国王召集会议，
商讨该怎么办：交还是不交？
主教即国王的岳父亲自与会，
给他捎信后，他便急忙赶来。

同时赶来的还有凯里·托罗斯①。
国王还召来了自己的家庭成员。
他主持会议说:
“怎么样,诸位,决定了吗?
是把女儿交给他,还是交战?
请大家给我出个主意。”
一人说:“我不主‘战’,
由他来拿吧,他将自食其果。”
另一个人说:“我主‘战’,
不然我们将受尽凌辱和痛苦,
决不能把我们的未婚妻哈图
交给那个异教徒暴君哈里发!”
(是啊,人民在捍卫自己的荣光!)
凯里·托罗斯,他刚满十八,
但他明白所有与会者都想对
加基克国王表示无限敬意,
即主张战斗,决不交出姑娘,
他说:“祝陛下万寿无疆,
我已发现,所有与会者都想
拼死一战,决不把姑娘交出。
但失去她总比使全民遭殃好。
既然陛下,想听取我的想法,
那就把她交出,让他带走吧。
因为你知道,我们无力应战。
权当你从未有过这个女儿。”

① 凯里·托罗斯,“凯里”即母亲的兄弟,也即“舅舅”之意,因此凯里·托罗斯,也可译为“托罗斯舅舅”。

于是会议只得重新开始。
主教也拿定了主意,说:
“为一人就得让百姓遭难?
不!最好是让措维娜离开!”
父亲虽不想如此解决问题,
但是显然他已经别无选择,
只能同意把心爱的女儿交出。
国王给暴君哈里发发去信函:
“是的。同意。交出。带走。”

他下旨征收哈里发所需税赋。
他吩咐操办婚嫁的一应事宜。
措维娜来找父亲,她开腔道:
“父王陛下,你告诉哈里发:
当我在教堂举行婚礼的时候,
让他给女儿准备好一座行宫。
一年内他不能走近我的宫室,
不能进入我的婚帐。父王你,
请派一位忏悔神甫去那里,
让他早晨和晚上替我做祈祷,
让我在自己的行宫里做祷告。
请给我几个与我同龄的姑娘,
以及一位保姆——我将启程。
求你啦,父王,告诉他一切,
让他保证别忘了那些事情。”

加基克国王将女儿这番话
向巴格达的哈里发复述。

“就这样，巴格达的哈里发，”
亚美尼亚的国王加基克说，
“我将不同你开战大动干戈，
我将与你缔结条约使仇恨瓦解冰消。
我还将派个神甫同她在一起，
为她，向自己的十字架致意，
为你，向自己的众神祇祈祷。
此外：你得给她拨一座行宫，
整整一年你别靠近她的宫室，
亦不能进入她的寝宫和婚帐。”

阿拉伯人的君主欢天喜地：
“亲爱的，我马上同你讲和，
我将与你缔结条约百事大吉。
快把你的女儿许配给我为妻，
你们已经不用向我交税纳贡。
让你女儿姓我的姓，让人们
称我是你的女婿，这就足矣！
你把你可爱的女儿许配给我，
我要把这个绝代佳人带回国，
在我的皇宫旁给她建座宫殿。
我对天发誓：不仅仅是一年，
哪怕七年我都不会去接近她。
你可派同龄姑娘与她在一起，
你可派忏悔神甫与她在一起，
但愿她依照自己的信仰生活。
而我则将以自己的信仰生活。
因为你们——是亚美尼亚人，

而我们——是阿拉伯人!”

国王摧毁了自己在捷赫季斯[①]
那些异教的营帐,拔营而去,
而加基克,亚美尼亚的国君,
待在诺拉盖赫[②]谷地里,那里
有着他自己一座美丽的夏宫,
有着发散出迷人芳香的牧场,
有着绚丽多彩绿油油的草场。
那里晶莹的牛奶泉潺潺流淌。
那里的顶顶营帐亦已被拆除,
八天里他们设盛宴置酒高会。

措维娜-哈图向父亲请求道:
“父王,明天便是耶稣升天节[③],
请允准我到吉利[④] 泉边散步。
请让我和九个同龄姑娘同行。
我们休闲,到远处去散散心。
黄昏前我们在那儿散步玩耍,
晚上,我们定将返回原地。”
加基克国王说道:“我允准,

① 捷赫季斯,是位于瓦湖南岸的一座村庄。

② 诺拉盖赫,原意为“新村”,据考证,此处为距捷赫季斯不远处的一个山谷和村庄。

③ 耶稣升天节,亦译“耶稣升天瞻礼”“主升天节”。据《圣经》中《福音书》记载,耶稣被钉上十字架后复活,并于复活后的第四十天当着众使徒的面升上天堂。此节日源于公元 4 世纪的耶路撒冷教会,与圣诞节、复活节、圣灵降临节共为基督教四大节日。

④ 吉利,位于瓦湖附近的一处圣地,以建有吉利寺庙而著名,曾吸引许多朝圣者。

你去吧,散会儿步就回来。”
措维娜-哈图和她的众女仆
一起去了景色宜人的牛奶泉,
她们在那里玩到日落晚霞飞。
姑娘见到了一个光明的世界,
见到了一轮光焰四射的太阳。
每个人都有自己的一份乐趣,
她们和泉水嬉戏与鸟儿为伴,
人们边耕作边歌唱其乐融融。
姑娘累了略显慵怠:“哎哟,
如此美丽的世界梦中亦未见过。”
她们进到吉利的教堂做祷告,
从教堂出来她们爬山又登高,
她们围坐在草地上饮酒进餐,
她们往上登攀见到海的湛蓝。

夜色朦胧她们早就该往回返,
措维娜对自己的姑娘们交代:
“姑娘们起来,再去玩一玩!
我要去用手舀点儿水解解渴。”
于是她朝海岸方向踽踽独行,
岩礁上把自己的脚步儿停下。
伫立远眺不知何处乃海之尽头。
她与乡下保姆在海岸上伫立,
因为走长路两腿酸疼而抽搭。
乡下保姆口干舌燥亦想喝水,
忍不住便数落起来:
“哎哟哟,海里的水有多咸!

哪怕有滴淡水喝,那该有多美!
喝够水便能制服火焰般炎热。”
保姆四处寻水,没有!没水!
此刻,措维娜-哈图开了腔:
“主啊,请在此开眼清泉吧,
给我指条免受地狱之苦的路!”
于是上帝下令——拍岸浪将
岩礁劈开一道深深的罅隙,
显露出甜丝丝的清泉一泓。
她见到:海岸上出现块巨砾,
泉水冒着气泡从中喷涌而出。
泉眼四周水流汇成一个圆圈。
谁也无法着衣接近它去饮水。
她脱去衣裳,来到泉水跟前,
将手掌浸入神力无边的清泉中。
她喝了一掌窝水又饮了半掌窝,
冒泡沫的那眼泉水随即消失。
于是,她因两掌窝水而受孕。

措维娜公主把自己女友叫来,
她们一起踏上归途,回家转,
公主回到了加基克国王身旁。

清晨哈里发的大军拔营撤离。
亚美尼亚国王将女儿妆扮一新,
人们帮她跨上马鞍迤逦而行,
带她往阿拉伯国家首都进发。
只有在抵达巴格达的时候——

阿拉伯君主哈里发才喜形于色。
奢华的婚礼举办了七天七夜，
他邀来高朋满座，酒酽花浓，
他给了她一座孤零零的宫殿，
供给水并派人给她送去面包，
说："一步也不许离开宫室！"
措维娜走进七间宫室的宅邸，
将七扇大门锁上，掩面而泣。

日子一天天过去，期限已到。
措维娜公主明白：她已怀孕，
她还明白，是因大海的泡沫，
但她未曾对哈里发提过一词。
他猜到了，说："不是我的！"

他进宫登宝座向维齐[①] 告知一切：
"就这样，哦，我说，就这样！
说说吧，你看眼下如何是好？"
维齐说："吾王万岁！杀！"
旋即向刽子手下达命令一道：
"去把措维娜的脑袋砍下！"
刽子手进宫室，对措维娜说：
"我奉命要将你脑袋砍下。"
措维娜-哈图公主说：
"天哪，这里没有司法公正！

① 维齐，封建时代近东一些国家对大臣的称呼。如土耳其苏丹当时称宰相为大维齐。此处也可作谋士解。

我即将分娩，倘若把我杀死，
一柄利剑便将结果两条生命。
去告诉哈里发：让他等候数日，
待我把小婴儿产下，便见分晓，
他究竟是人，还是别的什么，
然后再将我处死也为时不迟。
倘若你们想知道真相，那么
我来到巴格达始终冰清玉洁，
依然是原本的我一个女儿身。
而我的小婴儿，乃上帝所赐，
是大海的泡沫使我受孕怀胎。"

刽子手来到哈里发君主跟前，
说："愿上帝保佑你，陛下！
你妻子，国王的女儿对我说，
如此这般，如此这般……"
大臣们对君主哈里发说：
"措维娜-哈图言之有理，
我们等等，让她把婴儿产下，
然后再将她斩首也不迟。"
于是给了一个期限让孩子诞生。

哈里发说："好好保护她！
朕告诉你们：产前她有自由，
我是她丈夫，措维娜是吾妻，
谁也不准许对她横加干涉！"
经过九个月零九天九个小时，
再加九分钟——

这时措维娜产下一对小男孩，
一个够分量，另一个不全够。
梅利克谢特神甫来了，在炉[1]上
给孪生兄弟施洗礼和起教名，
他给老大起名为萨纳萨尔，
给老二起名为巴格达萨尔。

这条消息当即禀报给哈里发：
陛下，你有了两个小男孩！
世上所有人均逐年逐年生长，
这两个婴儿却逐日逐日生长。
阿拉伯君主哈里发仿佛见到，
而且确实也见到了两个孩子，
双眸顿时变得暗淡而无光泽。
他说："吩咐刽子手——
让他立即赶来，将她斩首。"

刽子手来到措维娜公主住处，
说："我来砍掉你的脑袋。"
措维娜-哈图公主回答他说：
"知道，你们并无公正法律！
两个吃奶的孩子将如何长大，
倘若你们砍下了我的脑袋？
其实你们随时都可取我首级，
因为我根本无力从这儿逃跑。"

① 此处原文为"тондыр"，是一种挖在地上的马蹄形炉子，用来烤面包和准备食品。

剑子手退下,去见哈里发。
维齐被召进宫,哈里发对他说:
“请你给我出个主意!”
维齐说:“我们让她再活十年,
待孩子们长大些,便处刑。
要知道,她无法从这儿逃脱,
将她锁于深宫,严加看管,
让她根本无法离开宫阙一步。”

于是她在深宫度过了半年时光,
然后传话给巴格达的哈里发说:
“难道我是只小鸟囚在笼里?
难道在这里我是个囚犯?
为何把我们关在牢房里?
为何不让我们散步溜达?
我们只能在屋顶小窗上,
见到些许太阳光的斑点,
只能在屋顶小窗上见到光明!”
哈里发说:“措维娜说得对!
让她和孩子们一起去散散步。”
于是看门人打开紧闭的大门,
娘儿三人走出幽宫去散步。

时光从此在巴格达开始飞逝,
孩子们一天又一天迅速成长。
他们只是一岁的小婴儿——
已经比得上五岁的孩子。

他们外出散步,同孩子们嬉戏,
他们把其他孩子打得直掉眼泪。
刚过了五岁或是六岁,双胞胎
萨纳萨尔和巴格达萨尔——
已经是身强体壮的大孩子。
母亲说:“梅利克谢特神甫,
是否该当他们读书识字的时候?”
这时神甫开始让他们受教育,
教会了他们读书与写字。

后来有一天,君主哈里发
将孪生兄弟召进自己宫殿,
把他们领进内室仔细打量。
见到他们身强力壮的体魄,
听到他们的嗓音以及言谈,
他突然感到不可名状的恐惧。
他放了他们。孪生兄弟告退。
孩子们长到了七岁。有一次,
孪生兄弟与孩子们一起玩耍,
萨纳萨尔给维齐的儿子一嘴巴,
打得他扭伤脖子成了终身残疾。
大臣维齐气冲冲来找哈里发,
说:“为何让神来惩罚我们?
使我们的孩儿们成了残疾!”
哈里发说:“我有什么法子?
我感到,只要他们再长大点,
将会揪下我的胡子。忍着点,
我们能找到制服他们的法子!”

孪生兄弟又长大了一点，
有天清晨他们玩耍在孩子们中间。
蓦地那些孩子朝他俩猛扑上去，
叫道："你是野种[①]！你是野种！"

两兄弟离开那伙孩子，
来到母亲跟前，对她说：
"告诉我们，谁是我们父亲，
否则我们走，去跳河自尽。"
母亲说："你们是哈里发的孩子。"
他们说："不，若他是我们父亲，
孩子们不会冲我们喊'野种'！"
于是措维娜-哈图公主决心
让孩子们待在家里寸步不离。
但过了些日子，兄弟俩重新
来到广场上游玩嬉戏。
孩子们再次冲他们兄弟俩
高喊："你是野种！你是野种！
干吗总缠着我们，依依不舍！"
他们俩流着眼泪回到家里，
母亲将他们紧紧搂在一起。
可兄弟俩哭得越发伤心，
母亲见状真是无法忍受。
她说："孩子们，别哭了，
明天一早我带你们与我同行，

① 此处原文为"пич"，意即不知父亲是谁的非婚生孩子、私生子。

把你们父亲的事情告诉你们。”

一早醒来,措维娜吩咐女仆:
“背上包,我要带孩子们去河边,
让我们的心灵稍稍轻松些。”

他们上路。萨纳萨尔又说道:
“告诉我,妈妈,谁是我父亲,
你不告诉我,我便投河自尽。”
母亲说:“儿子,你没有父亲!”
可儿子回答说:“母亲,我不是
石头,我不是石头缝里蹦出来的,
想必,我父亲也是个人。”

母亲说:“儿子,有一天不知为何
我同保姆一起来到大海边。
我想喝水,便说:
‘来吧,让我找到水吧。’
于是大海敞开胸怀,涌出甜水,
我便喝到了水。起先——
我喝了满满一掬水,后来——
我又喝了半掌窝水。
是上帝从这水中将你们赋予我。
你——来自这满满的一掬水,
这半掌窝水便是巴格达萨尔。”
儿子犹犹豫豫低声对她说:
“告诉我,你出生于哪个家族!”
她说:“我的孩子们,我——

是亚美尼亚国王的女儿。”

他们散步到天色变暗，
夜色朦胧中他们回到宫里，
使自己的心灵回复了平静。
这样又过去了好些日子……
萨纳萨尔和巴格达萨尔注意到：
他们的母亲在一天天消瘦。
他们说：“母亲，你怎么啦？
你在一天天消瘦，母亲。
你的双眸噙满着泪水。
我们当然已经知道：是上帝
亲自把我们、两个儿子赐予你，
你是君主哈里发的妻子，
你什么、什么也不缺少。
你想想，你有什么可忧伤，
为何整天那么悲痛万分？”

母亲回过身子对孩子们说：
“唉，孩子们，我怎能不忧伤？
不是今天，便是明日，哈里发
便要将你们和我的脑袋砍下！”
萨纳萨尔对她如此回答：
“原来如此！那好吧，母亲，
我们看他如何把我们的头砍下。”

光阴荏苒，转瞬已是十年，
阿拉伯君主召来刽子手们，

说:“去把他们脑袋砍下!”
萨纳萨尔和巴格达萨尔坐在
自己家里的小凳[①] 上心定气闲,
他们又说又笑,不慌不忙。
邻屋里母亲在为他们哭泣。
刽子手们朝她走来,说道:
“今日我们将砍下你们脑袋!”
措维娜说:“砍我脑袋容易,
可你们如何能举起双臂,
将我孩子们的头颅砍下?”
他们中一个刽子手说道:
“说实话我们很难动手,
可我们有什么法子,是
君主哈里发下令:砍头!”
母亲哭着说:“说话轻些,
千万别把我的孩子们吓着。
请让他们再稍稍玩一会儿,
你们也稍坐片刻,歇一歇。”
刽子手说:“我们不准坐下,
喂,快点儿离开这座宫殿,
这里并非砍你们脑袋之处!
血会把一切弄得脏污不堪。”
于是他高声喊:“喂,快点!”

萨纳萨尔听到了他的喊声,
打开门发现:一帮人等着,

① 此处原文为“курси”,即冬天安在烤炉旁的一种小矮凳。

手提亮闪闪出了鞘的军刀。
便说:“何人？想干什么?”
母亲对刽子手压低声音说:
“千万别告诉我的孩子们,
你们是来砍他们脑袋的。
你们该把我的孩子领出屋。
让一个刽子手从一边动手,
一个刽子手从另一边下刀。
让他们干净利落一刀下去,
一下子便砍下孩子的脑袋,
别让他看见挥舞起的手臂,
别让他啊唷一下叫出声来,
而且先砍我,然后是他们。”
刽子手说:“走吧！快点!”
萨纳萨尔问:“妈,你们
去哪儿,为什么,干吗去?”
“时间不长,去去就回来。”
“为什么,你说啊,领你去哪儿?
他们把你带走准没安好心。”
母亲她一言不发默不作声。
萨纳萨尔站在门槛上说道:
“不对,你定在隐瞒什么。”
母亲的心都碎了,开口道:
“孩子,既然无法对你们
把真相隐瞒,那么我就说,
是君主下令要砍掉我脑袋。”
儿子问:“谁敢砍你脑袋?”
“瞧,就是他这个刽子手。”

儿子走近刽子手不是说而是吼：
“你敢砍下我母亲的脑袋?”
刽子手说:“是君主下令
要将你们的首级统统斩下。”
萨纳萨尔只给了他一耳光——
那脑袋就飞上天只剩身躯一具。
刽子手们撒腿四散逃窜。
每个人回来都向君主禀报：
“你儿子给刽子手一耳刮子，
那脑袋便飞上天只剩身躯一具。”
于是哈里发君主派遣军队，
浩浩荡荡对他们进行讨伐。
萨纳萨尔和巴格达萨尔见到：
开来一支军队与他们较量。
哥俩出宫与士兵们厮杀到天黑，
将半支军队杀了个片甲不留，
这才结束战斗,返回家中。

翌日清晨无人再来寻事逞凶。
哈里发君主对他的统帅说：
“由你挂帅出发去战斗!”
统帅对哈里发君主回答说：
“我们无力前往,钵谛沙赫，
他们比所有人都勇武强大，
他们将把你的王国彻底消灭。
最好是让我们忘掉内讧纷争，
远胜于将一支军队全部断送。”

巴格达的哈里发考虑再三，
终于明白，他已别无选择，
固执己见十分危险，便说：
“对他们，我们已无所作为。
如今我方始明白：
措维娜是清白无辜的，
而孩子们则强大无比，
因为他们是大海之子，
措维娜-哈图是我的妻子，
她的儿子也将是我的孩子！”

哈里发又一次亲率大军，
向我们的民族发动战争。
当他已经集合好军队的时候，
措维娜-哈图公主做了个梦。
待她醒来，便将梦境叙述。
她说：“哈里发，上帝保佑你，
请你听我说，我的君主，
别对亚美尼亚人发动战争！”
哈里发问道：“为什么？”
她说：“这晚上我做了个梦。”
他说：“你梦见了什么？”
她说：“我见到许多小星星，
它们紧紧聚拢在一颗巨星周围。
出人意料地，这些星星突然间
成群结队，恰似投入战斗，
猛地扑向那颗巨大的星星，
巨星闪烁着发出耀眼光芒，

陨落在我们的宫门旁。”
他说:“嗨,亲爱的措维娜,
你睡在自己的枕头上,
却为别人做了个怪梦。”
又说:“趁我的时代尚未消逝,
我必须进行这场战争。”
她答道:“干吧,随你的便,
你愿意便去,不愿意就别去!
毕竟你同我父亲是有关系的。”
他说:“我主意已定,
我将出征,去收回自己的贡赋。”

他集合好各路兵马,
他为士兵打点好战争所需一切,
便率领大军踏上了征程,
去进行一场长达七年的战争。

他来了,将别德卡波金包围,
他下令围困京都,安营扎寨。
牧场上的牲畜不准离开,
既不让播种,也不让耕耘,
好久好久种子未往地上播撒。
城里一切东西的价格都在飞涨。
所有的物品都非常昂贵,
昂贵得哪怕你支付金子,
也无法得到一只小圆面包。
既无粮食,也无饮用水。
人们纷纷因饥饿而死亡。

大伙待在家里枯坐，
说的只是同一句话：
“哦，天哪！让好日子回来吧，
那时总有食品和蜜水。”

加基克国王招募一批热血后生，
将他们编成一个又一个团队。
天还未亮，加基克国王
就将所有部队集拢在一起，
准备让他们投入战斗。
“只要我一声令下，你们
便冲上前去，投入战斗。”
当夜晚来临、一片寂静之时，
只听加基克高喊：“冲啊！”
反对异教徒君主的战斗打响，
——敌人先头部队后退逃窜，
后面的敌人则遭他们砍杀。
凯里·托罗斯和全体青年们
给予哈里发的军队无情打击，
他们乱砍，他们乱劈、乱杀。
哈里发的军队在这样砍杀下，
士兵们都已经无法相互辨认，
他们竟然乱砍乱劈起自己人，
他们的鲜血汩汩流成了河。

人们向巴格达的国王报告：
“军队已经溃不成军！”
异教徒的君主环顾四周：

他的士兵们在相互残杀，
而且残杀越益向他靠近。
于是他最终成了孤家寡人，
我们的民众向他步步进逼，
他骑在一峰大骆驼上——
这骆驼来自沙姆[1] ——他
骑着它，急匆匆绝尘而去。
清晨，人们起床，外出，
发现哈里发的军队已被歼灭。

当哈里发驱赶骆驼疾驰时，
他央求自己的神在灾难中帮助他：
“哦，神啊，你们在哪儿？
救救我，让我挣脱亚美尼亚人，
我将献上四十头上等牝牛作祭品！”
（但偶像们并无力量帮助他！）
于是他又重新哀求起来：
“快点啊，神，帮助我，
我将敬献给你们白银千两，
掩护我，让我避开敌人！”
（但神祇能帮助他吗？为了
得到神的帮助他算老几？）
此刻哈里发开始大声疾呼：
“啊，主神啊，主神！
你何时到来啊，何时到来，

① 沙姆，即大马士革。据考证，公元661—750年，阿拉伯哈里发的倭马亚王朝即定都大马士革，所产骆驼远近闻名。

从亚美尼亚人手中救我出来，
让我回到家，在那里藏起来？
我将把萨纳萨尔和巴格达萨尔
奉献给你作祭品啊作祭品。”
于是精灵们[1] 出现了，
他们爬到骆驼肚子底下，
抬着它狂奔起来，哈里发始得救。

这天夜间措维娜做了个梦，
她梦见：她双手擎着支蜡烛，
眼见着它们将要熄灭、燃尽，
却又燃烧起来，越燃越旺。
于是，她半夜里起身，
把两个孩子叫到自己身边。
一个膝头上坐了一个，
另一个膝头上坐了另一个。
她哭泣着，亲吻他们的脸蛋。
孩子们说：“妈，你干吗哭，
你的泪珠儿想告诉我们什么？”
于是母亲说了梦中所见的一切，
她对自己的孩子们叙说道：
“我刚睡熟，圣卡拉佩特[2] 出现了，

① 原文为 дэва，意为“天上的”，是古代印度神话中的提婆诸神。后来阿修罗出现，他就只代表妖魔鬼怪，因此俄译认为是“злые духи”，中译则作“精灵们”处理。

② 卡拉佩特，在亚美尼亚语中意为“先驱者”，是亚美尼亚神话中的保护神。每当有外敌进犯，他总是帮助亚美尼亚的英雄们战胜敌人。他亦被尊为圣卡拉佩特。有关卡拉佩特的神话故事产生于基督教传入之前，中世纪的史诗《塔伦战争》中即有记载和描述。基督教普及之后，其地位与施洗约翰相等。

他说,哈里发遇到了大灾难,
并答应诸神杀了你们作祭品,
只要让他回到宫里,便履约。
你们快给自己找条生路吧,
我的孩子们,他要把你们作祭品!
你们快跑吧,去找亚美尼亚国王,
巨星将为你们指明黑夜中的路,
而白天,则靠你们打听仔细,
哪里是亚美尼亚国王的疆士。"

男孩们起身,拿起了武器,
拿起了弓箭、马刀和大槌。
他们还将食品装进马褡子[①],
来到哈里发君主的马厩里。
他们高喝:"御前马厩长,
给我们两匹上等良驹,
快给我们将骏马牵出来。"
他们牵上马,飞驰着去见母亲,
他们亲吻着她的胸脯,说:
"妈,让哈里发现在就到来,
将我们逮住,宰了,献给诸神!"
他们向自己的上帝大声疾呼后,
乘夜色离家踏上漫漫旅途。
黎明时已经在遥远的途中。

① 原文为"хурджин",是一种搭在肩上或马匹、骆驼背上的装物袋子。用家庭手工织的粗毛条或织地毯用的粗线编织而成,相当于褡裢之类的东西。

曙光初露，白天已然来临，
措维娜-哈图公主走出宫殿。
她登上屋顶，发现：
没有军队，没有统帅，哈里发
骑着沙姆产的骆驼匆匆赶来。
哈里发君主变黑了，宛若焦油。
渎神的哈里发从鞍子上跃下，
惶惶然急忙扑向宫阙大门。
措维娜-哈图开口道：
“噢，愿上帝保佑你，
你的宫阙将坚不可摧！
七年间一直传来你的好消息，
却为何竟然如此狼狈不堪？
君王，你的军队现在何处，
你的军事长官们现在何处？”
哈里发君主回答妻子道：
“我将异教徒们紧紧追逼，
一心只把胜利等待，好将
他们严严实实囚禁在城墙里边。
临近投降，他们的末日已到。
突然黎明时火红的冰雹纷飞，
打死了统帅和我的军队将士，
一把血红的宝剑在军中闪光，
士兵们互相间竟然你砍我杀。
这场砍杀中我自己险些倒下，
跳上匹骆驼才得以急急逃脱。
我向自己的神祇许诺许多祭品，
答应给他们银子，给他们金子，

诸神没有来，诸神不帮忙，
他们没有来搭救哈里发国王。
此时我向主神保证，贡献出
萨纳萨尔，贡献出巴格达萨尔，
于是他救了我，把我送回了家。”

措维娜-哈图公主暗自思忖：
“上帝啊，他想杀我的孩子，
想害死我两个无辜的孩子！”

这样过了些日子，那个
渎神的哈里发待在神庙[①] 里。
此刻凶恶的敌人——但愿别如此——
为要阴谋钻进众神像里面，
要求祭品。于是主神吼道：
“萨纳萨尔在何处？
巴格达萨尔在何处？
把他们作为祭品交给我，
这样你的一切愿望，
你的一切愿望由我来完成。”

大祭司出现在哈里发面前，
说：“诸神要求祭品。”
哈里发说：“全拿去吧，
我将献出一切！”
“你有两个由亚美尼亚

① 原文为“капище”，意即多神教供奉神像的庙宇。

国王的女儿生的儿子，
他要的就是他们哥儿俩，
别的祭品他一概不要。”
哈里发说:“是！十天后
我们将去神泉处散步。
两个孩子和我都将在那里，
届时定将祭品向诸神献上。”

当天,哈里发回宫说:
“你知道怎么回事吗,公主?”
“怎么回事?”措维娜说。
“你知道吗,诸神想要祭品。”
措维娜-哈图公主说:
“这里难道没有未配种的母牛，
或是没有绵羊,或是全死了?
你可以宰了作为祭品献上!”
哈里发国王说:
“不,不！他们要的是人的尸体!”
“啊！他们要的是人的尸体?
无家可归的孩子在你首都还少吗?
你可以宰了作为祭品献上!”
哈里发国王说:
“不,不！他们要的是你的孩子!
妻子,我已答应把你孩子作祭品，
我必须逮住你的两个男孩子，
把他们作为祭品贡献,以便
用他们拯救我,摆脱敌人。”
加基克国王的女儿说道:

“你的宫殿不会倒塌！那有什么！
要知道我的孩子也是你的孩子，
你想干什么，你就干吧。
你宰吧，把他们当作祭品献吧！
可是，我们的萨纳萨尔在哪儿？
我们的巴格达萨尔在哪儿？
我们在此，孩子们却在四处飘零。”

孪生兄弟建设萨逊[①]

自从那晚,措维娜的两个儿子
跃上马鞍,踏上漫漫旅途之后,
他们马不停蹄飞驰了四个昼夜,
终于离开了哈里发统治的国土。
他们曲曲弯弯,东绕西拐,
来到了陌生的异国土地上。
他们抵达一处峡谷又策马前进,
便来到一条大河边,河水滔滔。
抬头只见——一道狭长的溪流
从崇山峻岭上奔泻而下,
直接流进大河,击起波涛千层,
将大河拦腰切断,并在那河中
留下一抹晶莹清澈的痕迹。
汇成同一条河水顺流而去。

此时兄弟俩蓦地相互问道:
"这溪流中蕴有何种力量,
竟然能将大河截断、分割,
将一切阻挡并汹涌冲击河岸?"
巴格达萨尔先是沉默不语,
随后对萨纳萨尔开口道:
"我感到十分惊讶,十分惊讶。

① 萨逊,亚美尼亚语意为"狂暴的巨石"。它是个地名,为古亚美尼亚的一个地区,在凡湖西南的托罗斯境内。

一道隐约可见的小溪水流淌，
从那么高的峰顶上往下流淌，
竟然能冲击河流，将它掀开，
同它一起流淌，奔流向前。
那是一道什么水，萨纳萨尔？”
老大萨纳萨尔回答道：
“一道具有无穷力量的水，
谁在它的源头喝上一口，
那他就会变得力大无穷，
无人能打得他仰面倒下。
谁能找到隐约可见的水之源，
谁能在这溪水旁建起自己的家园，
他就将强大无比，无人能敌，
他的儿子也将身强力壮。
他的儿子将为他生个强壮的孙儿，
孙子还将有许多大力士儿子。”
于是萨纳萨尔起誓：
“粮食、酒和真实的上帝！
我们在何处找到水的源头，
便在那里为自己建起住所。
赋予我们力量的是力量无穷的水。
喝到此水，我们便将强大无比。”
巴格达萨尔说：“按你意愿办！”

他们越过大河，继续前行，
小河旁他们找到路一条，
他们顺着溪流走在小路上。
兄弟俩就这样走啊，走啊。

他们一直走啊走，翻山越岭，
越过一座又一座高山，
白天黑夜对他们全都一样。
他们走啊走，来到神秘的地方，
深谷、悬崖、垄岗、地塌，
还有森林、熊和许多野兽。
四周荒无人烟、寂静无声。
他们老远就喜欢上这地方，
并且终于找到了水的源头。
源泉里不断涌出一道细流，
流淌着往下把河流劈成两半。
萨纳萨尔说："是该四处转转，
瞧，终于找到了路的尽头，
我们将在此盖房屋造宫殿。"

于是他们将休息地选在水源头。
并决定那亦是他们的要塞地点。
老大对老二巴格达萨尔说：
"去找点吃的，猎点野禽，
让我们点上篝火，再动身。
我还要堆起石块，做标记，
那就是我们以后的村落位置。"

一周来，天天从早晨到中午，
巴格达萨尔出去捕猎野兽。
萨纳萨尔搬运巨石划地界，
将要塞的地基敷设停当。
萨纳萨尔每次去往东方，

巴格达萨尔每次去西方。
每人采集好巨石运回来,
一次又一次,堆得老高。
他们同心协力互相帮助,
每人都向上帝祈求祷告,
每人都成了一把好手,
将巨石垒成了一道高墙。
他们在休息地的小溪旁,
齐心协力建造着房屋,
屋宇一天天越盖越高。
后来萨纳萨尔拿起弓箭
去捕猎,有时昼夜不停歇。
巴格达萨尔一刻不停垒巨石,
一座要塞在悬崖旁高高耸立。

就这样,十几天时间他们
终于建起了一座自己的要塞,
有一次萨纳萨尔捕猎回来,
发现巴格达萨尔疲惫不堪,
蒙蒙眬眬进入了梦乡。
血迹斑斑的猎物他不烧烤,
倒在地上便沉沉睡去。
萨纳萨尔忧伤起来,说:
“起来,弟弟,我们走,
这里的日子并不好过!
我们是否将在此长住下去,
无盐的肉是否能下咽?
倘若上帝来帮助我们——

我们就会拥有哈里发的豪华宫殿。”
巴格达萨尔问萨纳萨尔：
“那我们该怎么办，哥哥？”
“那有什么，天一亮就上路。”

兄弟俩骑上两匹骏马上路，
风尘仆仆来到姆什，
去晋见国王穆舍格；
他们叩首，吻地七次，
第八次致意后，他们停住，
将双手交叉在胸前。
国王穆舍格问他们：
“孩子们，你们需要什么，
或是你们有什么需求？”
他们异口同声回答道：
“我们没有什么需求！
上帝在天上充当我们的保护神，
而在地上你将是我们的保护人。
我们想让你接纳和保护我们，
使你的目光成为我们的靠山，
使我们不感到欠你的情。”
穆舍格国王问他们：
“那么，你们是谁的孩子？”
他们说：“巴格达的哈里发。”
国王说：“啊！孩子们，
那我们可不敢收留你们。
要知道他是个有势力的君主。
他一来，抢掠财物捕获俘虏。

再见。走吧。这里没有避难所!”

于是他们起身,从那里走开。
他们拿定主意该去往何处。
他们决定去找埃尔兹鲁姆的埃米尔。
兄弟俩来到他那儿,走上前去,
他们叩首,站在他面前,
两个巨人身材魁梧,胸宽腰圆。
埃尔兹鲁姆的埃米尔大公
赞许地望着他们俩,
问他们的部落和出身,
问:“你们是什么人?”
萨纳萨尔回答道:
“巴格达的哈里发的儿子。”
埃米尔沉吟道:“啊啊啊!”
决心摆脱开他们,便说:
“我们刚避开他们的死人,
又遇上了两个活人!
我们无法收留你们。
快点离开,至于去哪儿,请便!”

他们起身,从那里离去,
在路上他们开口说话。
萨纳萨尔对巴格达萨尔说:
“听着,弟弟,我们逃离了哈里发,
为何还与他的名字纠缠一起?
我们别再提这条恶狗的名字。
至今只要一提到他的名字,

我们就别想找到栖身之地。
如今不论我们去哪儿，
不论有谁问起我们的情形，
我们都说：我们没有母亲，
也没有父亲和自己的祖国。
我们该说得让人能收留我们。”
他们又重新上路，
来到马纳兹盖特要塞①。
那里有个国王，名捷瓦多罗斯。
他们站在大门外，四下打量。
国王的卫兵朝他们走来，
“你们从哪里来？”他询问。
“我们来到贵国，
是想为国王陛下效力。”
禀报了国王，国王让他们晋见。
他们进宫来到国王跟前叩首，
他们亲吻大地七次，
第八次致意后，他们停住，
面对国王将双手放于胸前。

国王一见到这两个浅色头发、
英俊漂亮的小伙子，
立刻便喜欢上他们，他问：
“孩子们，你们有何需求，
为什么上这儿来？”
他们回答道：

① 亚美尼亚古要塞，位于瓦湖附近。——原编者注

“上帝在天上充当我们的保护神，
而在地上你将是我们的保护人。
我们想让你接纳和保护我们，
使你的目光成为我们的靠山，
使我们感到不欠你的情。”
国王又问：
“孩子们！你们从哪里来？”
他们回答说：“不知道！”
“你们有什么，你们无什么？
是否有父亲和母亲？”
他们说：“我们一无所有，
没有家，也没有双亲。
自从母亲把我们生下，
我们再也没有见过母亲和父亲，
我们把自己看作无依无靠的孤儿。”
国王又问：
“你们为何从荒僻的远方来此地？”
“我们来到此地，
是为了为你效力。”
国王喜爱上他们，下令道：
“领两个年轻人下去，
给他们准备干净的房间，
给他们在房间里铺上床垫。”
他们被领走，准备好房间，
按时给他们提供各种食品。
捷瓦多罗斯国王十分喜爱他们，
任命萨纳萨尔为伺膳大臣，
任命巴格达萨尔为司酒官。

国王留用他们将近一年。
当一年已过的时候,
有位大臣对捷瓦多罗斯说:
“国王陛下,你该把他们召来,
对他们进行考验,让我们看看
他们究竟有什么样的能耐。”
国王说:“这主意倒不错!”
于是两个年轻人被召进宫,
领他们来到国王的休息室。
国王对他们说:
“孩子们,清晨我们去做战斗游戏!”
兄弟俩起身离去。
他们回到自己房间,
在那里待到天亮闭门不出。
晴朗的日子霞光满天,
他们起床,披上盔甲,
骑上自己的骏马来到田野。
国王同他的军队也抵达这里。
国王这时说:“萨纳萨尔,
你带上我的兵士去那一边,
而这边有我、大臣和巴格达萨尔。”
萨纳萨尔说:“陛下,别这样!”
“那该怎么样?”国王问。
萨纳萨尔说:
“这里只有我们,即我和弟弟,
而你、大臣和军队去那边。”
国王说:“就照你的办!”

于是他们相互间展开战斗。
国王见到:他的身边已经
没有士兵,他们全躺倒在地。
便说:“维齐,你的宫殿行将倒下,
你为何把我的宫阙也给摧垮!
原先他们还可能以为,
我们中会有一个是男子汉,
如今在他们眼里,我们都是娘们。”
大臣回答:“既然如此,
就将他们驱逐,让他们滚蛋!”

有一天一帮匪徒偷走了城里牲口,
国王挑选了三十名骑士,
打算与萨纳萨尔兄弟俩
一起去捉拿偷牲口的盗贼。
萨纳萨尔说:“国王陛下,
三十名骑士我们并不需要。
何必呢?我们兄弟俩去就行!”
他们拿起武器,骑上战马疾驰,
他们疾驰,追上了那帮盗贼,
将他们抓住,痛殴,追回牲口,
将牲口与盗贼们混在一起,
往城市驱赶,快进城的路上,
国王当即抓住盗贼,捆绑起来,
从此这两兄弟便博得了
捷瓦多罗斯国王更大的欢心。

他们早晨起床,出门,散步,
有一天,他们见到:
一群孩子带着盾牌玩打仗游戏,
他们用盾牌做掩护,
相互用棍子击打对方。
兄弟俩说:"我们过去,
参加他们的游戏。"
他们过去:没碰上谁的盾牌,
有人毫无感觉就倒在了地上。
卫兵们急忙跑去报告国王:
"快起来,看他们在干什么?"
国王将他们召来,说:
"嗨,你们! 难道能这么干?
这简直莫名其妙,太不像话!"
"国王陛下,祝你万寿无疆,
我们只是稍稍玩一玩!"
国王说:"要知道你们是大力士,
难道他们能同你们一样?
不,你们以后再不能这么干!"

城市很大,城里举办婚礼。
青年们去参加赛马活动。
国王对萨纳萨尔说:
"起来,带着你弟弟去吧,
骑上匹快马,去参加比赛。"
兄弟俩来到,骑手们等候着
他们俩从一边开始起跑,
骑手们从另一头起跑,

他们疾驰着，互相抢夺火种，
老大在骑手们身后疾驰——
手中的长矛无害地晃动。[1]
轮到老二追逐的时候——
他晃动长矛，掷了出去。
两三个小伙子被他击伤。
萨纳萨尔很不满意。
他们拨转马头，回家转。

老大举起盛有水果的托盘，
放在老二的头上，
与他一起走进国王休息室。
被打伤的小伙子们的家长
跑来诉苦，他们埋怨道：
"陛下！请你把棒小伙撵走，
他们力大无穷，将使你受害！"

当萨纳萨尔带着水果到来时，
告状的忘了自己的孩子，
朝水果猛扑过去，大嚼起来。

一个同龄人跑来找他们说：
"国王对你们很生气，

① 这种比赛不同于一般的赛马，骑手们从同一起跑线出发，以先冲到终点者为胜。亚美尼亚这种古老的赛事，骑手们分立两头，其中一骑手手执长矛朝对方策马驶去。接近时，他便掉转马头，朝自己一方飞驶，就算夺到了所谓的火种。此刻，对方的一名骑手立刻跟随"盗火种者"，奋力追赶，尽力要夺下他手中长矛。追赶者接近对方时，他自己也成了"盗火种者"，必须立刻策马逃回自己阵地，而不被追来的骑手抓住。

他想把你们逐出城市。”
萨纳萨尔对巴格达萨尔说：
“弟弟，这里不是我们要找的
栖身之地，走吧，离开此地，
去盖完我们的房子。
我们在那里花费了许多精力，
为了自己那个被抛弃的家。”
弟弟答道：“听你的，我们走！”
天亮前萨纳萨尔说：
“你不用准备什么粮食，
我也不打算饮酒、吃饭；
大清早我们也不去见国王。”

国王一觉醒来，却不见了兄弟俩。
他立刻下旨把他们叫来。
于是他们来到国王面前。
他们说：“陛下，我们有什么错，
为什么你要把我们从城里赶走？”
国王说：“孩子们，既然我说了，
我的决定就必须加以执行。
我应该将你们逐出城市。
去吧，回自己的房间，
好好把一切掂量，让我们想想。
无论你们打算在哪儿安家，
我都要把那块土地赐予你们，
走吧，上那儿去活跃一下精神。”
男孩子们心想：“会走的，
我们看准什么地方，

就在那儿安家。”

他们在自己屋里度过了这晚，
当新的一天在眼前展现，
他们俩进宫，站在国王面前。
国王问他们：“我的孩子们，
你们决定在哪里定居？”
他们说：“国王陛下万寿无疆！
我们真的不知父母亲在何处，
但上帝所知之事我们也不隐匿，
我们将把一切告诉你：
我们建了一个自己的家园，
但尚未建成，我们就来到这里。”
接着便不断将一切向国王诉说：
“在群山那里涌出了一眼泉水，
我们在那里给自己打好了房基，
国王陛下，请允许我们
把这屋盖完，并在那里定居。”
捷瓦多罗斯国王回答道：
“孩子们，我曾经问过你们，
你们有没有父亲或是母亲，
你们回答我什么亲人也没有，
既没有家，也无栖身之地。
那么现在，既然已经这样，
我就一千次向你们祝福。
你们去吧，建起要塞和家园！”
萨纳萨尔和巴格达萨尔说：
“国王陛下，祝你万寿无疆！

倘若你能接受我们的请求——
要知道我们在那里会很苦闷,
我们在那里该如何消磨时间——
请给我们一些贫苦的家庭,
再给一些家境富裕的家庭,
同我们一起去共同建设家园,
同我们一起聊天消磨时光。”
国王的心顿时软了下来。
他挑选了四十个家庭给他们。
嘿,那是些什么样的家!
每个家里有一头驴子,
每个家里有一只纺锤。
他派遣众大臣去到城里,
给那四十个家庭搬家,
给他们四十驮子的面粉,
并供给旅途所需的食品。

他们收拾好自己的家具什物,
来与国王告别,然后上路,
他们踏上旅途,进入丘陵,
朝自己的水之源进发,
在自己的岩石旁落脚。

巴格达萨尔对老大说:
“你说,我们该如何开始,
是先建要塞还是先建家园?”
萨纳萨尔回答说:
“我们先替他们把家安顿,

再建完我们自己的要塞，
穷人在烈日下该有个容身之处！”
于是，人们从盖房开始建设。

萨纳萨尔真是力大无穷，
一天里就为九间屋挖了沟壕，
兄弟俩盖起了屋宇。
四天里他们便彻底完成一切，
垒起了四十间屋子的墙垣，
从大山上砍伐和拉来许多
未去树皮的树干，
盖在墙垣和屋顶上。
他们把新来的居民分别送到家。
当小伙子们盖房子的时候，
一家又一家供给他们伙食，
结果所有那些他们吃过饭的家中，
洗衣盆空了，大席包空了。

当外来户在新屋里开始生活，
兄弟俩又重新开始要塞建设，
萨纳萨尔运来一块又一块巨石，
巴格达萨尔把巨石一块块运来，
然后他们俩进城，
请来工匠和工人。
工匠望着这些巨石，
说：“我无法建造！”
萨纳萨尔又进城，
请来另一名工匠。

工匠望着这些巨石，
问:“这堆东西如何搬运，
怎么能把这些岩石固定在一起?”
“是啊，谁能?”萨纳萨尔问。
工匠回答说:
“谁也不能!”
“那我们该拿它们怎么办?”
“本人毫无办法。”工匠说。
于是萨纳萨尔开口道:
“这么吧，工匠，你来动手，
把线绷直，把场地压瓷实，
并且指出我该将巨石往哪儿放。”
就这样，他们修筑起了要塞。
他们将巨大无边的岩石拖拽，
与工匠一起进行艰苦的工作。
他们有力的双手战胜了一切困难。
他们将圆柱形的巨石举起，
放置在巨大的石柱上，
再用拱梁连接在一起，
终于建成了自己的要塞。
整整一年他们就这样紧张工作，
原来他们修建要塞已经满一年，
终于坚持到底，干完了一切。
当他们完成自己的要塞，
又在要塞里建造了教堂。
剩下的只是该给要塞命名。
于是兄弟俩冥思苦想，
该给要塞起个什么样的名字?

萨纳萨尔对巴格达萨尔说:
“真不错,我们终于有了家,
该给它起个什么样的名字呢?”
巴格达萨尔对他说:
“哥哥,随你的便!
盖房子是两个人的事,
起名字是你的事!”
萨纳萨尔问身旁经过的行人:
“我该给自己的家起什么名?”
人们什么也没能告诉他。
不管从旁经过的行人有多少,
谁也不说该给他们的家起何名。
即使有个路人说出个名字——
看来好像也并不合适。
于是兄弟俩傍晚时进行商议。
巴格达萨尔对老大说:
“好吧,倘若你出行,
找到位老者,就把他领来。
我们将尽情款待他,
让他给要塞起个名再离开。”
曙光初露,萨纳萨尔上马,
他找了很久很久。
在山冈上找到位白胡子老头,
老人正在耕地。
老人一见到小伙子,
战栗起来,停止了耕作,
萨纳萨尔立时将手伸出,

握住老人的手说:
“老人家,请上我家!”
老人说:“别打扰我!”
萨纳萨尔说:“大爷,别害怕,
是请你今天上我们家做客,
我领你去,再把你送回家。”
老人表示同意。
他抓住老大爷的手,
让他坐在自己马上,
而自己跳到地上,牵马回家,
到家后便请客吃饭,
聊天一直到傍晚。
“大爷,你知道我们为何
把你请到这里来吗?”
“哎,你这个幼稚的年轻人,
我怎么会知道你们为何领我来呢?”
萨纳萨尔说:“哦,是这样!
大爷,你年纪大胡子白,
到过世上许多许多地方。
我们为自己建造了一座要塞,
还没有给它起个名字。
大爷,我们领你来,
是想让你给要塞起个名字。
请你把我们家叫得响当当。
告诉我们,你想起什么名字?”
老人说:“很好。”
朝他们转过身子说:
“很高兴我替你们去死,

说吧,怎么个起法。”
他们说:“嗨,白头发老爷子,
不是我们,而是你给起个名字!”
白头发老人于是说:
“现在天黑了,明天起床后,
我们走去看看,挑个名字。”

他们躺下睡觉。天亮起床,
他们洗漱完毕,做过祷告,
老人吃得饱饱的,
起身,上路——将四周一切
仔细瞧,什么不好,什么好?
转过身子,问:“家在哪儿?
我该给什么起个名字?”
萨纳萨尔说:“老大爷,
我把你背上,带你上要塞四周,
我们好好瞧瞧,你给起个名。”
他把老人放在背上,来到要塞旁,
老人四面八方全瞧了个遍。
他见到,巨石卧放有如山叠山。
他们清早从西门出来,
绕着要塞转了一大圈,
直到日落西山才转回西门。
他们来到那里在大门旁驻足。
他们早就有过决定:
“一俟我们返回来,
就同老人把话谈,
他无意中说出什么词——

老人给要塞起名

那便将是要塞的名字。”

于是他们说:“老人家,你说!”
老人朝西门瞥了一眼,
见大门上方两座塔楼耸立——
塔楼的墙依悬崖而砌。
老人十分惊奇,说:
“给这座要塞起什么名字,
嘿,这让我该起什么名呢?
愿上帝赐福于你们!
是谁给予你们力量,
使你们能攀上这么高的峭壁?
哎哟,这些巨石何等凶暴,
它们可怕而又凶狠!
你们怎么能把它们举起,
怎么能把石柱在圆柱上安放?
不,你们建造的不是家园,
你们在建造恐惧和狂暴!
嘿,这是狂暴的巨石,
嘿,这是狂怒,而不是家园!”
萨纳萨尔说:“够啦,白胡子,
别再说啦,你不用再起名字!
名字已经找到。
你是巫师！这个名字叫狂暴,
叫萨逊,再也找不到更好的名字。
你说出了——狂暴的巨石,
要塞的名字便将是——萨逊!”
于是亦有了家族的名称:萨逊。

要塞的名称已经给予,
于是萨纳萨尔对老人说:
“老人家,请你留在此地,
我将关心照顾你。”
而老人说:“倘若你尊重上帝,
小伙子,请你把我送回去,
送回我的故乡,要知道,
我在那里出生,这儿我住不惯。”

萨纳萨尔将他送了回去,
让他留在了自己的故乡。

萨纳萨尔在海底

是什么使他们习惯了这里的环境?
他们整日里在群山中漫游,
他们进山谷,到海边,
他们猎野兽,只是傍晚才回家。
终于有一天萨纳萨尔说:
"巴格达萨尔,我们一起去海边,
到那里找匹良驹牵回来。"
(关于海马巨人兄弟早有耳闻!)
他们动身来到海岸边,
坐在波涛汹涌的海水旁。

"巴格达萨尔,"萨纳萨尔说,
"我们跳入大海吧,弟弟,
看一个人是否能到达海底。"
巴格达萨尔四下打量说:
"我的生命太珍贵,
我不往大海里面跳。"
萨纳萨尔对他说:
"那好吧,你留下,我跳!
我到不了海底,你跟着我跳,
倘若我沉入海底,你别跳,
就留在此地,你将平安无事。"

萨纳萨尔鼓足勇气,
祈求上帝保佑平安,

纵身跳入了大海。
巴格达萨尔站在海边上,
双眼只盯着喧闹的大海,
痛苦地哭泣起来,数落着:
“噢,我的兄弟被海水吞没,
我的兄弟在大海中消失,
他在海底沉没。”
当他的兄弟已经杳无踪影,
他昏厥过去,不省人事,
倒在了大海边。

虽说萨纳萨尔到了海底,
但他在那里一如踩在干地上。
他见到一座水下花园,
花园里有富丽堂皇的宫殿。
他还见到:花园里有池塘,
宫廷的塔楼前喷泉飞溅。
他还见到一匹系着的骏马,
骏马配有镶满珠母的马鞍,
马鞍上悬挂一把青虹宝剑。
他还见到:那里有座教堂,
他刚进入教堂里面——
便睡意蒙眬,倒下在地。
他做了个梦:
圣母站在他面前,对他说:
“喂,萨纳萨尔,快起来!

这里发现了一枚战斗十字勋章[1]，
起来，朝它鞠躬七次并祷告。
倘若你当之无愧，它就是你的，
准备好你的右手，击倒所有人。
瞧，不远处站着海马贾拉利，
天上落下的青虹宝剑挂在鞍，
它等待着，嚼着马嚼子，
倘若你当之无愧，它就是你的。
在这里你将看到一只秘密箱子，
铁箱中保存有一件束带长袍，
藏有一双战靴和一条钢腰带，
还有一顶无法穿透的盔形帽，
以及一支号角，一面盾牌，
一把样式可怖的大槌。
长矛、短剑和弓箭，
你在铁箱里全能找到。
此后你就跳进池塘浸泡，
使自己变得强健有力勇气倍增，
你将变得高大粗壮七倍！
你将长大七倍，变得无比强大，
你将找到内心想得到的一切。”

萨纳萨尔从梦中醒来，说道：
“我梦见了什么，看见了什么？
梦告诉了我真相还是在欺骗我？”
于是他去往睡梦指示他的地方，

① 即萨逊勇士不可战胜的象征。——俄译注

果然发现了箱子,并在铁箱里
见到了他在梦中所见的一切。
他在那里见到了那顶头盔,
倘若往里塞进十公斤棉花,
它依然大得耷拉在肩头。
他也见到了那条钢制腰带,
长得足足可在腰上缠七圈。
同样他还见到了那双铁鞋,
在靴子里塞进大量棉花,
它们依然十分宽大。

这时他来到宫廷小池塘,
脱下衣服,进入水中,
他喝了点泉水便睡死过去。
刚小睡一会儿,承蒙上帝关照,
他就开始发胖,增高,强壮,
他感到欢欣鼓舞,勇气倍增,
他大胆穿上铁箱里的铠甲。
他系上钢制腰带:正合适,
戴上头盔:正合他的脑袋,
一双包铁皮的靴子正合脚,
那把青虹宝剑也十分合适。
一切都得到了,称心如意。
他鞠了七次躬,念了祈祷文,
天使们将一枚战斗十字勋章
放在萨纳萨尔的右手上,
使任何打击均无法将他击倒。

于是他起身朝骏马勇敢走去，
海马贾拉利转过身子问道：
“地上的人，你想干什么？”
萨纳萨尔说：“莫非我不能骑你？”
贾拉利说：“我要将你抛向太阳，
让太阳把你烧死！”
萨纳萨尔说：“我出生于大海，
我将藏身于你的马肚底下。”
贾拉利说：“我会把你摔在地上，
让你埋入土中！”
萨纳萨尔说：“我出生于大海，
我将一瞬间跃上你的马背。”

萨纳萨尔抓住缰绳，坐上马鞍，
马儿刚驮着他往高处升起，
他就想到会被太阳烧死——
便藏身于马肚子底下。
马儿想把他一下子压入地下，
他又爬上了马背。
马儿不止一次往上跃起，
左冲右突疾驰奔跑，
它蹲了蹲，竖起了前蹄，
徒劳地想把萨纳萨尔抛下。
它终于屈服，顺从，停下。
它说：“你是我的主人！
我是你的贾拉利！”
萨纳萨尔策马顺花园疾驰，
他又重新看见了汹涌波涛，

见到了蔚蓝色的大海，
并急忙到海岸去找老二。

老二坐在岩石上哭泣，
见到：有个巨大无比的怪物，
边攀登高山，边朝他走来。
他大声叫喊："啊哟，
那头巨兽想把我吃了！
他把老大拽进了大海，
如今又紧跟着我不舍。"
他没有认出兄弟，颤抖着跑了，
萨纳萨尔高喊："别跑，
巴格达萨尔，我的兄弟！"
他疾驰着赶上巴格达萨尔，
说："弟弟，你为何哭泣？"
巴格达萨尔回答说："我怎能
不哭泣，我只有一个兄弟，
可他跃入大海，失踪沉没，
如今只剩下我孤身一人。
倘若不是为我，那为谁哭泣？"
萨纳萨尔说：
"要是你遇上大哥能认出他吗？"
"当然！怎么会不认识。"
萨纳萨尔说："我就是你大哥！"
"不，我大哥可没这么高大，
他只比我高半个胳膊肘①。

① 原文为 локоть，是古代的一种长度单位，指自肘至中指的长度，约合半米。

况且他从哪儿找到这匹骏马，
从哪儿找到这些铠甲和武器？”

萨纳萨尔跃下马，吻老二的额头：
“巴格达萨尔！我确是你大哥，
我是萨纳萨尔！别哭，别害怕。”
巴格达萨尔亲吻萨纳萨尔，说：
“我的兄弟，当我一见到你，
我的目光就没有离开过你，
只有你从我的视线里消失后，
我才坐在这儿哭泣起来。”
于是他们一起回到了家里。

孪生兄弟同哈里发做斗争

两兄弟在萨逊一起过日子，
有一天巴格达萨尔睡熟了，
并看见(或是想到?)
主神变成了一头公山羊，
站在他床头，咩咩地叫，
直到天亮都不让他安宁。
这情况整整一个月都出现。
一个月过后——
巴格达萨尔脸色蜡黄。
他病了，心情忧郁。
萨纳萨尔问巴格达萨尔：
“弟弟，你哪儿不舒服?
我们干活的时候你多快乐，
眼下——你却眉头紧皱。”
巴格达萨尔回答他说：
“大哥，你不知晓，我夜不能寐。
主神已经出现了一个月，
让我晚上整宵睡不着觉。
他变成山羊在黑暗中来到，
在我面前跳跃到天亮，
使我头痛欲裂，不得安宁。
大哥，我要去巴格达，
或是哈里发把我当祭品献给神，
或是我让哈里发当祭品!”
萨纳萨尔说：

“哈里发杀不了我们，
我们有上帝保佑。”
巴格达萨尔说：
“大哥，我不该独自上路，
我们一起去，打败哈里发，
将他杀死，烧了他的神庙，
把那帮恶人投入火中，
顺便去看看那里的家，
找到我们可怜的母亲，
看看她怎么样，在忙什么。”

于是他们起身，带上些人，
像商量好似的——
动身上路。
他们见到：面前就是巴格达。
进城前，他们在田野上，
支起了一顶帐篷，坐下。
“巴格达萨尔，”萨纳萨尔说，
“走吧，让我们母亲高兴高兴。”

他们来到哈里发跟前，
并给哈里发带来信息：
“祝您幸福，小男孩们来到！”
哈里发已经发福，高兴地说道：
“我们的主神强大无比，
他总能把孩子们吸引、带来！”
他环视四周后说：
“你们一直埋怨于朕，

现在明白神的威力了吧?”
主神将孩子们拽来,
把自己的牺牲归还。
他打发人们,让他们对孩子们说:
“哈里发告诉你们:‘一切顺利!’
想必你们知道:明天是主神节,
为了这个节日必须将你们逮捕,
作为祭品将你们贡献!”
他们答道:“我们了解神的力量,
我们来就是为了让他可以
将我们作为祭品送给诸神。”

夜晚降临,他们动身,
出现在哈里发的面前。
他们见到:哈里发登上
王宫平坦的屋顶,他
挺直身子,双手叉腰,
他来来回回走个不停。
哈里发见到兄弟俩,怒斥道:
“狗娘养的!逆子!王八蛋!
走了?去了哪儿?为何早不来?
你们难道不知道无论逃到哪,
主神都能让你们归来!”
他们说:“父亲,别生气,
我们永远是属于你的!
自从母亲把我们生下,
我们并不了解世界。
我们一降生,便什么都忘了。

我们冲到东,但毫无生路,
我们跑到西,也毫无生路!
我们无法摆脱你的神祇。
你的主神是强大无比的神,
他夜晚出现在我们面前,
使我们不得安宁。”
哈里发说:“跟着我去神庙!
我要在那里把你们作为祭品
献给诸神!”
他们说:“国王陛下万岁!
你应该把我们作祭品献神,
但是毕竟我们是王太子。
我们不该不声不响被刺死。
我们请求你一清早召集起
你所有的臣民,让他们也
向你的神祇表示敬意。”
哈里发说:“不错!只要
你们愿意,我便安排庆典,
我将集合民众参加这节日。”
于是年轻人回到自己帐篷,
并去见自己的母亲。
哈里发则签发命令:
“翌日朕必须逮捕自己孩子,
将他们作祭品献给众神。
全体民众必须前往参加节日,
向诸神表示敬意和赞颂。”
城市是所有人的城市,
农村是所有人的农村,

许许多多人摩肩接踵,
波浪似的涌来,把广场
挤得水泄不通,将它完全覆盖。
连枚针掉在地上都不可能。

措维娜整夜坐着直至天亮,
痛苦的泪水因孩子们流淌。
萨纳萨尔从床榻上起身说:
“巴格达萨尔,抓住笼头,
我就来,听到喊声便把马牵来。”
说完他就去见哈里发。
哈里发见到萨纳萨尔
便认出他来,欢笑着说:
“哦,我们的主神,
你把自己的祭品拽了过来:
让他用自己的双腿走来。
你快强迫第二个牺牲也
用自己的双腿向你走来。”
他对萨纳萨尔说:“喂,
儿子,你的兄弟在何处?
为何不同你一起到来?”
萨纳萨尔回答道:
“他个小,落在后面,就来。
你先逮捕我,把我杀了,
我的小弟他随后就赶到。”
哈里发说:“弯下腰,我要杀你。”
萨纳萨尔说:“为何在这里?
何处问斩牺牲,是广场还是神庙外?

把我押往神庙,此事该在那儿完成,
好让牺牲合乎神祇的心意。”
哈里发说:“看来你说得对!”
哈里发将自己的剑抓在手中,
吩咐道:“同我一起来,儿子,
去向主神朝拜致意,——
然后我将你刺死,作祭品献上。”
说着他领着萨纳萨尔,
一起走进了神庙。

这时儿子对哈里发说:
“我们离家出走时还是个孩子,
我们无法了解主神的力量,
我如何能在他面前低三下四,
为博他高兴而自寻一死?
这样吧,还是你先鞠躬弯腰,
你先把头俯在他的脚下,
好让我看到你的朝拜致意,
让我也同样能跪倒在他脚下。”
于是哈里发朝主神深深鞠了一躬,
并说:“瞧,就这样朝拜致意!”
萨纳萨尔弯下高大的身躯,
而哈里发则举起明晃晃的刀子,
想砍下儿子的脑袋,
将它作为祭品献上。
萨纳萨尔看出,立马他将人头落地,
他说:“面包、酒和真实的上帝!”
说着踹了哈里发一脚,

哈里发转了一圈,跌倒又爬起,
接着又转了一圈,才仰面倒下。
萨纳萨尔抓起哈里发并捆绑结实。
哈里发的手下将消息传播,
他们集合起军队投入战斗,
全城蜂拥而来参加激战。
萨纳萨尔高喊:“巴格达萨尔,马!”
巴格达萨尔驱马而来,
萨纳萨尔飞身上马。
萨纳萨尔说:“哎嗨哟! 哎嗨哟!
倘若他们变成一堆棉花,
我便变成一团烈火,
否则我无法将他们烧个精光。
倘若他们是火,我便是水,
否则无法将他们淋个精湿。”
宝马用人语对他说:
“萨纳萨尔,将自己的恐惧驱除,
将上帝的名字牢牢记住。
前后左右不管有多少敌人,
你的青虹宝剑都将能对付,
我灼热的尾巴能扫除多少军队,
你的青虹剑便能消灭多少军队,
我火一般的呼吸能烧尽多少军队,
我的飞跑疾驰便能驱散多少军队。
你的青虹剑能杀死多少敌兵,
我的马蹄便能踩死多少敌寇。”

兄弟俩将宝剑高高举起。

两兄弟在哈里发的队伍中
驱马疾驰，东冲西突。
他们来来往往如入无人之境，
扬起的尘土直抵九霄云外。
一切都被摧枯拉朽彻底歼灭，
有如马儿将大麦碾成了碎末。
哈里发的那帮人马，
倒下如地毯似的一片。
兄弟俩翻转身从马上跃下，
押着哈里发去见自己母亲。
他们将他从头到脚捆上，
绑在了柱子上，
让他的头钻过木板，
头上点燃松明一枝，
松明下坐着孪生兄弟俩，
石榴红色葡萄酒手中拿，
当着哈里发的面慢饮细酌，
酒宴愉快而兴高采烈。

消息不胫而走，传到外祖父那里：
萨纳萨尔和巴格达萨尔长大了，
他们逮住了哈里发，捆绑起来，
他们待在那儿，尽情作乐玩耍。
外祖父说：“哎，天哪！
哪怕让我见一眼两个年轻人，
然后呜呼哀哉也好啊。”
于是基督教的国王站起身，
写了封书信交给风儿说：

“你把书信捎往巴格达，
交给我的外孙萨纳萨尔。”

风儿捎来书信一封，
给萨纳萨尔扔在窗里。
萨纳萨尔读过书信，
外公在信中写道：
“千遍祝福你，萨纳萨尔，我的外孙！
当你收到这封书信——
快把头抹上肥皂，来我处把头剃。”①
萨纳萨尔对巴格达萨尔说：
“我要上路，让哈里发更受耻辱！”

萨纳萨尔牵来马朝外公家疾驰。
因为酷似母亲，外公一眼
便认出了自己的小外孙。
他们高兴不已，聊个不停，
萨纳萨尔聊得如此尽兴，
却把母亲和兄弟忘在脑后。
每天巴格达萨尔一起床便去打猎，
每天他都要带回一头野山羊。
他们聚在一起又吃又喝，
他们举办快活的酒宴。
有次巴格达萨尔去狩猎，
捆绑结实的哈里发对措维娜说：
“我不可怜吗？你的屋并未倒塌！

① 俄罗斯常用的比喻，意即事情十万火急。

请你把我的绳索松一松。”
措维娜起身将绳索解开，
随手把它们放置一边。
哈里发立刻站起身。
他想干什么？
他进了城：那里王公贵胄何其多，
他一一会见，将他们召集在一起，
哈里发一帮人举行会议，
说是为了成为自由人，
我们该怎么办？
有位王公开腔道：
“萨纳萨尔走了，
只留巴格达萨尔一人在此，
我们去把他杀了。”
另一位说：“我们杀不了他！
我们得邀他参加婚礼，
将他灌醉，把他逮住，
扔进陷坑，用带刺的野蒿
将坑填满——他便死去。”
哈里发对自己一帮人说：
“你们去，将七副骆驼担
灌满醋和酒。
将它们搬上阿赫马赫山，
明天我骗巴格达萨尔，
将他领上山。
在那里我们给他酒喝，
将他灌醉，再把他弄死。”
一帮人离去，去完成命令。

晚上巴格达萨尔打猎归来,
发现哈里发给松了绑。
巴格达萨尔默不作声,
可哈里发对巴格达萨尔说:
“巴格达萨尔,你是否知道……”
“知道什么?”巴格达萨尔说。
“请允许我同你去趟黑山。
我知道那里有这么个地方,
野牛、野山羊多得数不清。
请允许我们明天去猎野兽,
我和你,巴格达萨尔乐一乐,
趁你兄弟还没有回家。”
巴格达萨尔说:“行！我们去!”
他说服了巴格达萨尔。
夜晚过去,他们骑上马出发。
待到他们登上阿赫马赫山——
一帮人现身,举起酒樽道:
“向你一千次祝福,巴格达萨尔!”
他们团团围住,请他饮酒。
这里无论有多少酒,谁也不喝,
饮酒的始终是巴格达萨尔。
巴格达萨尔就这样上当受骗。
他们给他强灌七年的陈酿,
所有手举酒樽的人异口同声:
“向巴格达萨尔一千次祝福!”
巴格达萨尔高呼:“去你们的一千次!
将洗衣槽灌满！我喝!”

巴格达萨尔喝光所有酒，烂醉如泥，
他倒在地上毫无知觉。
哈里发对自己的手下说：
“拿起槌矛，把他收拾了！”
人们拿起槌矛，动手去杀他，
但他们毕竟害怕，不敢靠近。

他们砍啊杀啊，从四面八方
朝巴格达萨尔乱砍乱砸，
将一片土地砍得坑坑洼洼，
还砍出一个坑，深四十俄尺①。
不过按上帝的意志，
没有一把槌矛触及他。

萨纳萨尔走出宫殿仰望星空，
巴格达萨尔的星辰昏暗无光。
“小弟遇到了困难。”他想。
他回到宫里，对外公说：
“噢，外公，我该走了，
但愿星星能引导我的宝马。
还不知在那里我能找到的，
是兄弟还是他的尸体。”
外公对他说：“你的家不会倒塌，
想必你的弟弟正平静待着，
同母亲一起共享天伦之乐。
他同母亲一起——开玩笑，

① 原文为“гяз”，为古代长度单位，相当于俄尺，约〇点七一一米。

你在这里让我们——高兴!”

萨纳萨尔急不可耐,
站起身亲自牵来宝马,
他骑上马,闭上眼睛,
待他睁开眼已经来到母亲身边。
“娘,我的小弟在哪儿?”
她说:“哈里发带他去打猎,
到阿赫马赫山去游玩。”
他说:“啊,他受骗了,受骗了!
哎哟哟,他杀了我的兄弟!”
说着,他朝巴格达萨尔疾驰,
发现巴格达萨尔喝得烂醉,
倒在地上已经失去知觉,
而一帮人举着大槌和宝剑,
围着他来回穿梭,又砍又杀。

萨纳萨尔祈求上苍,
疯子似的冲向前去,
他的大槌落下将哈里发
打入地下七俄尺深。
他杀了哈里发和所有人。
他走上前站在兄弟上方,
用水淋巴格达萨尔脑袋,
给他擦洗头部按摩胸部,
让他消除醉意清醒过来,
口中叫着:“巴格达萨尔!
巴格达萨尔!你醒醒!”

巴格达萨尔终于清醒过来，
他抬起头，说：
“嗨，你的家不会倒塌！
看我睡得多香，你不让我睡一会！”
萨纳萨尔说：“是的你的家不会倒塌，
快欠起身子，看看你的四周！”

兄弟俩站起身，进得城来。
巴格达萨尔召来众人，说：
“诸位，凡信我之所信者，
都请过来，来到我的剑下。”
顿时全城人蜂拥而至，
来到他的宝剑下。

他的母亲措维娜-哈图俯首在地。
她站起身，连声说道：
“感谢你，造物主，
是你将我们从暴君手中解救，
是你拯救了我们的人民。”

过了些时日，他们回归故里，
陪同母亲和她的奶妈，
朝国王加基克的城堡进发，
泉水旁他们把营扎。
只见——过来一位行路人。
他们叫住他，与他把话说：
“去见国王加基克，让他高兴，

朝国王加基克鞠躬致意,
朝凯里·托罗斯鞠躬致意,
告诉国王加基克:
‘你的措维娜和她的两个儿子
平安无事,就在泉边待着,
将给你带来喜悦和慰藉!’”

国王加基克和凯里·托罗斯
起身去迎接远道而来的亲人。
他们互相紧紧拥抱在一起,
他们泪流满面,热烈亲吻,
他们尽情欢乐,唱啊喝啊。
国王加基克和凯里·托罗斯说:
“起来吧,我们进城去!”
于是他们进得城来,
坐在国王富丽宫殿的帐幔下。
七天七夜他们设宴欢庆。
一天萨纳萨尔对国王说:
“外公,我想向你提个请求!”
“什么请求?”国王说。
萨纳萨尔说:“我们为自己
建了一个要塞,我们想去那。”
国王加基克回答道:
“我膝下又无儿子。
等我去世,我的整个王国
就将留给你们去统治。”
萨纳萨尔说:“国王陛下,
祝你万寿无疆,

我们想去自己的要塞。
我们来到此地，有幸见到你们，
我们见到你们平平安安，
心里便不再感到压抑，
我们也该启程了。”

正当他们准备返回萨逊，
措维娜告诫自己的孩子：
“我的孩子，去请求国王，
将马拉特卡久尔河、湖岭[1]、
恰巴赫山地赠予你们。”
萨纳萨尔对国王说：
“我还有一个请求……”
国王加基克说：“我的孩子，
除了灵魂我什么都能给你们，
我当着面包、酒和上帝发誓！”
哥俩说：“请将湖岭，还有
马拉特卡久尔河和恰巴赫山地
赠予我们吧！”
国王说：“孩子，我给你们！”
于是措维娜领着孩子们起身，
跃上马，动身赴萨逊。
凯里·托罗斯与他们同行。
走在头里的是萨纳萨尔。
他们到了，登上萨逊要塞。

---

① 湖岭，原文为“Цовасар”，是黑山的一座山峰，山中有一湖，因此而得名，在亚美尼亚语中，“措瓦”意“海”“湖”，“萨尔”意“山”“岭”，故译为湖岭。

萨纳萨尔变得如此强大,
他的声名远播,到处传扬。
听说他的消息,众人便道:
“我们干吗还在这儿待着,
这里盗贼成群,偷窃成风,
他们每天袭击人群抢掠牲口。
真的,我们还是去萨逊吧,
好汉萨纳萨尔和巴格达萨尔
就住在那里,他们不收税,
而且谁也不动我们的财产。”
渐渐人民往他们那里会集,
萨逊于是成了一座大城市。

德黑珠的信和孪生兄弟间的龃龉

如今我们的故事该讲些什么呢?
我们将讲述有关铜城的故事,
我们将讲述卡扎日公主的故事。

萨纳萨尔和巴格达萨尔——
他们的声名如雷贯耳!
关于他们的消息已经传遍四方。
如此这般和如此这般,
没完没了,没有止境……
说是在萨逊有两位勇士!
当萨纳萨尔闻名遐迩的时候,
铜城里强大的卡扎日[①]族国王,
他的女儿也听说了勇士的名望;
她编有四十根发辫金光闪闪,
并且称自己叫作德黑珠。
这位国王,他只有两个千金,
只是她们长得一模一样。
德黑珠是个妖女,会施魔法。
她让萨纳萨尔梦见了她,
谁料他热烈地爱上了她。
德黑珠心里明白,说道:
"那个人的名字叫勇士。

① 在亚美尼亚和格鲁吉亚的民间故事里,有关于卡扎日族的神话,传说他们生活在铜城,很凶恶,会妖术和魔法。

我得给他寄封信让他来，
我也将看中他——
选他当个驸马爷。”
她将高水罐满满灌了一罐水，
并用苹果将水罐封住。
她又拿来另一个空水罐，
也用苹果将水罐封住。

她着手给萨纳萨尔写信。
她在信里写道：
“卡扎日国王的女儿德黑珠
向萨纳萨尔致以崇高的敬意！
向巴格达萨尔和萨纳萨尔致意！
年轻的萨纳萨尔！
铜城之王是我的父亲。
而我的心有如这空水罐，
纯洁，清澈。
而我的脑袋一如这满水罐，
满满当当，
全是上帝赐予的礼物。
未婚夫川流不息来向我求婚。
四十个未婚夫来自四面八方。
我从没有许诺过谁，
从没有对谁说过是。
我在梦中见到了你，
你将把我领走，只要你来此地，
你十分中我的意，
年轻的萨纳萨尔！

我在给你写信。
你会让我等待很久吗?
甚至哪怕你已经打满肥皂,
你都不要刮脸,快来吧,
来把我带走。”

她把自己描绘的外貌装入信中,
将水罐和信交给两个姑娘。
她说:“快上萨逊,
从房顶上的小窗扔进去,
扔给躺在床上的萨纳萨尔,
将两只水罐放在他床头,
让他一早起床便能见到。
倘若他确实是位勇士——
就让他来娶我。
不过,当心,别将我的信
扔给了巴格达萨尔!”

这两个姑娘也会魔法,
她们穿上了一袭羽衣,
变成为两只白色母鸽,
带着那书信飞往萨逊,
她们飞进萨逊的宫邸,
落在右面的那扇窗上。
她们见到铺着被单的床榻,
床上躺着位身强力壮的小伙。
他脸色绯红,好像在对太阳说:
“你靠边站,我得往前走。”

床头点着两盏灯,闪闪发光,
床脚也点着灯两盏,亮晶晶。
一只白鸽说:
“姐,咱们飞走吧,
再到另一个窗户去瞧瞧,
也许,这小伙不是萨纳萨尔!”

于是她们飞往另一扇窗棂。
只见床上躺着个英俊小伙,
再仔细一瞧,她们发现:
他可比那小伙子漂亮十倍。
“姐,”一只白鸽说,
“这才是那个萨纳萨尔,
我们把信扔进这窗口吧。”
另一个回答道:
“听着,我对天发誓,
那位亦同样风流倜傥。
我搞不清,究竟这位是萨纳萨尔,
还是那位是萨纳萨尔。”
她们又往右飞,将信往下抛。
它落在闪光的巴格达萨尔床上。
巴格达萨尔仿佛披着霞光睡醒,
他欠欠身,目光便落在床榻上。
他见到了床上的那封信。
他抓起信,拆开,读了起来。
他发现是卡扎日公主写的信。
卡扎日国王的女儿信中写道:
“向萨纳萨尔致崇高的敬意!

向巴格达萨尔和萨纳萨尔致意!”
他心想:“这算怎么回事?
信中向萨纳萨尔致意两次。
可对我却只有一次。
是这样,萨纳萨尔是老大,
先提到他,这样也罢!
可为何要提到他两次?”
读着,他又发现:卡扎日国王
的女儿在信中给萨纳萨尔写道:
“你来吧,来把我带走。”

巴格达萨尔气得发疯。
他暴跳如雷,说:“好啊!
哥哥要替自己娶媳妇,
背着我,就已经把婚求,
也不征求我意见,
根本就没把我当回事儿。
还说什么我们毕竟是兄弟,
瞧他定了亲也不告诉我,
萨纳萨尔偷偷在搞名堂。”
他怒气冲冲坐在床上,
足不出户望着信中图像。
顿时鼻子出血失去理智。
说:“不是他死,便是我亡!”
他折起信,揣进怀里,
将一肚恼恨隐在心里。
他对萨纳萨尔什么也不说,
什么也不问——默不作声。

清晨人们起床,走动,
铺好桌布,在桌旁就座。
他们等候巴格达萨尔——
他没来,他待在自己屋里,
足不出户生闷气,说:
“嘿嘿,我的兄弟背信弃义,
不声不响干的好事。
那么我也不想与他们同桌,
去吃那劳什子面包!
我要骑上马绝尘而去,
消失得无影无踪——
让他们别想再找到我。
看吧,上帝将给我带来什么。”

于是母亲说:“怎么回事,
巴格达萨尔为何不来?”
她起身,去到他的房间。
房门开着,她进去说:
“巴格达萨尔,你为何不去吃饭?
说啊,你怎么啦,别是病了?”
巴格达萨尔回答说:
“倘若不是你,我的母亲,
谁想打开门进入我的屋子,
我非将他撕成碎片不可!”
母亲说:“为什么,儿子,
发生了什么事情?”
他掏出信,交给母亲说:

"妈！你拿着信，读读，
就会明白，我为何不去。
我何苦要坐到桌旁去？
哥哥求婚却不告诉我一声。
我还是个人不是？是先问问我
再结婚——还是根本不用问？
请起身去告诉萨纳萨尔：
是他死，还是我亡！"
母亲接过信，说：
"孩子，我不明白！
我比你还要感到生气。"

措维娜拿着信去找萨纳萨尔，
她把信交给萨纳萨尔。
说："给你！拿去吧！"
萨纳萨尔接过信读了起来。
萨纳萨尔读过信，发誓说：
"妈，当着你的上帝发誓，
我什么也不知道！"
母亲说："弟弟在生你的气。"
萨纳萨尔说："我该怎么办？
这个姑娘是个女妖，
她会使魔法迷惑人。
她听说了我，便写了这封信，
我能做什么？至于弟弟
他怒气冲冲，那是中了邪。
请你去好好与他谈一谈，
要是他怒气消了，那就好，

没消的话——就让他过来，
把我痛揍一顿，踢上两脚，
心情轻松了，他就会安静下来。”

母亲过去，开始温和地劝说。
巴格达萨尔的怒火无法平息。

当天晚上萨纳萨尔回到家里，
“你好。”他说。
巴格达萨尔缄默不语。
萨纳萨尔说：“干吗生气，弟？”
巴格达萨尔对萨纳萨尔说：
“不是你死，就是我亡！”

萨纳萨尔说：“为什么？我不懂！”
“卡扎日国王的女儿为何
两次提到向你致意，
而我却只有一次？”
“听着，这我并不知晓，
是她自己这样决定的。”
“不，我们必须决一死战！”
“因为什么？因为致意？说！”
巴格达萨尔说：
“你偷偷摸摸干的好事，
是你给这个姑娘写的信，
为什么你不告诉我一声？”
萨纳萨尔答道：
“兄弟，对天起誓，

我没有给她写过信。”
巴格达萨尔说:
“不,我们必须决一死战,
我们必须互相较量一番!”
萨纳萨尔答道:
“小弟,我不会碰你一下,
你揍我吧,你把我杀了吧!”
他劝说弟弟,但未能如愿:
他十分固执,失去了理智,
巴格达萨尔变得癫狂乖戾。

萨纳萨尔自言自语:
“起来,同弟弟一起去田野,
我们去翠葱的草地玩个痛快,
我们玩骑马跳跃的游戏——
这样他就会安静下来。”

他起身,把兄弟叫住,上马。
他们策马来到草场,跃下马,
他们互相慢慢靠近,扭作一团,
开始争斗搏杀。
他们相互抓住对方的脖颈,
揉啊搓啊直至红日当空照。

母亲说:“怎么啦?他们全不在!”
她出来,只听得隆隆声顺岩石传来,
大地在孪生兄弟的脚下颤动。
再往前走,她见到他们俩在搏杀。

她用手掌拍打自己的膝盖，
激动得喘不上气来。
两眼定定望着豪悍的争斗。
谁也无法取胜，
谁也无法将对方打翻在地。
萨纳萨尔算啥！他只是闹着玩，
巴格达萨尔可是发了狂，在拼命。
母亲发现：巴格达萨尔势头减弱，
他耗尽体力，开始失掉优势。
她扯着嗓门高声呼叫：
“高山，丘陵，岩石，灌木，
请把消息传到外公的宫邸旁，
让他来给自己的勇士以帮助！”
她整整一小时望着他们，
发现巴格达萨尔已经快倒下。
她流着泪大声呼喊：
“哦，大海，哦，海浪，
快将消息通知外公啊，
快来帮帮他的外孙吧！”

天色已晚他们还在搏斗。
谁也未能使对方倒下，
谁也无法将对方击毙。
夜晚，他们停战回家。
路上，巴格达萨尔对老大说：
“明晨我们重新开战！”
他们在家里一觉睡到天亮。

清晨他们起床,吃过面包,
他们牵来骏马,
提上大槌,
他们手执盾牌,跃上坐骑,
为的是上战场再行厮杀。
措维娜在他们身后跟随,
她停下,哭泣起来,
诅咒那个会魔法的姑娘:
“你逼使我的两个儿子,
一早起来去互相厮杀,
你将永远不会有好结果。”

兄弟俩驱马疾驰,
手中摆弄着大槌,
挥舞着厮杀起来。
萨纳萨尔站在一块标石旁。
巴格达萨尔用大槌砸。
他砸萨纳萨尔凶狠而致命。
大槌朝头顶飞来,
萨纳萨尔将它抓住,
但并不急忙投掷出去,
免得砸到他的兄弟。
而巴格达萨尔又一槌砸过来。
大槌又一次被抓住抛了出去。
萨纳萨尔心地纯洁,
他砸巴格达萨尔并无恶意,
他并不想砸到自己的兄弟。
他只是挪动盾牌,挡住打击,

不让大槌砸到自己身上。
巴格达萨尔则用尽全力使劲砸，
想把萨纳萨尔从马上击倒，
想一槌就将老大砸死，
而萨纳萨尔的大槌只是
在他头顶高高飞舞。
萨纳萨尔心想：
“他究竟什么时候才能平息？”
巴格达萨尔依然砸啊砸，
萨纳萨尔心想：“他不会止息！”
战斗进行到红日当空，
战斗进行到夕阳西下。

萨纳萨尔思忖：
“巴格达萨尔始终怒气冲天，
而且照我看，
他打我极其凶狠。
啊，让我看一看，
要是他想打死我，
他身上是否有与我
相同的力量。
让我想一想，
倘若我给他来一下子，
也许他能躲开我的打击，
承受得住，或挪动盾牌。”

萨纳萨尔稍稍给巴格达萨尔
来了点打击，一个轻微的打击。

巴格达萨尔挪动盾牌，
但他未能经受住打击。
萨纳萨尔稍一触及——
就将巴格达萨尔打落马下。
萨纳萨尔叫喊呻吟起来：
“我干了什么！我没有掌握
自己的力量和手的准头！
我打了兄弟，将他打死了！”
他眨眼间跃下马背，
从一边朝巴格达萨尔跑近，
从另一边跑来他们的母亲。
他们流着泪跑近，向他俯身，
他们发现——他并没有死。
大槌碰到了他的腿——
他倒在地上失去了知觉。
萨纳萨尔将兄弟放到背上，
带他回家。
他给兄弟按摩心脏，
揉他的肚脐眼，见到了
他怀里姑娘的画像。
他坐着，哭泣到天明。
黎明时，兄弟恢复了知觉。
萨纳萨尔说：“小弟，
你为何倒地便不省人事？”
“腿疼，脑袋里一片模糊。”
“不，是因为这张脸庞，
是因为这封信你生了气，
你不想同我说话。

我可是打算为你去死。
我不需要这个姑娘，
倘若你想要，就去找她！”

巴格达萨尔对萨纳萨尔说：
“哥，我不知道，真的，
你比我强壮有力得多。
让我们讲和吧。你让我走。
讲定了。我将不再朝你扬起手。
我是你的小弟，你是我的大哥。
你对我说什么，我都将完成。
我不会再顶撞你，哥。
你请起，去把这个姑娘娶来，
为自己娶她为妻吧！”

萨纳萨尔说：“我不去，也不娶！
你去，为自己娶她为妻吧！”
巴格达萨尔说：“别磨蹭，去吧，
快起来，去做好准备，
骑上自己的马，走吧！”
萨纳萨尔说：“我不去，
不去把她带来，她是女妖，
她使人中邪着魔！”
巴格达萨尔说：“去吧，
我说，把她娶回来。
她听到人们为我们唱颂歌，
她给我们伟大人物写书信，
倘若你不去，不娶她为妻，

我们将受到屈辱。
因为人们会说:他们俩
连这个姑娘都娶不来。
不,这不是事儿,不能不去!
起来,快去将那姑娘娶回来!”

孪生兄弟在铜城

萨纳萨尔来到措维娜跟前，
说："请给我准备上路行装，
我该去卡扎日族人的地区，
我收到了一封书信！"
母亲说："别去陌生人地区，
我们刚从巴格达获得自由。"
儿子回答道："我该去，
哪怕为此而掉脑袋！"

母亲收拾停当他所需的一切。
萨纳萨尔临上路前，来同她
告别，将双唇贴在她的手上，
他跃身上马，
将马勒住，高声道：
"巴格达萨尔，亲爱的兄弟，
你走吧，我看重你。
你留在这里，兄弟，
我启程去娶那个姑娘。
倘若第三天我回来了，一切都好，
没回来，就是说我遇上了麻烦，
你赶紧驰来帮助我。"
他们互相道别，
交换镶宝石戒指，
作为忠诚不渝的保证。
萨纳萨尔出发了。

虽说这有四十天的路程,
他用一天便跑完了全程。
他来到一个十字路口。
见到那里坐着个白发老头。
“你好,老大爷。”他说。
“你好,萨纳萨尔。”老人说。
“下马吧,我有话对你说。”
萨纳萨尔问:“你是谁,大爷?
你怎么知道我叫萨纳萨尔?”
“我是上帝的化身,”老人说,
“我坐在这里是要给你指路,
你急匆匆想上哪儿,萨纳萨尔?”
萨纳萨尔说:“去卡扎日方向,
请你给我指条平安大道。”
他听到的回答是:
“要是你走这条道——
你将成为大皇帝,
要是你走那条道——
你将成为大商贾,
要是你选择卡扎日方向——
你得到的将是危险!”

萨纳萨尔说:“我将走那边,
哪怕在那里我会掉三次脑袋。
如果你能给我以忠告,请讲!”
老人说:“要是你去那儿,
孩子,无论你遇见谁,

是石头、野兽还是灌木，
你啊都同他们打招呼，
不致意可千万别过去。
这个国家处处有魔法，
你不致意就过去——
它就会让你大祸临头！"
"那，就此告别。"
萨纳萨尔对他说，跃上马，
朝卡扎日方向策马而去。

他在路上行了多大会，只有天知道，
他不知不觉便落到一方，
那里便是卡扎日国王统治地。
他见到一群绵羊中有个牧羊人。
这便是国王的牧羊人，
国王的几个巨人之一。
他叫住萨纳萨尔，说：
"喂，勇敢的年轻人，你上哪儿？"
"进城，去卡扎日国王统治地。"
牧羊人说："过来，坐一会儿，
我挤点奶，你喝点，再走。"
萨纳萨尔说："我忙着哪，得上路。"
牧羊人说："来这里的人，
不吃点东西，我是不放行的。"
他强迫萨纳萨尔坐下。
不远处有个大木桶，
很容易就能容下四个人。
他将牛奶灌满木桶，

朝萨纳萨尔挪了挪递给他面包。

牧羊人为何这样做:
他是为了考验人们。
想看看他们是否有力量。
因此他看人们如何喝牛奶,
以便判断他们的力量。
牧羊人就这样款待
每一个赶路的人,
然后放他们去找德黑珠,
到了那里他们便被杀死。

牧羊人同样提来大木桶,
将它挪到萨纳萨尔跟前,
自己则在羊群四周溜达。
他刚转了一圈,萨纳萨尔便喊:
“牧羊人,把自己的碗收拾走!
谢谢。祝你好运。我开路了!”

牧羊人过来一瞧:
萨纳萨尔喝了个底朝天。
牧羊人哆嗦着说:
“萨纳萨尔,祝你好运!别怕,
你在哪儿都是不可战胜的。”
于是萨纳萨尔出发。
他来到了铜城旁。

他发现:城墙旁站着

四十个老人,看来在此很久了。
他们一脸大胡子加白又黄的头发。
他说:“你们好,尊贵的勇士,
白胡子、棕红色胡子、
黑胡子的诸位好汉们!”
“你好,”他们回答说,
“明天的阳光尚未熄灭,
你将会变得像我们一样,
你会发现我们之间没有区别!”
一位花白头发的老者说:
“嗨啊,嗨啊,年轻人,
你想来啊,你就落到一人手里,
她可没有同情恻隐之心!”
这时年轻人问老人:
“请告诉我,大爷,
为何我将同你们一样?”
那人答:“我们同你一样,
都曾是好汉一条来追个姑娘。
还未等清醒过来,就变了模样。”
“坦白告诉我,这是怎么发生的,
你们怎么会变成如此模样?”
答道:“她会妖术,会施魔法,
你稍等片刻,等着瞧吧:
这个残暴的女人有只鸟,
它会飞来,停在墙头叫喊,
你便会像我们一样变衰老!”
萨纳萨尔很理智,不忙着进城,
他掉转马,稍稍离开墙垣,

等候昏暗夜色来临。

夜幕降临。这时候
他掉转马头面朝城池。
有力的大手拽紧缰绳,
朝上苍大声呼唤。
他用马刺催促宝马,
纵马跳跃,一下子便
越过了高高的铜墙。
他下马步行,进入城市。
(这座城没有城门,
因此必须越城墙而入。)
他在城里溜达徐行,
没有找到安身之地,
却在主要大街上见到了
一家大车店的院子。
店主是个亚美尼亚人,
一个白胡子老头。
萨纳萨尔问:
“大爷,亲爱的,该付多少钱?”
老头回答道:“孩子,
马一块银币,人半个银币。”
萨纳萨尔说:“大爷,
马我付两块银币,
为自己我付三块银币
(为自己他多付些),
不过为我的马得多留点神!”
他把宝马贾拉利拴在那里,

而自己去观市景。
他在面包铺买了个大圆面包，
回到大车店的院子，
与老头并排坐在一起。

已经天黑。他吃黑面包，说：
“大爷，给我讲个故事，我想听。”
老人说：“我什么也不知道。”
“大爷，我想向你打听些事情。”
“好吧！你想问什么？”
萨纳萨尔说：“这个城市叫什么？”
老人答道：“孩子，
人们把这城市叫铜城。”
“原来如此！这就是铜城！”
老人说：“是的！”
萨纳萨尔问他：
“这里的国王有个女儿……
请说说她好吗？”
老人说：“你想干什么，
她好，嘿，但愿——她好！”
“大爷，我这是随便问问。”
老人低声道：“孩子，
国王的女儿迷惑人哪，
多少个王子来向她求婚，
她把他们全赶到群山里，
这样那样，百般折磨。
你难道也是来向她求婚？
我为你惋惜呀，年轻人，

如果你是来求婚的话。
放弃吧,放弃,回去吧,
我为你感到惋惜!
你不要再与德黑珠来往,
许多人来了,一无所获……”
萨纳萨尔说:“大爷,不是,
我不是为她而来。
我与她毫无关系!
她的魔法难道就不能克制?
大爷,你父亲的遗骸将得安宁,
请向我揭露真相——
她占卜的力量何在?”
“她占卜的力量在那边——
隐藏在深幽的海底。
在维沙普[①] 的嘴里,在海底,
卧藏有一块宝石,无比珍贵。
只有力大无穷的勇士,
才能下到海里并降临海底,
取到这块火红的宝石,
才能黎明时抵达这里,
找到暴露的姑娘,
及时制止她的占卜:
使她不再用魔法折磨人,

① 维沙普系音译。在亚美尼亚神话中,维沙普即蛟龙、蟒蛇和巨鱼之意。它们的出现,常伴随有雷电、旋风和暴雨,是这些自然现象的人格化。它们常霸占水源,强迫人们用少女献祭。英雄们则与它们决战,夺回水源,救出受害少女。后来,维沙普不但在文学作品中多有反映,而且还出现了巨大的呈鱼形的石雕像,这种石鱼雕像,亚美尼亚民间亦称为“维沙普”,常见于泉水和蓄水池畔,作为水神和丰收之神的化身。

他就有可能将她领走。”

萨纳萨尔说:“大爷,若是
你能给我指示她的塔楼和宫殿,
让我瞧瞧它们,那就好了。”
“你要看它们做什么?”
但他依然请求道:“亲爱的大爷,
看在上帝分上,我是个来自遥远
国度的异乡人,哪怕给我指一下,
让我看它们一眼也好。
我回到自己的国度,
将把这个城市叙述。”

老人带着这位年轻人,
爬上屋顶,用手指指着说:
“你见到那黑窗户、黑宫殿了吗?
这就是国王女儿的塔楼和宫殿。
一扇扇窗户挂满黑色的帷幔,
为的是不让阳光照进塔楼里。”
年轻人说:“大爷,是什么
在上面像灯盏那样发出亮光?”
“是金苹果[①],我的孩子,
它就放在宫门的横檩上,
而在塔楼顶上还有把大槌。
谁能取到苹果将它藏进怀里,

① 在亚美尼亚民间故事里,金苹果是爱情的象征,谁能得到金苹果,谁就能获得姑娘的爱。

又重新骑马飞驰并将它放回，
谁就能获得那巨大的力量，
将大槌从上面往地面抛下，
从巨鱼嘴里取到那块宝石，
召国王来参加搏斗，
并有可能领走姑娘。”
萨纳萨尔说：“嗨，大爷，
我可不是能完成此事的能人！
我向你打听这一切，
全是为了在别处叙说，
瞧，有个多么神奇的铜城，
我们走吧，我都困得直打盹儿！”
他们离开，在大车店的院子里
铺好床铺躺下睡觉。

老人睡熟了，萨纳萨尔没睡觉。
他想：“如果这样，也好，
今晚我将试验自己的力量。”
他见到老人已经熟睡，
四周静悄悄，人已散尽。
于是他起身面朝东方，
三次跪倒向上帝膜拜，
然后站起，上马，从院子飞驰而出。
月夜明如白昼。
他向上帝祈祷，
期盼马到成功，
他疾驰到广场，使坐骑急躁，
他用马刺刺贾拉利，让它暴怒，

他骑在马上跃上横檩顶端，
伸出手去抓住了金苹果，
将它揣进自己怀里，
他飞快往下滑行，
又足足飞驰了一个钟点。
他拨转马匹屹立在广场上。
又重新跃马飞驰，
直达塔楼的顶楼，
他向上帝祈祷，
期盼马到成功，
他伸出手去，抓住大槌握紧，
伸手，转身，往地面抛下。
大槌飞得很远，半小时路程，
落下，砸进被夏日的酷热
晒得干硬的土地，
足有一俄尺深。

之后，他驱马朝大海驰去，
连人带马潜入海底，
见到巨鱼略微抬起点头。
他站立在巨鱼的脑袋上方，
用木槌给了它一下，
巨鱼歪斜了一下。
从鱼嘴里飞出耀眼的宝石，
远远地朝岸边落下。
巨鱼翻了个身，城里就发大水，
有如一场暴雨冲了整个城市。
大海浪花飞溅，城市上空旋风飞舞。

萨纳萨尔回到自己的歇脚地，
在角落里躺下睡觉，
他缩成一团睡熟了，直到天明。

清晨，天刚蒙蒙亮，
人们发现：德黑珠的窗户全都敞开，
她屋里的光全城流泻。
天刚破晓，萨纳萨尔便醒了。
他起床，登楼，从房顶上看到：
姑娘站在一排窗户后面，
姑娘在明亮的屋里一清二楚，
他见到了那姑娘。
德黑珠的魔法消失殆尽。

萨纳萨尔对老人说：
"大爷，昨晚刮起大风，
漆黑的乌云从萨逊那边飘来，
带来暴雨倾盆，淹没了城市。"

国王召来宣读公文的官吏。
"查一查，"他说，
"是谁从巨鱼嘴里取走了宝石？
你们走遍我的帝国去找到那个
拿了我女儿金苹果的家伙。
一定得找到此人，押这儿来，
一定得将他的脑袋砍下。"
官吏们开始在铜城满处乱转，
走了两个小时谁也没找着。

他们进到大车店的院子，
对老头开门见山道：
“快回答，老头，这里有无
陌生地方的人进来过？”
老头回答说：“昨晚我的大车店
谁也没来过，除了一个年轻人。
他一来便躺下了，此时还睡着。”
（他根本没把萨纳萨尔算上，
因此这样说：没有异乡人。）
可这时萨纳萨尔接过话茬说：
“嗨，朋友，这儿怎么没有
异乡人？我就是异乡人！”

老头气得吹胡子瞪眼睛。
“闭嘴，他们逮住你就把你杀了。”
萨纳萨尔说：“为什么？”
于是他叫来众官吏，开腔道：
“听着，我就是异乡人，
你们想知道什么？”
官吏们把目光都集中在他身上：
“这位外来人是个身强力壮的小伙。”
他们显得心慌意乱，
说，“年轻人，我们将你隐瞒，
是可怜你，你不必上国王那儿去！”
萨纳萨尔问：“国王怎么啦，
为何不让我去他那里？”
他们回答他说：“孩子，
昨晚有人过来，拿走了

国王女儿的金苹果。
国王有令：
偷国王女儿金苹果的人一旦找到，
他就该参加搏斗。取胜便离开，
未能取胜——脑袋难保。”
萨纳萨尔把手伸进怀里，
取出金苹果给众官吏看，
并对他们说：
“你们走吧，去告诉国王：
你们发现了那个偷苹果贼。”

他们回去，把消息捎给国王：
“我们发现了那个偷苹果贼！”
于是国王对他们说：
“快去告诉他，让他到场，
他是国王手下的一名囚徒。”
他们跑去告诉萨纳萨尔：
“你是国王手下的一名囚徒，
我们走，你得向国王投降！”
萨纳萨尔说：“投降？他算老几？
让你们的国王约我决战，
也许，上帝将赐我胜利，
为什么我必定是囚徒呢？
我要求同国王搏斗！”
国王听到后说：
“什么！这小子做了这一切，
全是为了我的金色小辫子。
让他来，我们倒要听听他怎么干的，

只要他说得清,我就将女儿给他。”

萨纳萨尔到场说:“我来了。”
国王问:“这一切全是你干的?”
萨纳萨尔对他说:“没错!”
国王对他说:“倘若不是谎话,
那么一如你偷走金苹果那样,
你是如何将它从横檩上取走的,
你得把它重新放回去再取走。
你若在白天完成,我把女儿给你,
倘若你无法完成此事,就处死。”

萨纳萨尔跃上马鞍,让坐骑往回走,
他驶出很远后,使骏马急躁,
他用马刺刺贾拉利,腾空而起,
飞近横檩顶端将金苹果放回原处,
他往前飞行了整整一小时的路程。
他拨转马身,出现在国王面前。
国王说:“很好! 不过,
这并非你,而是你的坐骑完成的!
因此我想让你像将大槌
从塔楼顶上扔下去那样,
再将它抛到塔楼顶上去。
你若当面完成,我就将女儿给你,
倘若你完成不了此事,便处死。”

萨纳萨尔登楼,取下大槌,
拿在手中转动几下往上抛了出去,

大槌落在塔楼的楼顶上,
将塔楼砸了个粉碎。
这时国王说:“依我看,
你是个很厉害的勇士,力大无比。
你经受住了第二次考验。
我有六十名力士巨人,
我将他们戴上镣铐关在牢中。
我将他们放出来,你与他们较量。
倘若你打赢了这六十位力士,
我把女儿给你,你将她带走。”

萨纳萨尔思忖:“我给自己定了期限,
在异国逗留不超过三天。
我必须同每个力士单打独斗,
还是国王让他们一下子全上?”
他对国王说:“陛下,
我是同每个力士单打独斗,
还是你让他们一下子全上?”
国王说:“萨纳萨尔!
如果我将这六十个力士全放出来,
他们顿时会把你撕得粉碎。
我让他们一个个上,
你将他们战胜就能得到我女儿,
战胜不了——那你就得死。”
“陛下,万岁万万岁,”他说,
“我没有六十天时间在这里打斗。
你就让他们全上与我来较量一番,
或是上帝赐他们赢,或是赐我胜。”

国王说:“什么?
让他们一下子全上?
他们可是会将你踩得稀巴烂,
我可怜你! 还是单打独斗吧。”
萨纳萨尔说:“不,陛下,
我没有六十天的时间,
你让他们一下子冲我全上吧!”

于是国王下令立刻释放
自己六十名力士巨人。
萨纳萨尔骑着宝马贾拉利,
拔出青虹宝剑支在地上。
力士们如水牛般哞哞乱叫,
朝萨纳萨尔扑了上来。
话音传来,时而是他们的,
时而是萨纳萨尔的。
他们相互逼近,响起击打声。
德黑珠站在窗边望着。
萨纳萨尔冲进巨人群,
用剑朝他们无情砍杀。
他们无法接近他。
战斗进行到近黄昏。
二十个力士被他砍下脑袋。
他们继续夜战。
他们说:“夜间我们能杀了他,
我们能杀了他,夜间漆黑一团。”
天亮前他们中又有十人被杀。
他们又打到暮色苍茫,

又死了十人,还有二十人活着。
四周躺满了他们的尸体,
尸体浸泡在血泊之中。
血泊中站着萨纳萨尔,
他陷在这黏稠的血中。
他无法从血泊中脱身,
他们也无法杀死萨纳萨尔。
他们一直在萨纳萨尔四周徘徊,
他们害怕接近他。
他的一条胳膊变得麻木。
他已经无力进行有力的打击,
只可能勉强将打击击退。

但是让我们离开一会儿,
虽说又传来新的打击声,
去看看巴格达萨尔在干什么。

巴格达萨尔在萨逊。
瞧他起床后正在洗脸,
他的目光落在萨纳萨尔的戒指上,
落在同老大交换的那枚戒指上。
他发现手指上的戒指染成了黑色。
“嗨嗨,”他喊道,“快,快牵马。
我要骑上马,飞驰着去找哥。”
他出屋一瞧:天空中乌云密布,
他进屋对母亲说:“哎哟哟!
我的大哥有大难,我心中害怕。”
她问:“你怎么知道?”

“一个老人对我们说过，
他说：当乌云从那边飘来，
你们两兄弟便将被分离开，
你们中的一人命中注定有危险，
你们快互相帮助渡过难关。
我必须赶忙去与大哥在一起。”
她说：“孩子，忍耐一下，
生命需要顽强与忍耐。
同我一起去，吃点面包，
然后准备好上路的行装。”

他牵来暴躁的坐骑，
给它备好鞍鞯，拿起大槌。
他飞身上马，
向上帝呼喊后驱马而去，
忘了吃面包。

他疾驰到遥远的群山前。
牧羊巨人注意到他，
谁那么疾驰，像股飓风。
心想：“这定是萨纳萨尔的兄弟。”
他迎上前去，说：
“骑士，来，喝点牛奶，吃点东西，
稍事休息再上路。”
巴格达萨尔叫喊道：“你是撒旦，
是你杀了我的兄弟，
而你还对我说：喝点牛奶。
我走了。再见！”

牧羊人回答道:“喂,不是!
你不喝牛奶,我是不会放你走的。”
巴格达萨尔发现此人准备吵架。
他下马,坐在一边。
牧羊人在大木桶里挤上牛奶,
朝巴格达萨尔走来给他面包,
而自己围着羊群转悠起来。
他等巴格达萨尔喝完牛奶,
已经在绵羊周围转了七圈,
巴格达萨尔翻倒木桶大喊:
“嗨,牧羊人!拿走碗,我上路!”
牧羊人走上前来,对他说:
“萨纳萨尔比你强七倍,
当心,你可别抗拒他。
走吧!老大已战胜力士四十,
还剩二十名,由你去收拾。
然后你们回到自己的家,
不用再害怕,谁也不可能
将你们兄弟俩战胜。”

巴格达萨尔驱马前行,
来到铜城的城墙前面。
只见城墙旁站着四十个老人
他们已经老到这种样子,
他们的衣服、他们的胡子,
他们的一绺绺头发全成焦黄。
他朝老人们躬身施礼道:
“你们好,白胡子、红胡子、

黑胡子的老人们!”
依旧是那个老人上前同他搭话:
“嗨啊,嗨啊,年轻人,
你想来啊,你就落到一人手里,
她可没有什么恻隐之心!”
巴格达萨尔说:
“我碰上她会成什么样儿?”
“孩子,这里不需要钟点。
无恻隐之心的女人有只鸟,
它飞啊,叫啊——于是
你就变成了我们的同龄人。”
巴格达萨尔说:“亲爱的大爷,
昨天有个年轻人来到这里,
他骑马来的。你见过他?”
老人们回答说:
“不是昨天,而是前天来过
一个跟你一模一样的年轻人。
他甚至比你更强壮,更豪放,
他骑的那匹骏马火红火红。
他疾驰而去,已经进了城。
直到昨天还听见战斗的巨响,
那是巨人们发出的战斗巨响。
可是今天一切都寂静下来。
我们谁都不知道那里谁还活着,
谁已经不在人世。”
巴格达萨尔叫道:“哎哟!
这就是我的兄弟!如果听不见
他的声音,可见他已给打死!

我发誓要让所有力士吃尽苦头，
我要让城市消失得无踪无影，
我要替兄弟报仇雪恨。”
他离老人疾驰而去。
他所见到的一切，
周围在移动的一切，
无论牲口与人他都杀。
他急速驶近，用大槌狠砸，
他将城墙摧毁，进了城。

萨纳萨尔和二十名力士
面对面站定。
萨纳萨尔已经如此疲惫，
刚能将敌人击退。
双眼被血糊住，剑影晃动。

巴格达萨尔驱马疾驰，
来到德黑珠的窗下，
他问：“姑娘！斯杀在哪儿进行？”
德黑珠认出了他，说：
“在城市的那头——那边！”
巴格达萨尔驱马疾驰，
他飞驰而来立刻投入战斗。
他杀了几个力士巨人后，
才高喊：“喂！萨纳萨尔！”
他的话发出巨大声响，
萨纳萨尔明白他的小弟赶来了，
便说：“谢天谢地！

我的帮手赶到,再也不用害怕!”
他喊道:“喂,小弟! 喂!
是你赶来帮助我吗?”
巴格达萨尔叫道:“是的! 是我!
你去挡住他们的去路!
我从这里去把他们打败。”
于是他从血泊中拽出兄弟,
领着他把血迹洗净,
萨纳萨尔睁开双眼,问:
“他们现在哪儿?
他们还剩二十人生还。”
“我把他们杀了。”
巴格达萨尔说。
于是他们去见国王。
见到他们,国王说:
“你通过了四种考验。
但你们还应该去趟绿城,
再返回来将我女儿领走。”

可是绿城,你在哪儿?
我们向你走来。

孪生兄弟在绿城

他们走啊走,来到一个
干旱无水、被烧毁了的地区。
他们进城,这边那边到处跑,
他们敲门,屋里有个老婆婆。
老婆婆出来问:“谁在那儿?”
他们说:“我们是外乡人,
你能接待我们吗?”
她答道:“为什么不呢,
客人——是上帝派来的!”
老婆婆打开门,让年轻人进屋,
她说:“我没有孩子,你们
便是我的孩子,我便是你们母亲。
我们一起过活,上帝将赐福我们。”

天亮了,
萨纳萨尔对巴格达萨尔说:
“卡扎日国王为何打发我们过来,
在这里我们该干点什么?”
巴格达萨尔回答道:
“我们到城里去走走,
既然上帝将赐福我们,那我们
就去看看一切将如何结束。”

坐骑和武器托付给老婆婆照看
他们便在城市里到处溜达。

他们来到国王的马厩前，
站在大门旁。
御马监出来问兄弟俩：
“年轻人，你们是谁？
是否想当马倌？”
他们答道：“我们是外乡人。”
“你们是否会给马挠痒？”
“我们会。”他们说。
御马监将他们领进马厩，
说：“把单马栏的马收拾干净。”
巴格达萨尔拿铲，萨纳萨尔用帚，
钻到马肚子底下收拾。
御马监说：“现在给马挠痒！”
萨纳萨尔问：“铁刷子在哪儿？”
“在那边的架子上，在角落里。”
御马监说完便离去。
萨纳萨尔什么样的铁刷也未拿。
它到他手中便散了架。
他在马厩里转了一圈发现：
那边不是躺着把大铁刷？
那是个铜制饮马用水槽，
如今铜槽里盛着大麦。
他倒掉大麦，将铜槽拿起，
打算给马儿挠痒痒。
但他只是顺着马背，
从马鬃到马尾蹭了一下，
便把马皮从马身上揭下。
这时御马监到来，

他又喊又叫："你们在干什么?"
他们说："挠痒痒!"
"愿你们家房子倒塌!
你们可把所有马全给毁啦。"

御马监急忙去报告国王,
什么样的灾祸临头。
"我们该拿他们怎么办,
他们是身强力壮的大力士!"
国王说："让他们留在这里,
明天一早打发他们上山,
去同巨鱼搏斗。"

兄弟俩又去老婆婆家。
晚上巴格达萨尔说:
"大娘,我渴,给我点水喝。"
老婆婆说："让雷劈我吧,没水!"
巴格达萨尔说："说什么哪,大娘?"
老婆婆说："我宁可为你去死,
可在我们城里没有水。
它曾经有过水和绿色,
因此叫绿色的城市,
如今山上有眼泉水,
但只要巨鱼一接近
它的源头,
就将泉水堵住,
不让水流向城市。
我们怕它,无法上那儿取水。

每星期给它送一次姑娘当饲料，
为的是让它哪怕给点水，
为的是百姓别因口渴而倒下。
国王身边就有个姑娘，
明天就该轮到她。”
“大娘！难道你们不能将巨鱼杀死?”
答道:“儿啊,巨鱼可杀不了!
国王率领自己军队去过无数次，
对它一筹莫展毫无办法。”

当曙光来临的时候，
老婆婆说:“听那声声号哭，
想必是将姑娘往巨鱼那儿送。”
年轻人仔细一瞧,果真如此。
姑娘长得像月亮。
她身穿一袭黑衣。
她在哭泣。人们将她领向泉水。
女人们提着高水罐跟着去打水。
两兄弟跟在他们身后走。
待到他们一出城，
就有人对兄弟俩说：
“你们押着姑娘去见巨鱼，
同它厮杀并将它杀死。”
兄弟俩对国王说：
“我们拿什么去厮杀?
身上连件武器也没有。”
国王回答:“随你们便!”

巴格达萨尔对萨纳萨尔说:
“我们进这间大屋吧,
那里有两块圆石卧躺,
我们去把它们带上。
两块巨石都有窟窿,
我们把手伸进去便可抓住。”
于是他们进去拿走了圆石。
圆石的女主人却不干,
跑到国王那里去诉苦。
“我们遭到损失有多大,
好不容易才把石头运到,
他们却拿走想到山上抛掷。
我们可没力气再把它拖回。”
国王于是问兄弟俩:
“你们拿走石头能再送回吗?”
他们说:“是的,
我们到那边后再将它送回。”

他们提着巨石与姑娘同行。
走着走着便来到山顶,
那是经常捆绑姑娘之处。
他们便说:“姑娘,别怕:我们
一个在上面,另一个在下边。”
可是她却这样想:
“还是让我逃走吧,
但愿巨鱼将他们吃了
并把水给我们。”
他们发现没有巨鱼,姑娘却跑了。

他们抓住她,将她捆住。

萨纳萨尔对兄弟说:
“我在下面,你在上边。
倘若我在上面用石头击打,
我的石头你可无法挡住。
只要巨鱼出现,我们就将它击毙。
但是你得小心点,小弟,
别让石头掉进深谷,
千万别把它们丢失。”

突然他们听到:雷声
在群山中隆隆响起。
他们见到一头巨兽过来。
它的高度与水牛一般,
却比水牛长出五倍。
巨鱼从远处便发现了他们:
有三个人跑来让它果腹。
乐得它牙齿咯咯作响,张开大嘴,
摆动鱼尾,发出呲呲响声,
朝美味的姑娘轻轻爬过来。
她咬紧嘴唇,说不出话来,
她哭泣,热泪顺脸颊流淌。
巨鱼爬近,到了跟前,
巴格达萨尔扔出巨石。
巨石击中巨鱼,但它没有倒下。
巴格达萨尔高喊:“留神!”
萨纳萨尔给予一击,击穿它的侧部。

他们握着圆石慢慢走近，
将巨鱼的脑袋击碎。
他们俩带着石头走到姑娘跟前。
他们给她松绑后说：
“姑娘，回家吧。”
血污污的巨鱼翻过肚子死了。

溪流的源头给打开。
泉水流淌——川流不息。
人们去打水，
每人都能尽情地取水。
巴格达萨尔对老大说：
“我们把石头扔进狭谷，走吧。”
萨纳萨尔说：“人们很可怜，
他们搬不动巨石。我们给他们送还。”
他们提着巨石同姑娘一起进城。
姑娘将一切向国王叙述。

国王召见他们并问：
“那么巨石你们带回来了？”
答道：“是的，在门外。
请石的主人来将它们搬走，
我们不知道该送往何处。
我们运到这里随后让他们搬走。”
“可他们自己是无法搬回家的。”
“以前是怎么搬的？”
“以前是靠公牛和马匹，
将巨石拉到自己家门口，

然后用来榨油。”
萨纳萨尔说:“好吧,让他们
给我们指明地方,把门打开。
我们将石头送到他们家。”
石头的主人便与他们同行,
指出石头该放何处,
兄弟俩放好巨石,又双双
回到老婆婆的家中。

第二天,国王对萨纳萨尔
和巴格达萨尔兄弟俩说:
“你们提吧,我什么都将给你们!”
巴格达萨尔说:“我们什么也不要,
除非是我们亲自救下的那个……”
国王又开腔道:
“巴格达萨尔,你说!”
国王问了三遍,
巴格达萨尔就是不回答,
于是国王犹犹豫豫说:
“好吧,既然你们不说,
所救的姑娘就是你们的,
我把她给你为妻,巴格达萨尔。”
巴格达萨尔小伙儿说:
“眼下我可没时间结婚!”

人们毕竟还是让他和姑娘订了婚。

孪生兄弟成亲

兄弟俩起身告辞,
“祝你们幸福。”众人说。
他们离开绿城,
向铜城疾驰而去。
他们驰马来到卡扎日国王门廊前,
为的是带走德黑珠,强行带走。

卡扎日国王说:“萨纳萨尔,
德黑珠在城外,在古堡里生活,
那里的看门人便是恶魔阿姆陀。
你如果有胆量,就去将她领回。”

巴格达萨尔留在了城里。
萨纳萨尔作为萨逊的勇士
拿起武器,跨马上路。
他看到山岩上有座白色城堡。
策马朝那城堡飞驰。
“让我去看看,”他说,
“别是德黑珠住在那里?”
他来到大门前。
两扇巨大的城门里有条通道。
萨纳萨尔前去敲门,
高喊:“开门,否则
便将你的大门推倒在地。”
阿姆陀愣住了,吓得双腿不听使唤。

德黑珠从小窗里张望,发现:
那里站着萨纳萨尔。
她跑着,打开大门说:
“你是我双眸的光明,你来准有
喜事,我的主宰。”

萨纳萨尔跃下马。
他们拥抱着进了古堡。
德黑珠说:“我将为你去死!
回答我,萨纳萨尔,
你的到来是否好兆头?”
萨纳萨尔回答说:
“我来此是要娶你为妻。”
德黑珠说:“太好啦!
我是否找到了像你这样的勇士?”
她站在他面前。
萨纳萨尔发现——她美貌非凡,
比他梦见的还要可爱七倍。
他们互相交换了戒指。
德黑珠说:“萨纳萨尔!
我为你感到可惜,你那么年轻,
为什么要来找我?”
“你干吗为我可惜?”
德黑珠回答说:
“我可惜你,是因为他们
可能杀了你,要知道这个王国
是个有魔力的地方。
我们晚上离开,为的是

别让城市醒来，别让它知道，
倘若它醒来，知道了一切——
我们就走不了啦。”
萨纳萨尔回答说：
“不，我并不怕！不，我白天走，
不用再说什么！
既然你走，就上我的马！
如果你不走，请说话，
我掉转马头，急速离去！”
“我怎么能不走？”德黑珠说，
“我为你活着，我只爱你，
我召唤你就为了同你一起离开。”

说着她便跃上骏马。
萨纳萨尔驱马疾驰。
对在路上遇见的一切，
无论是石头、灌木还是野兽，
萨纳萨尔都打招呼问好。
已经看得见卡扎日国王的地界，
在那里他们遇见令人厌恶的野兽。
这头野兽往空中盘旋而上，
大着嗓门咆哮怒吼：
“噜噜噜！噜噜噜！抢人啰！
萨纳萨尔把红头发姑娘抢走啰！”
石头听到了大嗓音，对灌木说，
灌木又对树木说，
树木又对野兽说，
声音找到通往城里的路，

在城里人们又互相诉说。
人人都清醒过来。
人人都匆匆起床。
骑手们顺着田野疾驰，
跟在德黑珠后面猛追。
海滩的沙子数得清，
天上的星星数得清，
地上的青草数得清，
疾驰的骑士数不清。

但那就是萨纳萨尔！
他将德黑珠领上山顶放下，
然后返回，朝骑士们驰来，
他抽出青虹宝剑，说：
“我为你祈祷，上帝，
军功章，我为你祈祷！”
他开始向骑士们砍杀。
萨纳萨尔在他们密集处厮杀，
他乱砍乱杀，向前飞速奔驰。
随后萨纳萨尔看到：
骑士们离他四散奔跑，
他们往远处匆匆奔跑——
而在远处他们又急匆匆
往回跑来。原来后面紧跟着
狂怒的巴格达萨尔，
他飞驰着追杀城市居民。

巴格达萨尔老远就见到一名骑士，

那骑士满身血污,血迹斑斑,
手握宝剑向众人砍杀。
巴格达萨尔冲他叫喊:
“你死定了!我见到
是你杀了萨纳萨尔。
我追上你,定叫你命归天。”
他扬起大槌,一槌击打在
萨纳萨尔的胸脯上。

萨纳萨尔朝马臀仰面倒去,
但重新在马鞍上坐稳身子。
他的兄弟转过身又是一槌,
再次将萨纳萨尔打离马鞍。
萨纳萨尔又一次坐稳马鞍。
他开始唱起歌来:
“愿祈祷的热情不灭,
上帝的赠予乃是一切。
多熟悉的一击!狂怒的巴格达萨尔
朝对手正是如此打击。
多熟悉的挥击!狂怒的巴格达萨尔
正是如此挥击。”

听到这些歌词,巴格达萨尔明白,
站在他面前的是萨纳萨尔,便说:
“你全身血迹斑斑,我没认出你,
你怎么也没认出我呢,
也不给我个手势,打我一下呢?”
萨纳萨尔回答他说:

“我把卡扎日国王的女儿带来了。
瞧,她在那儿,在山上。”

于是他领着兄弟去见德黑珠,
老远就给她使眼色:
“来吧,吻他的手。”
她吻了下巴格达萨尔的手。
巴格达萨尔非常喜欢她。
“新娘,”他说,
“你把我哥衣服上的血迹擦擦,
没消灭的那伙人由我来收拾!”
一瞬间,巴格达萨尔
已经将长矛拿在手中。
他朝骑兵部队冲去,大开杀戒。
除了在家里待着的他不杀,
所有人全被杀得一个不剩,
免得有人去向城里居民报信。

就这样两兄弟在一起,
一人在这边,另一人在那边,
击退一群又一群的骑士,
哀号声从四面八方传来。
这时卡扎日国王到来,说:
“看在上帝面上,萨逊的勇士们,
别再杀戮我的子民。
想要什么,我全给你们:
想要女儿——我给你们,
想要帝国——我给你们。”

他俩说:“我们想要德黑珠,
那么我们就把她带走。”

他们就带着德黑珠,
来到那四十个老人面前。
他们勒住马,将她放到地上,
让她站在老人们跟前。
年轻的萨纳萨尔说:
“这四十个人为你而来,
你把他们引诱又让他们变老。
来吧,解除你的魔法,
使他们重新恢复青春,
变成他们原先的模样。”
金色发辫的德黑珠说:
“他们全为我而来到此地,
倘若我为他们恢复青春——
他们将会向你们提出挑战。
带上我吧,快些走!”
“这样不合适。”萨纳萨尔说。
德黑珠立刻开始占卜,
召来自己的鸟儿。
鸟儿唱起歌来,请青春
回到了外乡人的身上。
萨纳萨尔说:“好极了!”

德黑珠又被领到一边,
来到那群年轻人跟前,
萨纳萨尔说:“勇敢的力士,

道路把你们引向金发姑娘，
不过你们必须进行搏斗，
搏斗后才能将她领走。
而我们亦想找到德黑珠，
于是我们兄弟俩在这里
厮杀，并在战斗中获胜。
我们就将她带到了此地。
来吧！如今你们重新有了力量。
德黑珠你在山丘后等着，
而我们开始厮杀。
如果你们有力量将我们战胜，
德黑珠便归你们所有，
假如我们取得胜利——
那她就是我们的人。”
力士们回答道：
“嗨，萨纳萨尔，巴格达萨尔！
由于你们的意志我们重获自由，
在我们血管里年轻的鲜血
重新流淌，难道我们会同你们厮杀？
不，我们不会同你们厮杀，
我们需要去我们的地方。”
萨纳萨尔说：“异国的兄弟，
你们就这样同意我把她带走，
让我与她一起共同生活？”
他们说：“是的，与她共享快乐，
请接受我们的祝贺，祝你们
幸福美满！”这四十个人说着
便分道扬镳各自回家。

萨纳萨尔和巴格达萨尔领着
姑娘踏上去萨逊的归途。
萨纳萨尔说:“我的兄弟,
金发辫姑娘你娶了吧!”
巴格达萨尔回答:“我不娶!
她给你写了两次‘致意’。
你为她厮杀,她应该是你的。
什么地方见过,何处听说过,
兄弟同兄弟争夺未婚妻的?
我将娶我们从巨鱼那里
救出的那个姑娘为妻。”

他们在路上不知走了多长时间,
见到有人骑着一匹灰马过来。
骑士朝他们喊:“喂,小狗!
这个美人与我般配,
你们要把她带往何处?”
萨纳萨尔说:“小弟,
把我的马勒住,
我去看看他在那里说些什么。”
巴格达萨尔吼道:“见鬼去吧!
每次都是你去冲锋陷阵,
这次得我去!”
萨纳萨尔说:“去吧,何必生气?”
巴格达萨尔策马疾驰,
他屹立在田野上。
那位出言不逊——

这位不依不饶。
两位跳下马投入战斗。
巴格达萨尔抓住对手，
一把扔在地上。
那位解开自己的领扣，
露出白生生的乳房，说：
“巴格达萨尔，我就是
你们带走的姑娘的妹妹。
我在山上待了七年。
我之所以离家出走，
是不想看到德黑珠的妖术。
于是我来到了绿城，
在绿城的国王那边生活，
并且知道德黑珠的魔法消失，
萨纳萨尔将她带走。
要知道你同样已与我订婚，
于是我便来找你。”

就这样他们四人骑着马，
朝萨逊方向徐行。
他们派过路人带口信，
去见措维娜-哈图：
“我们带来卡扎日的两位公主，
金发辫的德黑珠和她的妹妹。
请准备好喇叭，准备好铃鼓，
让说唱艺人们等候我们，
我们来红红火火办喜事。”
于是他们的母亲措维娜，

打点好各式喇叭四十把，
收集好各式铃鼓四十面，
领来说唱艺人若干，
召集男女市民无数。
萨纳萨尔同德黑珠举行婚礼，
巴格达萨尔同她妹妹拜堂成亲。
四十个白天，四十个黑夜，
美味佳肴热气腾腾，
喜庆筵席热热闹闹。

婚后巴格达萨尔同年轻妻子
去了巴格达。
萨纳萨尔留在了萨逊。
巴格达萨尔没有子嗣。
上帝赐予萨纳萨尔一子，
他名叫维尔戈。
过了几年又得二子，
一名奥瓦-戈尔兰，
另一名姆格尔。
维尔戈一点儿也不中用，
而奥瓦确实就是戈尔兰[①]：
他将自己裹在七张牛皮里，
只要大喊一声牛皮便被震破。
姆格尔嘛，则极富天赋。

俱往矣。死神向萨纳萨尔走来，

① 戈尔兰，意即大嗓门。

他死了。措维娜-哈图也去世。
全死了。仍然在世的有：
凯里·托罗斯和德黑珠，
维尔戈、奥瓦-戈尔兰和姆格尔。
姆格尔的时代来到了。

第 二 篇

大姆格尔

深切怀念
　　你，德黑珠——千遍！
深切怀念
　　你，凯里·托罗斯——千遍！
深切怀念
　　你，奥瓦-戈尔兰——千遍！
深切怀念
　　你，大姆格尔——千遍！
深切怀念
　　你，阿尔玛加——千遍！
深切怀念
　　你，伊斯米尔-哈努姆！

猎人姆格尔

萨纳萨尔刚去世——
奥瓦便来找维尔戈说：
“维尔戈，萨逊属于你，
因为你是大哥。”
维尔戈回答：“什么？
我无法治理！
况且我患有疝气；
有一次我举了举父亲的大槌，
因为太使劲便得了疝气。”

于是他们聚在一起，
举行会议并做出决定，
将由母亲德黑珠，
来统治萨逊，
直至孩子们长大成人。
德黑珠骑上骏马贾拉利，
去山上散步，
因为她很久没离开过家。
那骏马她简直欣赏没够。
她给贾拉利配上珠母鞍，
还给它套上黄金马嚼子，
自己则身披铠甲，
足蹬银灰色矮靿皮靴，
手擎萨纳萨尔的槌矛，
腰悬箭囊，身背大弓。

她踏遍了四周的青山。
德黑珠就这样统治了
这个国家达数年之久。

此时有位姆斯拉-梅利克,①
他曾是巴格达的哈里发亲戚,
姆瑟尔②即在他的统治之下,
在姆瑟尔掌有无限权力。
梅利克一听说萨纳萨尔已死,
便向萨逊发兵征讨,
将沉重贡赋加予萨逊百姓。
每年他需未下犊母牛四十头,
金灿灿的黄金四十斗,
年轻貌美的处女四十名,
从此萨逊便成了他的进贡者。
当姆格尔年满七岁,
他的个头已有七步高。
他被领到修道院学习,
学了一段时间,他长大了,
成了一个身材匀称的小伙子。
他对母亲说:“妈妈,
我是否该这样长久生活下去?
请允准我去爬山去散步!

① 梅利克源于阿拉伯文,原意为“皇帝”,13—16世纪亚美尼亚和阿塞拜疆地方上的封建领主。此处的梅利克为姆瑟尔地区的国王。那时共有两个姆斯拉-梅利克,大的为伊斯米尔-哈努姆的丈夫,小的则为大姆格尔和伊斯米尔-哈努姆的儿子。

② 姆瑟尔,即埃及,也是城市和首都,但也有学者认为应是伊拉克底格里斯河畔的城市摩苏尔。——俄译注

我要去打猎,去与人交往,
这样我才能成为一个人!”
德黑珠说:“姆格尔,
你去打猎还太小。
你再等几年,等你再长大一点!”
但是姆格尔经常对母亲说:
“家中没有男主人,
小鬼便会登家门,
带来痛苦数不尽。
假如我参加战斗,
最好现在就做准备!”

德黑珠拗不过儿子,
只得表示许可
他从此开始去打猎。

那时他在田野上狩猎,
急匆匆往山上飞奔,
直到夜晚才把家归。
他不会骑马,捕猎靠双腿。
有一天姆格尔过分劳累:
他追赶狐狸追了一整天,
一整天没追上一只狐狸,
他又累又生气回到家里,
将粗棍子往角落里一扔。
他的舅爷爷问:“孩子,
你为何如此恼火生气?”
姆格尔答道:“嗨,凯里·托罗斯,

我的狩猎真可恶可恨！
我在森林里奔跑，追赶狐狸，
它们竟然全在我手中溜掉！
我飞跑着都无法赶上野兽。
我企图从远处朝野兽射箭，
箭镞却飞不到它们跟前，
我只能一无所获回家转。
嗨，舅爷爷，我有多累！”

那时他的身体又粗又壮，
跑起来显得沉重无比；
当他在大地上奔跑——
他的膝盖便陷入泥中。
舅爷爷对他说：“你啊，
真是个疯子，孩子！
难道萨逊人全是疯子不成？
只有疯子才徒步追赶狐狸，
只有疯子才用手捕捉野兽。”

姆格尔问：
“那我该怎么办，舅爷爷？
我该做什么，请你教我！”
德黑珠说：“姆格尔，孩子，
在比特利斯[①] 有位戈尔吉克，
他是大公，也是我们的亲戚，
孩子，你动身去找他！

① 比特利斯，城市名，位于瓦湖西南方向，现在土耳其境内。

戈尔吉克大公有良驹四十匹,
他会给你一匹跑得更快、
更强壮有力的骏马,
你骑上它便能追逐野兽。”
姆格尔说:“娘,给我准备上
两只小面包,明儿一早我就动身,
去比特利斯城找戈尔吉克大公。”
姆格尔清晨早早从床榻上起身,
拿起两只黍类做的小面包,
塞进自己的腰带后面,
连根拔起一棵橡树扛在肩,
就这样上路了:
“喂,比特利斯山谷,你在哪?
我朝你走来!”

下到巨大的山谷,
他来到比特利斯城边,
进入城市的大门。
城门旁一帮小伙和孩子在摔跤
他们见到——有个人走来,
此人高大无比,前额碰到门楣,
肩上还扛着一株百年老橡树——
一根原木,有如屋顶下的横梁。
他们望着姆格尔,唧唧喳喳:
“从哪儿冒出这么个人,
把原木扛在肩上带着跑!”
姆格尔走到他们跟前问道:
“戈尔吉克大公住在何处?”

孩子们围着他跳跳蹦蹦，
说道："走吧，我们领你去，
给你指明戈尔吉克大公的家。"
他们将他领到大公的家门口。
姆格尔把原木靠在墙上迈进门
见到——戈尔吉克大公端坐在
自己富丽堂皇的宫殿上，
全体公爵坐成一圈进行着交谈。
姆格尔朝他们鞠躬致意，
而大公未朝姆格尔瞧上一眼。
姆格尔朝高踞众人之上的那位
瞥了一眼说："莫非，
这位就是戈尔吉克大公！"
他朝大公面前走去，
握住他的手，
往天花板方向稍稍提了提，
给手臂稍稍加了点力气。
大公的那条手臂似乎断了似的。
于是他问姆格尔：
"你是谁，大力士？"
姆格尔答道："我来自萨逊。"
"你的父亲是谁？"
姆格尔回答："萨纳萨尔！"
这时戈尔吉克大公说道：
"欢迎光临，亲爱的。
"欢迎光临我们的家！"
戈尔吉克大公在耍滑头，
他感到姆格尔像个巨无霸，

便想对他献殷勤卖人情,
吩咐端上美味佳肴待客人。

姆格尔坐着,吃着,休息着,
当他酒足饭饱之后,
大公开腔问道:
“你叫什么名字,小伙子?”
那位回答道:“姆格尔。”
“出什么事了,姆格尔,
怎么会成了我的客人?”
姆格尔说:“我身体变得臃肿
重得厉害,当我去打猎时,
无论是狼和狐狸都无法追上,
它们都从我手底下逃跑溜走!
我请求你给我一匹马,
我可以骑着它追赶野兽。
如果你给,就请给吧,
要是不给,我立马动身离开!”
这时戈尔吉克大公回答说:
“为你我可以掏出心,姆格尔,
可你只是请求要一匹马!
我有良驹四十匹;
你可以为自己哪怕挑选十匹!
哪匹骏马合你的心意,
你就挑它当你的坐骑!”

当晚人们就寝。清早他们醒来
并且坐下又吃又喝。

然后戈尔吉克吩咐仆役：
“你领着我的姆格尔，
替他把马厩打开，
让他为自己挑一匹
合乎他心意的骏马。”
于是姆格尔和仆役来到马厩。
姆格尔一瞧，便不知所措：
二十匹马站成一排，
二十匹马在另一排，
所有马匹上都披着彩色鞍韂，
所有马嘴上都套着铁的嚼子。
只听仆役开腔道：
“姆格尔，我将为你献出生命！
哪匹马合你心意——看中就牵走！”
姆格尔围着两排马转了一圈，
他用手往哪匹马背上一拍，
那匹马便扑通倒下缩成一团。
姆格尔把所有马都试了一遍，
说：“没有适合我的马！
你们没有良驹，只有一群劣马，
用手往哪匹马背上一拍，
那匹马便倒下缩成一团。
它们哪里承受得了我的重量？”

他转过身正打算从马厩离开。
突然见到：在单马栏中
有头两岁马驹，胖乎乎毛茸茸，
跳跃着，抖动着鬃毛。

姆格尔当时自言自语道：
“倘若没有适合我的坐骑，
我就照这匹马的脊椎来上一拳，
让它倒毙，我起身离去，
叫他们把我记住！”
他横向一把抓住马驹的背，
立刻朝骶骨给了它一拳。

它跳跃着踢伤了十匹马，
蹄子两次踢墙发出轰隆声，
此时如果姆格尔亦碰上它，
准保一脚给踢飞回萨逊。
正当马驹一脚踹在墙上，
花岗岩里突然冒出火焰。

姆格尔大声叫喊：
“这匹马让我着迷——
我要的就是这样的坐骑！
我不能找到比它更好的！
要知道我了解自己的力量：
我给了它一拳，它应该倒毙！”
现在我就去对主人说：
“假如他给我马，我带着它离去，
如果他不给，我就无马而归。”

姆格尔回来在豪华宫殿落座。
戈尔吉克大公问他：
“姆格尔小伙子，

你选中了哪匹马？”
姆格尔回答：“所有四十匹马
就让它们留在你身旁吧，
别让它们减少了数量。
你就将那匹毛茸茸马驹给我吧！
倘若你不肯把它给予我——
我便抛下一切回家转！”
戈尔吉克大公说：
“姆格尔小伙子，
当着众人我感到惭愧，
我是大公，而不是寻常百姓！
你要这样的小东西有何用？
人们会说：姆格尔来向大公要马，
可大公却舍不得给匹好马，
给了这么匹小马驹。”
但姆格尔说：“不，不！
小马驹是我自己请求要的。
假如你愿意给，我就要它，
倘若你不给，我便无马而返。”
这时戈尔吉克大公说：
“你从我四十匹良驹中，
定能挑上一匹最好的马。
小马驹是你自己挑选的，
而并非我硬塞给你的！”

此刻仆役拿起笼头给马驹套上，
将它从马厩牵到了院子里，
把缰绳交给姆格尔。

姆格尔将马驹朝自己身边拽，
却无法使它移动一步。
他请求拿根绳子来，
将马驹的四条腿捆上，
尽可能捆得结实牢靠，
再将原木穿过腿间，
将马驹扛在自己肩上，
说："好吧，大公，祝你健康！
愿上天保护你的家！"

他起身，踏上归途：
"你在何处，萨逊？我来了！"

在比特利斯有些淘气鬼孩子，
他们向姆格尔跑去，
"嘀嘀，"他们叫着，"嘘嘘，"
他们又喊又叫，吹口哨，
说是傻瓜扛着马儿跑！
可是姆格尔不听，继续赶路，
肩上扛着马来到了萨逊。

凯里·托罗斯见到了姆格尔，
发现姆格尔扛了头小马驹。
他说："因为你的天真，
看来此行你的成效不大！
显然你好不容易才求到头马驹，
说不定大公舍不得那些骏马？"
姆格尔回答他："凯里！

你对我说的全对：
戈尔吉克大公是有四十匹马。
我用手往哪匹马背上一拍，
那匹便倒下，缩成一团。
这些不是适合骑行的马。
而这匹我用拳头猛击它，
直接击打在它的骶骨上。
小马驹震得跳了起来，
一连踢伤了十匹马，
当它往墙上蹬踹的时候，
岩石上突然冒出了火焰。”
托罗斯说：“既然如此，把它给我！
我来把马驹精心养大！
我将把它留下九十天，
只有到那时你再来骑它。”
而凯里·托罗斯是名好铁匠，
对各种品种的马都十分内行。
九十天过去了，
马驹长胖，变得魁伟雄壮，
于是姆格尔骑在了它身上。

姆格尔成了一名骑手，
他骑着马将整个萨逊走遍。
无论遇见多少野禽和野兽，
他都杀死和捕捉，
带回萨逊分给众人，
七年间他以狩猎，
养活了整个萨逊。

姆格尔只身与狮子搏斗

姆格尔还不到十五岁。
那一天便来临了，
粮食在萨逊变得特别珍贵。
百姓们纷纷来找姆格尔，
他们站在大门外说：
“为了你对上帝的爱，姆格尔，
听着，我们正因饥饿大批死亡！
去吧，去拯救我们免受死亡！”
姆格尔说：“我未当面见灾难。
我会去找凯里·托罗斯，
他也许知道灾难来自何处，
可我却一无所知。”

姆格尔来到凯里·托罗斯处，
说：“舅爷爷，萨逊有饥荒，
也许你能帮助我们？”
托罗斯回答他：“姆格尔，
我能做什么？怎么帮助？
国内连一粒粮食也没有，
要是有的话，那也在
你爸爸的粮仓里。”
“那我们的粮食在哪儿？”
姆格尔问，“风儿吹走了，
冰雹打坏了，太阳晒枯了？”
老人答道：“全不是！

我们在萨逊从未耕过地，
我们在牧场繁殖山羊群；
而粮食由沙姆和阿勒普[①] 运来。
但是一头巨狮切断了道路，
挡住了步兵和骑士的通路，
谁也无法通过来到我们这里。
商人们更是害怕走这条由沙姆
至萨逊、由萨逊至沙姆的道，
瞧，就连黑斑羚都价格暴涨。”

姆格尔问：“凯里，狮子是什么，
狮子这东西是什么样儿？”
凯里答道：“它是兽中之王，
是吃人的野兽。”
姆格尔问：“是从远处吃，
还是当你走近时吃？”
凯里·托罗斯回答道：
“不是，是它先走近，然后吃！”
姆格尔说：“如果是这样，
天一亮我就去会会狮子！”
凯里说：“别去，它会把你撕碎！”
但姆格尔没有听他的，走了。

所有还能把脚踏进马镫的人，
还能爬上马背的人都骑在

① 沙姆即叙利亚的大马士革，阿勒普即距大马士革二百公里的省城阿勒颇。

大姆格尔只身与狮子搏斗

马鞍上，跟在姆格尔身后，
朝狮子的巢穴方向疾驰。
姆格尔老远便发现了狮子，
它伸了个懒腰，一跃而起，
尾巴使劲敲击着地面，
扬起一团尘土和烟雾，
它站起身，朝姆格尔走来。
此刻姆格尔问士兵们：
“那边扬起尘土的是什么？”
人们说：“这是狮子，就是
全世界都在议论的那头狮子。”
姆格尔说：“倘若有谁
用剑朝狮子袭击，
我将把狮子放在一边，
先转过身去攻击杀它的人！”
接着又说：“那头狮子的母亲
恳求上帝——生下了它；
我母亲恳求上帝便生下了我！
我应该摘下自己的剑放在地上，
我要不带武器投入战斗！”
人们纷纷后退。
姆格尔下马落到地面上，
他朝前迈进。
他大声疾呼：
“面包、酒和真正的上帝！”
姆格尔和狮子扭打在一起。
他用一只手抓住狮子上颌，
另一只手抓住它的下颌，

将它撕成了两半，
他将狮子撕成了两半。
左面的一半往左抛，
右面的一半往右抛。
人们跑来将姆格尔团团围住。
有一人跑回萨逊
向姆格尔的母亲通报消息：
“你的宝贝儿子！欢腾吧！
姆格尔杀了狮子！
如果从前他只是普普通通的
姆格尔，那么现在他便是
打狮英雄姆格尔！”

姆格尔回到萨逊。
萨逊人民朝姆格尔走来，
对他说：“你是我们的主宰，
现在请你统治我们吧！”
当他成为全体子民的首领时，
母亲德黑珠便给了他
宝马贾拉利，
青虹宝剑，
头盔与铠甲，
卡帕-哈普基①
和宽腰带。
他骑上宝马贾拉利，
手擎青虹剑，

① 卡帕-哈普基，即一种长长的皮外衣。

绕父亲的国土走了一圈。

对手们都低下了头。

姆格尔大战妖魔并娶阿尔玛加为妻

一天托罗斯带着一帮老人
到来并向德黑珠发问：
“为何你还不给自己儿子娶亲？”
他们商议起来。夜已降临。
翌日清晨托罗斯和奥瓦起床，
他们召集起自己的好汉们，
全体骑上马上路
去找国王梅尔孔。
梅尔孔国王问：“为何到来？”
他们答道：“我们有事找你。”
“什么事儿？”国王问。
凯里·托罗斯回答：“陛下！
我们需要一位姑娘，
无论她来自何方，
是来自城市还是出身农村。
到了该给侄孙娶亲的时候！”
梅尔孔答道：“好吧，
我们去马纳兹凯尔特，
向捷瓦多罗斯的女儿、
阿尔玛加求婚！”
于是梅尔孔国王和他的大臣们，
凯里·托罗斯和奥瓦，以及
一帮好汉们去往马纳兹凯尔特。

捷瓦多罗斯住在马纳兹凯尔特。

他们朝捷瓦多罗斯家飞驰而去，
问:“是捷瓦多罗斯府邸吗?”
回答他们道:“他去了瓦湖。”
他们又飞速赶往瓦湖，
到了那里问:“捷瓦多罗斯在吗?”
答道:“他在给要塞打地基，
吃过早饭便去了阿尔兹卢姆。”
他们又急忙驰往阿尔兹卢姆。
问道:“捷瓦多罗斯在此吗?”
“他是在这里给要塞打地基，
不过吃过中饭便去了卡尔斯。”
他们又连夜疾驰赶往卡尔斯，
问道:“捷瓦多罗斯在此吗?”
答道:“不在！他在建要塞，
吃完晚饭就去了马纳兹凯尔特。”
他们全都返回马纳兹凯尔特。
人们向捷瓦多罗斯通报说，
梅尔孔国王、凯里·托罗斯、
奥瓦和一帮好汉来晋见他。
捷瓦多罗斯派遣信使迎接来宾，
给客人们准备了房间，
王公们单独一间，
好汉们单独一间。

客人们来到，坐下吃了点东西。
用膳毕，撤去桌上的菜肴，
这时捷瓦多罗斯说:
“欢迎光临，诸位贵宾!

你们找我不知有何需求?”
答道:“我们想与你结为亲戚!”
问:“结为什么样的亲戚?”
说:“我们想让姆格尔当你女婿,
请将你女儿阿尔玛加嫁给他!”
捷瓦多罗斯问:“他是谁的儿子?”
回答说:“萨纳萨尔的儿子。”
国王说:“梅尔孔、托罗斯、奥瓦!
既然你们来找我求亲——
我很想将女儿许配给他,
可是我女儿已经被赫拉特[①]国王,
那白色妖魔掳去囚禁了七年。
倘若姆格尔能将她解救出来,
他便可娶她为妻!……”

且待他们进行自己的交谈,
而我们则把有关白妖魔的情况谈。

赫拉特国王、白妖魔知道,
姆格尔的声名远播
直至大地的各个角落。
说道:“不是今天便是明天
姆格尔将要给我带来损害,
将要把我的赫拉特夺取。”
妖魔坐下书写信函一封,
交给帕赫列瓦·卡米,

① 赫拉特为中世纪亚美尼亚一城市名。——俄译注

此人带着信朝萨逊疾驰而去。
而姆格尔此刻正在山中狩猎，
突然在他面前出现帕赫列瓦。

“嗨，祝你健康，姆格尔！
知道吗，既然你上山打猎，
就是说你已经过了儿童期！
不过你该清楚，白色妖魔
向你提出了挑战！”
他把信递给姆格尔，
信中如此写道：
“来哟，与我大战一场！”
姆格尔读完信，说：
“好啊，准备吧，我将去！”
于是帕赫列瓦说：
“我对你有个请求，
不过你得保证完成它！”
姆格尔说：“我一言九鼎，
假如你是妖魔，我们便是勇士，
我们从不食言，我们说话算数！
说吧，你想要什么？”
他说：“你要知道，
我们憎恨白色妖魔。
我们希望你将他杀死，
为的是让我们获得解放。”
姆格尔说：“就这么办！”

说完这些话后姆格尔回到家，

他亲吻母亲的手，然后说：
“知道吗，白妖魔给我写信，
他想与我大战一场。”
德黑珠说：
“你还年轻，我的孩子，
干吗同他去开战？
他比世上所有国王都强大，
任何宝剑都无法伤及他。
再稍稍等段时间，亲爱的，
年岁再长大些，再去找他！”
姆格尔说：“再等等也行，
可是我已经答应妖魔我去！”
于是母亲说：
“那就按你的心愿去行事吧，
不过你得照我说的去做：
骑上贾拉利骏马去吧，
它是你父亲萨纳萨尔的坐骑，
它什么都会，充满智慧。
你得披上父亲的铠甲，
戴上父亲铁制的头盔，
穿上他银灰色的矮靿皮靴，
带上弓箭和箭囊，大槌和
青虹宝剑，快快走吧。
贾拉利知道该将你送到何处，
只要它不停下，你尽管骑。”

姆格尔披戴父亲的盔甲，
备好鞍，跃身上马疾驰而去。

他进入白色妖魔的牧场，
驰上高山之巅。
四周的群山一片春色盎然，
山坡上鲜花盛开，有如花坛。
这时妖魔带着自己手下
登上山地牧场。
姆格尔在寻找白妖魔时
想喝水，但一路上没找到水。
他在山谷和群山中转悠，
想寻找到水源。
突然他发现：两个巨大妖魔
灌满了一牛皮袋的水，
正站在泉水旁。
姆格尔上前问好后说：
“能否让我从泉里喝一掌窝水？”
那两个妖魔答道：
“不行！白妖魔赫拉特
是泉水的主宰，
只有他一人可以从泉里喝水，
其他所有人均被禁止。”
姆格尔说：“兄弟们，
我想喝水。我只请求你们给一口水，
喝完我便重新上路。”
两妖魔说：“不行，白妖魔
曾发过可怕的誓言，
并派我们在此监视。
假如有哪个陌生人到来，
我们必须向他报告。”

此刻姆格尔已无法忍受,
他朝妖魔扑过去,给了两下。
他打死一个,另一个逃跑。
姆格尔喝够了水。

受伤妖魔的血迹
将姆格尔引到山中狭谷
的一处洞穴。他见到,
被他打伤的妖魔走近洞穴。
洞穴里冒出巨大的火焰。
洞穴的入口处旁有位美丽少女,
她被绑在一棵树上,
朝受伤的妖魔弯下身子,
替他擦净鲜血。
姆格尔一把抓住妖魔,
将其手脚捆绑结实,
把一座悬岩压在他身上。
他将姑娘身上绳索扯断,
美丽的姑娘站起身来。
她见到美男子姆格尔,
顿时看得入了迷,
这姑娘便是阿尔玛加,
她爱他爱得欣喜若狂。
她说:“勇士!无论是带翼飞禽,
还是长有肚脐眼的蛇身怪物,
都无法飞临此地,爬到此地,
而你如何能抵达?”

可是姆格尔反问道：
“那你是如何来到此地的？”
姑娘叹息着回答道：
“你别问了，唉，
我被妖魔们掳来已达七年，
在这里受尽了折磨。
赫拉特国王那个白妖魔，
向我们发动突然袭击，
我当时正散步在御花园，
白妖魔突然出现，
抓住我疾驰而去，
将我带到了此地。
他想让我当他的妻子，
不过，由于上帝帮助，
我至今未失身仍是处女。
听着！我做了个梦，
在梦里有人对我说，
让我别害怕：
有个勇士姆格尔似该到来，
他该杀死妖魔，
带我一起离开。”
“眼下那妖魔不在此地吗？”
“他去了黑山做祈祷；
已有九天没有见到他，
现在他将往回返。
白妖魔的魔法在黑公牛身上！
他骑着公牛全世界满处飞翔，

哪个国家他都完全破坏，
在他面前谁也无法把命保。
然而谁倘若能将公牛杀，
妖魔便将无能为力束手无策。”

听完话，姆格尔翻身上马，
朝黑山方向快马加鞭。
他见到山上有处泥潭，
泥潭里钻出头黑牛，
朝他迎面款款走来。
姆格尔从远处一见到公牛，
便窃窃祈祷抽出了青虹剑，
将公牛的肚子刺穿撕开。
他杀死公牛掉转马头，
急急返回去找阿尔玛加。

白妖魔又吃又喝酒足饭饱，
他喝醉了酒便想喝水。
他从山上四处张望——
久久不见担水人将水送来。
他说：“别是他们遭了不幸？
我嗅出他们遇上了一位勇士。”
白妖魔站起身跨上旋风宝马，
朝泉水方向疾驰而去。
突然他发现：泉眼旁的小径上
坐着位巨人像山那般高，
身旁有匹火红色马在吃草，
而悬岩下有个担水人在呻吟。

白妖魔朝姆格尔大声吼叫：
“喂，人！
无论是长翅膀的飞鸟，
还是长肚脐眼的蛇身怪物，
都无法飞临此地，爬到此地，
可你怎么敢到此来找我？”
姆格尔答道：“瞧，
我就是姆格尔！
你派人来找我，
我就来与你兵戎相见。
喂，起来站到对面去，
尽你所能搏斗吧！”

妖魔一听说姆格尔在他面前，
顿时内心充满了恐怖，
他的双手双腿瑟瑟发抖。
他装出副兴高采烈的样子，
说：“哦哦！欢迎光临此地。
请到我的帐篷里去坐坐，
我们喝个一醉方休到天亮，
然后再行决斗！”
“不，”姆格尔回答道，
“我的祖先给我留下遗训：
当你面对敌人挺立的时候，
别把同他的战斗放诸一旁！”

这时妖魔驱马扑向姆格尔，
姆格尔亦驱马朝妖魔冲来。

他们战斗了三天三夜，
谁亦未能战胜谁。
直至姆格尔将妖魔抓住，
一只手整个儿伸进他体内，
好似妖魔是一团和好的面。
姆格尔只是在第三天杀了他，
他让阿尔玛加坐上马鞍，
眨眼间便回家转。

他到家后发现：
凯里·托罗斯和奥瓦-戈尔兰
已经从捷瓦多罗斯处回到萨逊。
于是派人给捷瓦多罗斯捎去信息：
“姆格尔解救了你的女儿！”
捷瓦多罗斯国王带着
随从们来到萨逊，
给美丽绝伦的阿尔玛加
和姆格尔举行了结婚仪式。
然后端上石榴红葡萄酒
放在桌上款待宾客。
许多人参加了婚宴，
他们喝了七天七夜。

妖魔被杀的消息传到赫拉特，
那里的百姓欣喜雀跃，
他们去向姆格尔表示敬意，
让他到自己城里做客。
一群妖魔因此兴风作浪——

他们企图阻止姆格尔进城。
但姆格尔抽出青虹宝剑，
冲向妖魔，将他们杀个精光，
从他们手中将赫拉特城解放。
姆格尔也重新回到自己的萨逊。

姆格尔在姆瑟尔

当时还曾有位姆斯拉-梅利克,
听说姆格尔勇敢过人便怒气冲天。
要知道萨逊可曾是他的纳贡者,
只有姆格尔对此一无所知,
他不再向姆瑟尔进贡纳税。

姆斯拉国王下旨:
“你们快去萨逊,
告诉姆格尔让他做好准备
与我决一死战!”
信使们快马加鞭去见姆格尔,
说:“国王想与你开战。”
姆格尔对信使们说:
“他愿意打仗,让他来!我等着!
我们倒要看看,他想得到些什么。”
这时他的兄弟奥瓦-戈尔兰
对他说:“你已经长大成人,
你已经变得聪颖有头脑,
你该骑上马去姆瑟尔找国王,
对他的态度要婉转亲热些,
在陌生的地方要学会辨别人,
请求国王减轻些我们的贡赋,
它太繁重,我们无力偿还。”
姆格尔转过身对奥瓦说:
“是啊你的家不会倒塌,奥瓦!

我真没想到你会对我隐瞒，
原来我们该向梅利克纳贡！”

姆格尔骑上骏马贾拉利
朝姆瑟尔急驰而去。
此刻姆斯拉-梅利克正坐在
宫门旁的地毯上。
他见到眨眼间有名骑士飞驰而来，
坐在马鞍上有如高塔一座，
而骏马如暴风似闪电。
他猛然勒住贾拉利，
向梅利克点头行礼。
姆斯拉-梅利克一见到他脸庞，
便胆战心惊无法点头还礼，
他自言自语道：
“难道世上真有这样的人？”
他对仆役说：“看好马！”
姆格尔从鞍上跃到地上。
梅利克问：“你从何处来，好汉？”
姆格尔说：“我的国家萨逊，
我是萨纳萨尔的儿子。”
“噢，瞧你是谁，”梅利克说，
“你原来是在我土地上生活之人？
姆格尔，这就是你？”
答道：“我是姆格尔。”
梅利克问：“你来同我战斗？
你没把贡赋给我带来？
你知道萨逊是我的土地吗？”

并补充道："明天一早我们开战！"
姆格尔回答道："我们开战！"

翌日晨，萨逊的姆格尔起身，
去同梅利克决一死战。
萨逊的姆格尔和姆斯拉国王
相遇在一起，他们抓住对方，
展开了殊死搏斗。
大地在他们脚下翻动，
一如犁铧在翻耕土地。
碰撞声、雷鸣声将天地笼罩。
有些人说：
"这是乌云和雷雨行将到来！"
另一些人强调：
"这是群山落入山谷！"
世界因他们的打击和冲撞而颤抖。
他们每人抓住一根
三百斤重的粗棍子。
他们退开——互相打量，
他们交锋——互相击打。
他们打了三天三夜，
都未能互相战胜对方。

姆格尔是勇士，靠力量取胜，
梅利克有心计，以技能擅长。

梅利克见到姆格尔如此强壮，
如此英勇无畏和豪迈坚强，

便说:“听着,姆格尔,
让我们来签订条约!
出于骄傲我一直以为,
我比任何人都强大无比,
可眼下我对付不了你的力量。
无论你欠多少税赋,
我都给你豁免,全赐予你!
今后你亦免于贡赋,永远,
连萨逊的土地也将是你的!
你安宁地回去吧,去享受欢乐!
倘若爆发战争,
我和你将是同盟者,瞧着吧!
假如我先去世——
我将把女皇和我的孩子托付于你,
而假如你去世我也将接纳你的。
为的是不能让人们说三道四,
说我们的孩子孤苦无靠。”
这时他们割破手指,
将各人的鲜血混合在一起。
他们俩成了结义兄弟。
梅利克如此做并非出于纯洁心灵:
他害怕姆格尔,他在使诡计。

姆格尔骑马动身上路,
踏上返家之路。
他回到了萨逊,
见到奥瓦-戈尔兰站在大门口
向他点头致礼:

“你没有减轻我们的贡赋吗?”
“你在说些什么啊,奥瓦?
梅利克是个好人,
他取消了贡赋,蠲免了债务,
他说:‘萨逊的主人是你们。’
他说:‘活着,去享受欢乐!’”
姆格尔还说:“知道吗,奥瓦,
我同姆斯拉-梅利克结为兄弟,
我们起过誓并歃血为盟。”

从那时起时光流逝,
姆格尔为萨逊操碎心,
因为他害怕敌人进犯萨逊。
鼓翅的鹰和带脐的蛇
都不敢朝它飞近和爬近。
姆格尔将萨逊修得固若金汤,
使它闻名遐迩享受荣光。

梅利克死了。
而梅利克的遗孀伊斯米尔-哈努姆
还年轻貌若天仙。
她说:“我需要一个丈夫,
我需要一个好丈夫,
让他来统治我的国家,
将我们的大公们驯服。
是否该派人去萨逊找姆格尔,
是否该请他来我处?
兴许他会来我这里,

我将为他生个儿子！
假如我们不在此接续他的血统，
假如我们不把自己的母马
同他的公马交配，
他的后代将要粉碎我们的种族！”

这时伊斯米尔-哈努姆
精神振奋——她要干什么？
她往萨逊国派遣了两名信使，
交给他们一条腰带和列恰克，①
并附信笺一封，交代说：
“把信带到萨逊交给姆格尔！
告诉他，我将他等待！”
于是两名信使上路，
带着给姆格尔的信笺一封。
可姆格尔离家去打猎，
直到天黑才从山上返回。
远远望去他便显得高大魁梧。
信使走上前去对他说：
“姆瑟尔的哈努姆捎信给你
并捎来自己的腰带和头纱，
请你去她那里一趟！”

姆格尔望一眼姆瑟尔女皇
派人送来的腰带和头纱。
“这意味着什么？”他说，

① 列恰克，即妇女用的透明头纱。——俄译注

"好吧,请把信给我!"
信使向他递上信笺,
姆格尔在信中读到:
"来吧,来将姆瑟尔拿去。
你可是向梅利克盟过誓言,
答应将保护我。
萨逊在你手中,
姆瑟尔也将是你的!
我把自己的腰带和头纱捎给你,
但是倘若你不接受邀请,
你可算不上是个男子汉!"

于是姆格尔说:"嗨,勇士们,
上帝是仁慈的并将向着你们!
走吧,上我家去,
吃点东西,然后启程往回返。
向哈努姆转达我的敬意,
告诉她:四十天后
我亲自去她那里登门拜访。"
信使们便随姆格尔进宫,
并在桌子旁就坐。
姆格尔让信使们回去,
而自己独自一人留下。

他独自一人留下,
将来信又重读一遍,
边读,他边对妻子说:
"听着,妻子,梅利克的遗孀

派人送来信,信中她写道:
‘来吧,来将姆瑟尔拿走!’
我将赴约,去看看是怎么回事。”
阿尔玛加对他说:“姆格尔,
你最好别上她那儿去,
别同她建立联系。
要知道她从未见过你,
并不知道你长得美与丑,
她为了什么那么需要你?
她迷恋上的并非你的外貌和脸蛋,
吸引她的是你的力量和勇敢。
关于你的勇敢她应该有所耳闻,
她是想让你给她生个儿子!
别去,姆格尔,不好,
你会将我忘怀,娶她为妻。”
姆格尔说:“听着,妻子,
我同梅利克盟过誓,义结金兰,
他的妻子邀请我去,
是因为梅利克去世。
如果我不赴姆瑟尔便是食言。
不履行誓言的人,
就让他去死吧!
没有办法,我有义务去!”
阿尔玛加说:“别去!”
姆格尔说:“我去!”
阿尔玛加说:“别去!”
姆格尔说:“我去!”
于是阿尔玛加回答说:

“姆格尔,我不会阻拦你,
但是倘若你离去,我发誓,
你我之间便不再有夫妻情分,
你四十年别再上我的床榻!”

姆格尔召集亲人和大公,
召集所有修士大司祭,
将他们领去见德黑珠,说:
“梅利克的遗孀派人请我去,
我应该赴约。你们怎么说?”
奥瓦说:“你干什么去?
梅利克的遗孀十分狡猾,
她丈夫曾是我们的敌人,
她是在欺骗你!
而且你没有儿子,
却要去姆瑟尔!兄弟!最好
别去,留在这里,也许
上帝将赐予你一个儿子,
而且他将是我们的保护者!”

这时修士大司祭和大公们
说:“既然你决定前往,
我们将不会阻拦你:
倘若想去——你就去吧!
姆瑟尔算什么?不值一提!
难道我们不想让全世界属于你?
因此倘若女皇将该国献给你,
你就去吧,去接受吧!

现成的王位为何不去占?”

转眼三十九天已经过去,
离动身只剩下一天时间。
姆格尔打算上路。
可阿尔玛加做了什么事?
她带来一幅黑色罩单
将姆格尔的床榻遮盖。

正当姆格尔跳上马鞍,
奥瓦吊住了贾拉利的脖颈,
开始边哭边诉:
“你受了荡妇的欺骗,留下!”
看来此刻已无退路,
姆格尔抓起自己的大槌,
挥舞起来,使得四周
空气震颤,震得奥瓦
倒在地上,失去了知觉。

姆格尔见状,慌了手脚,
他从马上跳下,
哭泣着开始叫唤奥瓦:
“醒醒,奥瓦,醒醒,亲爱的!
我在上帝面前起过誓,
如果我不去,我便死!”
奥瓦醒了过来,坐起身子说:
“咳,姆格尔,你抛弃了我们!
你前往的将是黄沙漫天的荒漠,

敌人们决不会向你举起双手!”

他站起身,亲吻一下姆格尔前额,
姆格尔跃上马疾驰而去。
清晨,姆格尔来到姆瑟尔,
往西方纵马疾驰。
伊斯米尔-哈努姆等候着他,
她端坐在窗口。
她用染料描了眼圈儿,
一绺鬈发耷拉着,
骏马一小时里要跑过的路上
铺满了地毯,火炬通明,
为的是给他一份惊喜,
为的是让他燃起爱情。
她将眼睛紧盯着道路,等待着。
眨眼间骑士驶近跟前,
他恰似一座巨塔,
高耸在马鞍之上,
而骏马有如暴风飞舞。
于是哈努姆说:
“是他,姆格尔飞驰而至!
肯定是他!”

姆格尔在窗前猛然勒住坐骑,
高声道:“说吧,为何邀我来?”
伊斯米尔-哈努姆回答他:
“哪有客人这样和主人讲话的!
下马吧,到这儿来,

我将把一切诉说!”
姆格尔说:“现在就说出一切,
我没有余暇等待,我向上帝
起誓,不从马镫里抽出双脚。
请说出你该说的一切!”
而姆瑟尔的哈努姆对他说:
“难怪人们讲萨逊人,
说他们是固执的民族!
你骑上骏马来取火,
又带着它风风火火往回返,
到底是你们的萨逊垮台了,
还是你们的火种熄灭了?
你进宫去,吃点,喝点,
再走也不迟!”
姆格尔顿时火冒三丈:
“你说些什么,我一句也听不懂?
你想从我这里得到些什么?”

哈努姆见姆格尔打算离去,
朝仆役们大声嚷嚷:
“你们真该死!
七年的陈酿在哪儿?
立刻送到这儿来,
否则客人准备踏上归途。”

于是仆役们送来七年陈酿。
姆格尔端坐不下马,
接过酒一饮而尽,

顿时天昏地转脑袋晕。
哈努姆吩咐仆役把马牵。
仆役们牵住马,让姆格尔下来。
女皇扶着姆格尔把宫进,
在宫里她再次向姆格尔表示欢迎。
姆格尔问:“你为何邀我来?”
她答道:“姆格尔,
我邀请你大驾光临,
为的是保国家得安宁,
姆瑟尔的七位大公对我不承认。”
姆格尔说:“好吧!让人送吃的来。
我要吃点儿东西。待到天亮,
让这些大公亲自来见我,
我知道怎样教训他们。”

这时伊斯米尔-哈努姆说:
“姆格尔,我给你送去腰带和头纱,
我邀你来是为了你和我同枕共床。
这就是我为何请你的缘由!”
“这难以从命!”姆格尔说,
“你是异教徒,我是基督徒,
你的床榻我怎能染指?”
伊斯米尔-哈努姆说:“姆格尔,
你应当娶我为妻,
我的国家应当是你的,
你应当保护我们战胜敌人。
我爱你,姆格尔。
你不管愿意与否都将是我的人!”

她对他亲热诱人,含情脉脉。
她殷勤地招待姆格尔,
宴会上珍馐佳肴丰盛至极,
她将他灌得酩酊大醉,
领到自己屋里,
姆格尔不得不情意绸缪。
在此前哈努姆吩咐自己马倌:
“快把贾拉利赶往母马群去。”
眨眼间她的命令被执行,
马倌们将贾拉利赶进放牧群。

梅利克的遗孀因姆格尔而怀孕,
母马们因贾拉利也怀了孕。

天亮后七位大公到来,
站在门口充满了恐惧,
惊恐万分迈不动步子。
姆格尔瞥一眼他们说:
“喂,大公们,你们来啦?”
大公们吓得连连后退,
战战兢兢一句话说不出口。
姆格尔问:“大公们,我是谁?”
大公们对他说道:
“我们知道,天上有个上帝,
而地上只有你姆格尔一人!”
说着大公们朝他匍匐在地。
姆格尔起身,想跨上宝马

疾驰回自己的萨逊。
但是哈努姆不准许,
不想让他的醉意消失。
经过九个月零九天,
姆瑟尔的哈努姆生了个儿子
并给他起名为姆斯拉-梅利克
以纪念他的父亲。①

伊斯米尔-哈努姆给姆格尔
饮了七年美酒佳酿,
不让他清醒过来。
有一天姆格尔清醒过来,
他站在门旁听见门后的声音
——那是伊斯米尔-哈努姆
在爱抚儿子,她笑呵呵说:
“梅利克,让你母亲为你去死!
亲爱的儿子、我双眸的光明,
你得巩固我们姆瑟尔的江山,
将萨逊的家园彻底摧毁!”

当姆格尔听到这番话,
他清醒过来,沉重地叹了口气
说:“原来如此! 我在
姆瑟尔点燃了一支巨烛,
却将萨逊的明灯熄灭!”
姆格尔进屋问:

① 此处俄译注认为,确切的意思应为“以纪念她的丈夫”。

“伊斯米尔,你教儿子什么?
他还没有破卵而出,可你
已经在给他灌输邪恶!
我让他来到世上,
却为的是让他毁灭萨逊?”
她答道:“当然! 我在笑,
我欣赏自己的孩子。
要知道他该为我征服全世界!”
姆格尔说:“是这样,原来
你养儿是为了毁灭萨逊,
而让姆瑟尔富裕强大吗?
你给我听着,我决不会再在
你这里耽搁一天半日,
我将离去回自己的萨逊!”
女皇答道:“姆格尔,
我想给你生个儿子,
我想让你登上我们的王位,
我想让我们的巨星不致熄灭!
你喝醉酒在我处待了七年,
你自己决定是离去还是留下。”

听了这番话姆格尔醒悟过来,
他沉思片刻,说:
“唉,我在此过了不是一两天。
我将如何面对阿尔玛加,
面对你,亲爱的奥瓦?
奥瓦的话得到了证实,
妻子的话得到了证实。

他曾对我说:别离开!
我没有听她的话。”
此刻姆格尔开始咒骂自己的命运:
“那阵我真是瞎了眼,
为何要抛下自己的家,
却去浇灌别人的田野——
让它染上一片葱茏,
我将自己的土地忘却——
使它干涸,满目枯黄!
唉,我都干了些什么!
我将萨逊的那盏明灯熄灭,
却将姆瑟尔的巨烛点燃!”

姆格尔阴沉着脸,默不作声,
怀着懊悔的心情离开姆瑟尔,
重新回到了自己的萨逊。

姆格尔的归来和大卫的诞生

人们来向阿尔玛加报喜，
说:“姆格尔回来了!”
这时阿尔玛加将宫门上闩
并在屋门上挂了把锁。
姆格尔归来见到宫门紧闭，
屋门上锁,周遭阒无一人。
于是姆格尔说:“什么原因
要将大门在我面前紧闭，
不让我进自己的宫邸?”
阿尔玛加回答说:
“你已经不是我的丈夫，
这就是原因所在!
你抛下我,去了姆瑟尔，
今后就别再过来!”
姆格尔大叫:“拉开门闩!”
阿尔玛加回答说:
“我向你发过誓许过愿，
说是在四十年里不许
你再碰我的床榻。
你我之间不再有夫妻情分!
你走了并在姆瑟尔点旺炉灶，
却将萨逊的炉灶熄灭。
为了抵消你的罪孽，
我们必须维持四十年的疏远，
只有那时你才能进我的宫邸。”

姆格尔感到难为情：
“四十年将为时太晚，那时
姆斯拉-梅利克已长大成人。”

姆格尔向妻子劝说良久，
但阿尔玛加寸步不让。

人们去向奥瓦通报，
说是姆格尔从姆瑟尔返回。
奥瓦起身去见阿尔玛加，
他说：“弟媳，
去把黑床罩摘下！”
她从床上摘去了床罩。
说：“奥瓦，你是我的大哥！
受荡妇欺骗的姆格尔回来了，
他带走了白银，带回来黄铜。
我不能破坏自己的誓言！”
“好弟媳，”奥瓦说，
“我们将大公们召来，
并将修士大司祭们召来，
让他们来作出宽恕吧！”
于是大公们被召来参加会议，
修士大司祭们被召来与会，
大公们来了并参与争论，
修士大司祭来了参与争论，
他们说：“没有了不起的灾难，
谁都会在生活中犯猎误！
他与情人生活了一阵，

又重新回到了家里。
你许了一个多少年的愿?”
他们问阿尔玛加。
她说:“四十年!”
这时大公和修士大司祭们说:
“你们有什么好忧伤的?
法律掌握在我们手里!
我们把四十年当作四十个月,
我们把四十个月缩减为四十周,
四十周我们把它当作四十天,
而四十天我们缩减为四十小时。”
这时来了位独眼牧师,说:
“四十小时可以当作一瞬间!”
这时有位修士大司祭祝福道:
“上帝将宽恕你们的罪孽!
好吧,你们还是丈夫和妻子,
并将生出你们的儿子!”

这时姆格尔说:“夫人,
僧侣们说得对,
就让我进自己的家吧!
或许上帝将赐予我们儿子,
让亚美尼亚的明灯不致熄灭。”
阿尔玛加于是打开门,说:
“丈夫是首,而妻子便是
那听从脑袋的双脚!
妻子不能在丈夫面前
将那门扉紧闭,

我把门打开,你请进来,
我们不必再将誓言遵守,
然后我们生个儿子,
可是我和你一去世,
孩子便将是个无依无靠的孤儿。”

姆格尔说:
“愿上帝赐我们一个儿子,
让他去掐住梅利克的喉咙,
让我们的明灯不致熄灭!
相信吧,受上帝保护的羔羊
凶恶的野兽亦无法伤害它。
瞧,如今我和你在一起生活,
但我们的丧钟终将敲响!
当我们去世的时候,
儿子将为我们而活着,
我们会重新在他身上复活,
我们的氏族将同我们一起永生!”

阿尔玛加答道:“随你的便!
我们毕竟破坏了誓约。”
她放姆格尔进自己的家,
重新成为他的妻子。
妻子怀上了姆格尔的孩子。

姆格尔起身,登上萨逊山,
御花园便坐落在山上,
那里建有富丽堂皇的宫殿。

花园有墙相围,园内收集有
奇花异草,珍禽异兽无数。
他给花园起名为:措瓦萨尔。
在从花园步行两小时的距离处,
他建起一所寺院美轮美奂,
并给它起名马鲁塔,来纪念
一位崇高的圣女马鲁塔。①
他让许多人搬进寺院里住,
有盲人和老人,穷人和残疾人,
他还收留许多孱弱有病的人。
他领来许多修士和教士,
将他们安排在那里。
工作完毕,他才启程返回萨逊。

光阴荏苒,过了第九个月,
第九天,第九个小时——
阿尔玛加生了个儿子。
做过洗礼,给孩子起名大卫,
人们将他带回家。
因为违背誓约,他的双亲:
姆格尔和阿尔玛加双双去世。
大卫成了无依无靠的孤儿。

姆格尔去世的那一天,
德黑珠立下誓愿:

① 据俄译本注圣女马鲁塔如今已无法考证,但萨逊的山顶上确实在中世纪建过一寺院,以马鲁塔命名之,后来此山峰亦称为马鲁塔峰。

她要深居在七间内室后面，
她要反锁在七重门扉后面，
在自己的内室里闭门不出。
她发誓不再见阳光，
不再来到户外，
直至孩子长大成人，
接替姆格尔的位置。

姆格尔死后萨逊沉浸在悲痛中。
大卫无依无靠成了孤儿。

第 三 篇

大卫

深切怀念
　你，德黑珠——四十遍！
深切怀念
　你，凯里·托罗斯——四十遍！
深切怀念
　你，奥瓦-戈尔兰——四十遍！
深切怀念，
　贤明的老妇——四十遍！
深切怀念，
　伊斯米尔-哈努姆！
不该提及，
　奇姆什金卡苏丹！
不该提及，
　邪恶的姆斯拉-梅利克
深切怀念，
　心爱的大卫——四十遍！
深切怀念
　你，罕黛特-哈图——四十遍！

大卫在姆瑟尔

大卫无依无靠成了孤儿。
两位伯父聚在一起商量。
奥瓦-戈尔兰问:“维尔戈,
大卫由你领养,
或是由我领回家?”
特鲁斯[①] -维尔戈说:
“我有自己的儿子,
你将大卫领走,收为义子!”
奥瓦-戈尔兰领养了大卫,
当了他的父亲。
萨逊城里所有喂养过孩子的
女人都想要喂养这个孩子。
可是小婴儿谁的奶都不吃。
气得奥瓦-戈尔兰七窍生烟,
他召集奶妈们说:
“我的侄儿看来必死无疑,
这可如何是好,怎么办,
我们该如何救他小命一条?”

百姓们对他说:
“姆格尔曾在姆瑟尔待过七年,
那里有一人可当大卫的奶妈!
她曾做姆格尔的妻子达七年,

① 特鲁斯有“胆小鬼”“懦夫”之意。

她将会喂养姆格尔的儿子。
你应该派人将孩子送往姆瑟尔，
他将在那里得生，在这儿必死，
要知道在这儿谁的奶他都不吃！"
奥瓦-戈尔兰说：
"可由谁来将他送往姆瑟尔？"
众人回答说：
"你就将孩子托付给贾拉利，
把他绑在贾拉利的背上，
朝宝马抽上一鞭子，
大卫便将在神奇的骏马上
疾驰飞往姆瑟尔的哈努姆处！"

奥瓦从单马栏里牵来宝马。
人们给它收拾停当，
又将大卫裹入襁褓，
用彩色腰带把他绑在马鞍上。
奥瓦对良驹贾拉利说：
"我恳求你，我聪明的马儿：
别把我的小不点抛入急流！
小心，别让他脑袋撞上岩礁！
飞速将他送往遥远的姆瑟尔，
交给在姆瑟尔的哈努姆本人。
我将萨逊的这盏明灯托付给你：
别将他抛入灌木，撞上悬崖，
要平安无事地飞速将他送到，
祝你一路顺风，平平安安，
让我们萨逊的这盏明灯不灭！"

贾拉利负着婴儿跳向一旁，
立即消失在远处的朦胧中，
消失在白云和青山的后边。
姆斯拉-梅利克的母亲坐在
窗际，见到一团尘埃在田野
上飞翔，在天地间形成尘柱，
大地将天空染得火焰般通红，
而涡旋越来越近。哈努姆说：
“那不是风暴，那也许只是
尘土和火焰从贾拉利的腿下，
从骏马的四蹄下飞扬而起！”
她吩咐看门人：
“赶快去把大门打开，
有匹骏马朝我们家飞驰而来！”
看门人跑去，打开了大门，
只见到自己面前立着贾拉利。
哈努姆瞥一眼便认出了宝马，
它的马鞍上还绑着什么东西。
她对自己的儿子梅利克说：
“这是姆格尔的马飞来我们家，
还给我们不知驮来了什么东西。
去，把骏马抓住，
看看它马鞍上驮的是什么，
将它拿给我！”
姆斯拉-梅利克走上前去，
贾拉利耷拉下脑袋。
梅利克见到孩子的襁褓，

转瞬间将它解开,从马鞍上
摘下递给母亲。说:
“贾拉利的马鞍上有个新生儿!”

女皇揭开襁褓,发现:
襁褓里睡着小婴儿大卫,
身旁还放着书信一封。
在那封书信中奥瓦-戈尔兰写道:
“弟媳,妹子,
姆格尔归来并得一子。
可是姆格尔同妻子双双归天,
剩下孩子无依无靠成了孤儿。
为了姆格尔,请你收下他,
将他扶养成人。
我们怕他在我们这里小命不保。
当他长大成人,
我们再将他领回自己的家。”
姆瑟尔的哈努姆想了想说:
“就这样吧,
那阵姆格尔待我不薄。
出于对他的爱我要将孩子养大,
反正我还有能力喂养他。
我要给自己的儿子断奶,
来给大卫喂奶。
但愿他能在我们家长大,
但愿大卫和姆斯拉-梅利克
能成为兄弟,志同道合。
让他们一同来治理姆瑟尔。

怎么,难道他该回萨逊不成?”

这时梅利克眼红起来。
他说:
“喂,快将大门牢牢关闭!
既然宝马贾拉利落入我们手中
——我们就把它抓住!”
人们关上大门,就在此瞬间
一百名骑士将贾拉利包围,
想用套马索将它套住。
这时宝马贾拉利自言自语道:
“噢,天哪! 我如何脱身?”
它左冲右突,朝墙垣飞去。
它哀告道:“上帝啊,给我力量
让我飞身越过高墙!
我过不去,便在此把命丧。”
这时宝马贾拉利鼓足力量,
人们无法将它阻拦。
四十俄尺高的围墙,
贾拉利纵身一跳,越了过去
并在远处消失不见。
姆斯拉-梅利克大叫大嚷:
“真倒霉! 神奇的马跑了,
从我们手中给它跑了!”

贾拉利日夜兼程驰回萨逊。
而奥瓦日日夜夜在田野张望。
有天傍晚人见到:

天地之间一道尘柱翻滚而来。
他认出了贾拉利,但马鞍上
不见有任何人。
贾拉利飞进大门,
奥瓦遇见它并问:
“贾拉利,你是我双眸的光明!
告诉我,他落在了哪块岩礁?
告诉我,他是否给狼撕烂了?
你是在哪儿,在陌生的土地上
丢失了我心爱的孩子?”
宝马贾拉利回答说:
“我既没有让他跌入深渊,
也没有使他落入水中,
狼也没有动他一根毫毛。
我立刻将小婴儿送到了姆瑟尔,
交给了女皇伊斯米尔。
但我自己好不容易才未被抓获:
梅利克下令将我关起,
但我越过四十俄尺高的城墙,
逃脱并跑回到你们身旁!”

奥瓦在宝马的额上亲了一下,
说:“要是谁嚼舌头说出
宝马贾拉利被藏到什么地方,
就让上帝的诅咒降临他家
和降临到他子孙后代头上!”
奥瓦把贾拉利领到七道门后,
七道门上上了七把锁,

并偷偷地瞒着众人，
给贾拉利饮水和喂料。

哈努姆让大卫感到高兴，
她喂他奶，
大卫吃她的奶。
她喂了大卫好些天，
但有一天小婴儿不吃奶了。
无论怎样把奶头塞进他嘴里，
小婴儿就是不吃奶。
常常是，给他一只奶——
孩子把头扭向一边，
给他另一只奶——
孩子又把头扭向另一边。
三昼夜大卫什么也不吃。
哈努姆很伤心，常常哭泣，
不知道该怎么办。
她将梅利克叫来，对他说：
“大卫已经有三天不吃我的奶，
他必将饿死无疑。
我们该怎么办，该怎样喂他？”
而梅利克说：“萨逊是固执的氏族！
我感到他在把我们拉入灾难。
我们是阿拉伯人，他是亚美尼亚人，
你别把自己的奶给他吃！”
伊斯米尔-哈努姆说：“他会死的，
我们将在他亲人面前感到羞愧！
怎么办，我该拿他怎么办？

我在一次又一次不幸中看不到尽头。”
梅利克答道:“难道他父亲缺牲口,
难道他们家里缺黄油和蜂蜜,
难道他们缺少丰盛可口的食品?
派巴特曼-布加去萨逊,
到姆格尔的家中去。
让他从那里带回一皮囊蜂蜜
和一皮囊黄油来,
你将蜂蜜和黄油调和给他吃。”

哈努姆派遣巴特曼-布加
到萨逊去要黄油和蜂蜜。
巴特曼-布加来到萨逊,
凡孩子能吃的所有东西,
萨逊人都给了他。
黄油一皮囊,蜂蜜一皮囊,
巴特曼-布加都运了回来。
放在伊斯米尔-哈努姆跟前。
梅利克见到那些皮囊,说:
“你瞧,萨逊有多少好东西?
喂他,让他吃,让他长大!”

伊斯米尔-哈努姆开始
用黄油和蜂蜜喂大卫。
别的孩儿逐年长大,
而大卫逐日成长。
哈努姆精心抚育大卫,
她想:“将两个孩子抚养成人,

他们一起便将征服整个世界!”

大卫变得强壮有力。
竟然能将摇篮的皮条扯断。
人们给他缠上铁链条。
但大卫力气大得不可思议,
连铁链都经受不了被他挣断。
无论给他缠上什么,
他都能揪得粉碎。
人们用牛筋编成粗绳,
用它把孩子绑在摇篮里,
孩子只要吸上一口气,
牛筋绳索便伸长抻大。
孩子只要呼出一口气,
牛筋绳索便缩短抽紧。

当梅利克一听到萨逊的
姆格尔去世的消息,
他便签署命令发送到
姆瑟尔各地,集结军队,
想对萨逊发动一场战争。
阿拉伯人突然出现在萨逊国土上,
梅利克再次打算征服萨逊。
梅利克将萨逊劫掠一空。
他将多年来的赋税全部征收,
将牲畜全都赶往姆瑟尔,
土地遭破坏完全荒芜,
使萨逊民族屈服归顺。

奥瓦-戈尔兰和维尔戈
被他抓获当了俘虏,
运回姆瑟尔,而在那边
他们很快连生活都无着落。
奥瓦对梅利克说:
“请让我们离开此地回家吧!”
梅利克将他们释放,
但留住大卫不让他走。
这次维尔戈成了萨逊的统治者。

梅利克下令趁大卫熟睡时,
将大卫禁闭起来。
清晨一觉醒来,
大卫发现大门紧锁。
房间里就剩下他一人。
小男孩大怒,打掉门,
跑进花园溜达起来。
那里大树参天树木茂盛,
大公的孩子们在园内
爬在原木上摇摇晃晃。
大卫抓住高高的白杨树,
将树梢弯向地面,
让白杨树紧贴地面并大声叫喊:
“喂,孩子们,来骑木马玩!”
孩子们都骑在树梢上玩。
大卫支撑着,支撑着,
一条胳臂累了,他喊道:
“快跳下来,我坚持不住了!”

孩子们没听见,依旧坐着吵闹着。
他又喊了一遍,他们没跳下来。
这时大卫的胳膊疼痛难熬,
白杨树便从他手中挣脱开,
挺直树干,像原先那样直立,
孩子们便从树梢上飞了出去,
有的摔死,有的颅骨摔裂。
他们全是大人物们的孩子。
白日将尽,父亲们来找孩子,
他们站在大门口,吵吵嚷嚷,
他们对梅利克说:
“你是我们的国王!
你得把大卫替我们收拾掉,
或是我们全体离开去别国!”

梅利克更是暴跳如雷。
他吩咐将大卫囚禁在大牢,
让大卫不见阳光,
并且让太师去到他跟前,
使他受教育俯首听命。
梅利克还命令所有仆役:
“每次在喂大卫之前,
将骨头全部从肉里剔出,
将果核全部从水果里挑出!”

这使喂大卫的仆役叫苦不迭。
仆役说:“嗨,请等一等!
我要给大卫送饭去,

可是还没等我把骨头挑出，
大卫便开始被骨头卡住，
他会发脾气并将大伙痛打一顿。”
他拿着带骨肉，送往狱中。
大卫开始用餐，开始嚼肉，
只是骨头他怎么也爵不烂。
他吐出骨头，一扔，击中窗户，
窗子用石块遮挡得严严实实。
这一击竟然击出一道缝隙，
光斑顿时落到地板上。
大卫扯着嗓子大叫：
“这是什么，它从何处而来？”
大卫扑向亮光，开始同它争斗。
他企图将光在双手中挤压，
还试图压在自己身子底下。
他同光束搏斗得那么久，
大汗雨点般从身上流下。
此刻太师正好走进囚室，
见到大卫正用身子撞地，
便问他：“我亲爱的，
你怎么啦？干吗撞地板啊？”
大卫说：“瞧他闯了进来，
怎么也不肯离开，滚出去！”
太师说：“喏，闭上眼睛。”
大卫闭上了眼睛。
太师用手帕将缝隙堵上，
光亮立时消失无影无踪。
大卫睁开眼睛说：

“真有你的！我从上午斗起，
怎么也无法将他驱赶！
你是如何突然把他赶跑的？
难道你比我还要有力量？”
太师说：“那不是人，不是兽，
那只不过是道太阳光。”
大卫说：“但是倘若有太阳，
那么为何你们要将我关押？”
太师回答说：“孩子，
什么都有：有太阳、白天和黑夜！”
而大卫说：
“为何你不让我出去见阳光？”
于是太师说：
“你等着，我去问国王。”
太师跑去对国王说：
“大卫要求放他出去，
他希望见到阳光和光明。”
国王说：“好吧，让他去走走！”

太师牵着大卫的手，
领他出了牢房，
开始走在大街上。
他们什么都没碰到！
大卫什么都见到了，
骆驼或是水牛，他什么都问：
这是什么？那是什么？
于是太师什么都给他解释，
说这就是那，那就是这！

他们出城走了一圈。
大卫瞥了一眼,见到远处有群人。
他说:“我们到他们那里去!”
太师答:“那里什么也没有,
我们最好去另一边。”
大卫说:“带我去那儿!”
太师说:“为什么?我们去看什么?”
大卫说:“你领我去还是不领?”
太师说:“不!”
这时大卫揪住他耳朵,猛然一扯。
太师说:“好吧,我们走!”
他们来到田边上,
大卫见到:有什么东西呼啸着,
从天上直接朝他们飞来。
大卫发现飞来的是标枪
(是梅利克在那儿掷标枪),
大卫抓住,投掷,那标枪
便在梅利克头上飞过。
“哎呀!”姆斯拉-梅利克叫道,
“哪个大力士能投得比我远?”
有人过来看了看,回来报告:
“愿上帝保佑你,国王,是大卫!”
梅利克说:“领他过来,
我把他脑袋砍了!”
这时所有的文臣武将
都开始央求他,说:
“愿上帝保佑你,梅利克,

要知道大卫还是个孩子!
他有什么可怕的,为何要杀他?”
维齐给太师派来信使一名:
“你最好滚开,
找个地方带孩子溜达!
领着他,快滚开!”
太师说:“你们跟我纠缠什么?
我又不是按自己的意愿来的,
是他拼命揪住我的耳朵,
将我领到此地来的!”
可大臣说:“领走,领走,领走!”
于是太师把大卫领回了家。

当天梅利克刚回到家,
大卫问伊斯米尔-哈努姆:
“母亲,梅利克每天一早去哪儿,
那么晚又是从何处回来?”
哈努姆答道:“我心爱的,
他离开是去运动,玩够了便回来,
他投大槌,或是标枪,或铅球。”
“为什么他不带我去,
我也想去玩,一个人很寂寞。
我在这里没人同我玩,
我在这四堵墙里都发了霉。”
而哈努姆对他说:“我心爱的,
那边马儿会将你踩烂的。
我们好不容易将你抚养长大,
你要是死了,将是我们的耻辱。”

大卫开始哭泣，说：
“我要去！我不会走到马跟前去！”
姆斯拉-梅利克听到大卫在哭，
便问哈努姆：“他怎么啦？”
哈努姆答道：“我的儿子，
你什么时候带弟弟也去玩玩！”
让他学会投铅球！”
梅利克对大卫说：
“大卫，要知道你是个孩子，
你玩不了铅球那玩意，
你得再长大一点儿。”
大卫说：“不，我要同你去。”
哈努姆请求梅利克：
“你就带上他吧，他哭得多伤心！”
国王答道：“母亲，他很固执，
我害怕，他会使我们陷于灾难的！”
这时母亲生气道：
“你在想什么？带上他，
让他坐在小山冈上！
让他从山冈上看你们运动，
免得他跑了给马踩伤。”
梅利克回答说：“母亲，
你是对的！
如果不带上他，流言便会四起：
说是，瞧，一个孤儿无人照管。
好极了！明天他就同我一起去。”

一清早姆斯拉-梅利克醒来，

他骑上马，带上大卫一起出行。
但他不敢将他放在身边，
而是把他放在山上。
两个巨人把他绑住，
束缚住他的手脚，
为的是让他静静地在山上待着，
而他们警惕地坐在他的身边。
同时梅利克和他的军队，
以及勇士们一起下到山谷，
在那里开始他的运动。
从大卫待的地方，
勉强能见到那山谷。
大卫望着，只是分辨不清运动，
他就这样在山上坐了半天，
觉得无聊，并且发现，
那样干坐着毫无意思。
他的心无法忍受，
大卫便对两个年轻巨人说：
“你们把我的双手松了！”
两个年轻力士回答他说：
“不行，这是国王的命令，
让我们提防着你，
别让你掉到马蹄子下面。”
大卫怒气冲冲，使足力气，
挣断了手足上的绳索。
这时年轻力士朝大卫猛扑上来，
但他们未能制服大卫。
大卫将两个巨人打死，

而自己却跑回到家里。
气冲冲的大卫跑回家躺在地上
他躺着。梅利克的母亲对他说：
“你生什么气，干吗回家来？”
大卫说：“姆斯拉-梅利克
带我去做运动，
却将我扔在了那里。
而自己在田野里玩。
我什么也看不清，就走了！”

傍晚时分，梅利克下令
朝大卫身上扔铅球：
“让他们去干，将大卫打死！”
勇士们开始扔铅球，
梅利克同勇士们一起扔。
他们爬上小山冈，
环视四周—没有大卫。
全体打道回府。

姆斯拉-梅利克回到家里，
她的母亲没有去迎候儿子，
她一气之下在家里待着。
姆斯拉-梅利克说：
“你干吗生闷气，在家里待着，
不起身去迎接我？”
母亲对他说：“你为何不领着
大卫，让他能看到你们做运动？”
梅利克对她说：“母亲，他

固执透顶,什么话他都不听,
铅球会碰着他,并把他砸死,
关于我的流言便会不胫而走,
说是我杀了他,舍不得面包,
我们将在众人面前蒙受耻辱。
我把他领到山冈上,他却溜了。”
晚上人们给大卫送去晚饭,
无论怎样请求,他就是不吃,
一副怒气冲冲悻悻然的样子。
这时母亲跟在梅利克身后说:
“姆斯拉-梅利克,我的儿,
大卫是个孩子,他想着,
你就将他放得离运动近点儿!”
梅利克说:“就这样吧,
明天我领着他,往近处放。”

第二天清晨,
当骑兵部队开始从姆瑟尔出发,
姆斯拉-梅利克便起身上马,
领着大卫,带在自己身边。
所有勇士,所有巨人和姆瑟尔的贵族
来到石头广场——扔圆槌。
他们让大卫坐在那儿,
让他坐得远远的,一人待着。
姆斯拉-梅利克说:“大卫,
你就在这里待着,照顾好自己。
你看,那圆槌是危险玩意!
那可是很危险的玩意一砸着——立刻让你

毙命。
看好了，别四处乱爬，
待在一边，就在这里！”
“好吧，我听你的，”大卫答道。
梅利克站在广场上，
他开始同朋友们一起扔圆槌，
大卫坐着开始玩起沙子。
一会儿将沙子撒在腿上，
一会儿将自己埋进沙里。
所有年轻的勇士都扔得很熟练，
这一辈子他们玩得多了，
从没有互相造成过伤害。
他们一直玩到快到中午。
大卫驯顺地坐着很守规矩，
直到该轮到梅利克投掷。

轮到投掷的时候，
姆斯拉-梅利克骑着马，
疾驰着跃到一排观众跟前，
大伙儿都聚在一起观看。
圆槌的重量相当大，
足有三百六十六斤重。
他挥舞圆槌，往左右抛掷，
他扔向高处再用手接住。
无论梅利克怎样挥舞，
圆槌上处处火星四溅。
大卫看到又轮到梅利克，
便说：“我得去夺一个来，

让梅利克也陪我玩玩。”
正当梅利克用圆槌往地上砸，
地上出现一道裂缝的时候，
大卫像从山上流泻的泉流，
飞快跑来钻进一道缝隙中。
头上戴顶破破烂烂的草帽，
大卫坐在缝隙中玩沙子。
他用草帽量沙子倒进又倒出，
自言自语道：“一！”
再说还是：“一！”
（他还不会说“二”。）
姆斯拉-梅利克打算投掷。
叫道：“大卫，起来，快离开，
我想扔圆槌了！”
叫了三次，但大卫
仿佛什么也没听见。
梅利克高喊：“喂，卡恩，阿斯兰！
抓住他胳膊将他领开！”

卡恩、阿斯兰和五名勇士
抓住了大卫的双臂。
他们用尽力气费尽心机，
无法让大卫移动一步，
大卫玩着，无论他们多努力，
都无法撼动他一步，
有如你无法将树连根拔起。
他们俩站着，慌了神，
运动已经无法顺利进行。

梅利克怒气冲冲跑了过来，
喊道:“用圆槌砸他，把他砸死!”
于是他们开始朝大卫扔圆槌，
但是大卫的右手刚把圆槌抛出，
眼见着左手已经抓住另一只圆槌。
姆斯拉-梅利克大吃一惊，
朝众人大声喊叫:“快离开!”
我要亲自来投圆槌，
我同大卫势不两立。
我知道他的脾气。
他会说不吉祥话让我遭受不幸，
但既然已经这样——那好吧:
我将摆脱他，把他毙了!”

大卫听见了这些话，
从裂缝中叫道:
“杀吧，梅利克，将圆槌扔啊!
瞧，你得履行诺言!
上帝是不会让我们的人民逃跑，
给姆瑟尔人看笑话的，
因此大卫也决不从梅利克
那里溜之大吉!”
梅利克听到这些话后
立刻对自己人吼叫道:
“闪开!滚一边去!”
他扔起圆槌，说:
“你是臭狗屎，你必死无疑!”
圆槌掷过来。大卫好像觉得，

磨坊的大磨盘朝他飞来。
但是大卫伸出手去,
一把便抓住了圆槌。
一抓住,他便感到:轻得很。
便说:“可惜你扔千次,
那圆槌对我来说还是太轻。”
(如果将六百五十公斤铅
掏出熔化,并浇铸成铅槌,
那么它将比大卫身高还高。)
这时梅利克满脸忧伤,
他那一伙人嘲弄他说:
“梅利克,梅利克,你太骄傲,
瞧大卫,虽说是个孩子,
却把你的圆槌一把抓住,
还用难听的话将你戏弄!”
梅利克说:“喂!怎么着,
想让我别杀了大卫吗?
这样他便会夺了我们的江山!
我必须把他杀了!”

大卫拿梅利克的圆槌耍着,
然后将它放在膝盖下藏起来。
卡恩和阿斯兰同一帮勇士们
策马朝大卫全速冲刺过来,
他们找了很久圆槌,没找到,
这时大卫掏出圆縋,
开始在手里转圈,说:
“圆槌啊……圆槌……”

说着便将圆槌扔了出去。
这一扔,一下子便打死了
卡恩、阿斯兰和五名勇士。
所有人全都笼罩在惊慌中,
他们对梅利克说:“梅利克,
我们来此是为了消遣消遣,
你知道,大卫是个乖戾之人,
为何你要领他来让他杀我们?
我们将如何把尸体运回城里?
在城里人们会说:你们出城
是去散步还是去杀人的?”
梅利克杀气腾腾抽出了宝剑,
他在大卫身后追赶要砍他的头。
他狂叫道:“啊,我要杀了
这个狗娘养的孤儿!”
这时巨人们和所有百姓
都围着他朝他下跪,说:
“噢,噢,梅利克,你想杀大卫?”
“我可怜他,他是个孤儿!”
“原来是这样!”
“他是个孩子,没有脑子!”
“梅利克,别杀他,人言可畏,
说你舍不得那片面包便要杀孤儿!”
“他是个小男孩,无法抓住圆槌,
那圆槌是上帝的安琪儿抓住的。”
许多人就说:“父亲的儿子,
他身上的力量一定来自姆格尔!”
他们不准许梅利克将大卫杀死。

这时，大卫离开广场，
他不再停留，直接跑回家。
到家后他扑在哈努姆怀里。
哈努姆问："你怎么啦，大卫？"
大卫对她说："娘，大哥想杀我，
梅利克随后便到，他要砍我脑袋。"
哈努姆说："为何他要砍你脑袋？"
于是大卫向她叙述了一切。

当梅利克气急败坏回到家，
母亲问他：
"儿子，你为何阴沉着脸不说话，
为何垂头丧气把眼睛垂下？"
他回答说："还有什么好说的？
大卫让我在众人面前丢尽脸面！"
母亲问："他干了什么坏事？"
"是这样，我投掷圆槌，
他却把它一把接住！"
母亲说："这又不是什么灾难！"

梅利克对母亲愤然不满，站起身
一把抓住大卫肩膀，问：
你为何要将我的圆槌接住？"
大卫说："为什么不能接？
要知道我是棒小伙，不比你差！"
梅利克对大卫嫉妒得要命，
他举起手，说：

“母亲！我一定要杀了他！”
这时哈努姆用身子将大卫挡住：
“你怎么啦，疯啦？他是你弟弟！”
“母亲，”梅利克说，
“我要砍下他的脑袋，
他今天接住了我的圆槌，
而明天他便将夺走我的家，
我的宝座，我的国土！”
母亲说：“我亲爱的，
大卫是你的宝剑，你的支柱，
他很快就将成为一个勇士，
你们应该相互扶掖互为依靠。
大卫的父亲，也是你的父亲，
要知道他是个大无畏的英雄！
你们俩，你和大卫都该成为
像你们的父亲一样的人！”
梅利克说：“哎唷，妈啊！
我的圆槌能让所有人丧命，
可大卫竟然将它抓住毫发未伤，
不，母亲！我无法再忍受，
这样的兄弟我简直不能忍受，
我要将他的脑袋砍下！”

梅利克进自己宫殿召集众大公，
在他们面前站起身，说：
“你们决定了吗，怎么办？
今天大卫已经抓住了我的圆槌
并把我们的手下杀戮。”

这时有位比众大公更公允的大公，
说："他是孩子，能懂得什么？
陛下，让主保佑你，
他没有发疯，他还是个孩子！"
梅利克答道："不对，
他比你我聪明得多，机灵得多！
我忍无可忍。他的脑袋一定得砍！"
大公说："上帝保佑你，梅利克！
杀死一个孩子罪孽深重啊。
陛下，你先要考验他。
倘若你发现他并不是个孩子，
你就砍下大卫和我的脑袋。"
梅利克问："怎么考验他？"
大公回答："你放盆火在左边，
再在右边放上一盘金子。
你将大卫放在火与金子中间，
倘若他抓取的是火，
就是说，他没有疯，他是孩子。
如果他拿的是金子，
那么他便不是孩子，
你就将他杀死！"

大卫被领来坐在桌子上。
人们端来一盘金子一盆火。
放在大卫面前，说：
"喏，吃吧，大卫！"
大卫向金子伸出手去，
但是安琪儿抓住了他的手

将它移向带火的盆子。
大卫刚抓住盆中的火,
那火焰便粘住他手指。
他将带火的手指伸进嘴里
并灼伤了舌头。
孩子哭起来,放声尖叫。
哈努姆将他搂在怀里,
大卫放声大哭起来。
哈努姆说:“你全看到了,
儿子,杀大卫是有罪的!
你说过,他作恶多端!
但是你也看到,他是个孩子,
他区分不清黄金和火,
把手直接放到了火上。
他还把火塞进嘴里灼伤舌头,
变成了一个说话结巴的孩子!”
“愿上帝保佑你,梅利克,
噢,不知我是对还是错?
你说啊,大卫是孩子不是?”
梅利克说:“你是对的,
大卫做事极不明智。
是的,他还是个孩子!”
说完这些话,梅利克走开了。
大卫离开了审判他的法庭。
他来到梅利克的兵器库。
门是开着的,楼梯往下,
将他引向地下室。
大卫顺着阶梯往下走,

那里放着梅利克的大槌。
大卫于是自言自语道：
“这里放着个好玩具！”
大卫拿起大槌，高高举起，
又将它抛到地上。
有如城里响起惊雷，
城里居民吓坏了。
姆斯拉-梅利克见到：
发生了地震，房屋晃动，
他明白出了什么事。
“全姆瑟尔都在抖动，是因为
我的大槌落下之故！
城里怎么样了，去看看！”
他下命令道。
有位大臣立刻猜想到，
那是大卫的过错。眨眼间
便飞奔而来，站在兵器库门旁。
而那里大卫再次轰隆一声，
将大槌砸在地上。
这时大臣大叫起来：
“大卫，你真该死，唉！
你在那里干什么？
好吧，爬出来吧，快点儿！”
大卫往上爬，门砰的一声关上。
维齐说：“大卫啊大卫，
快跑吧，去找伊斯米尔-哈努姆，
否则梅利克便上这儿来，
他会将你的脑袋打碎的。”

姆斯拉-梅利克奔跑而来，
站在门口，拼命大喊大叫：
“嗨，是你啊，大臣，谁在那里？”
大臣说：“我没看见谁在这里，
而门曾经是开着的。”
“哪有的事！”梅利克大吼道，
“是大卫在这里胡作非为！
还有谁能举起我的大槌，
如果不是大卫的话？”
但大臣没有将大卫出卖。

梅利克跑遍了姆瑟尔全城，
哪儿也没有大卫的踪影，找不到，
而等他回到家，却看到，
大卫正躺着睡大觉。
姆斯拉-梅利克从弓上摘下弦，
想把大卫勒死。
这时他的母亲来到门口，
抓住他的手说：“你想干什么？”
“我要勒死大卫。
他玩我的大槌，
结果使全城都晃动不已。”
而母亲当着儿子的面敞开胸乳，
说：“要是你杀了大卫，
我的乳汁便是给你的毒药！”
姆斯拉-梅利克说：“母亲，
他是个阴险小人，

如果有什么灾难落在我们头上，
你要知道——这全是他的过错。”
这时母亲开始与他争论。
维齐进来，用自己身子挡住孩子，
并且朝姆瑟尔的哈努姆大叫道：
“夫人，为什么你不把
大卫送回他的亲人那里，
送回他在萨逊的亲伯父那里？
再过一两天梅利克将砍他脑袋。
去吧，请将食品准备好，
让大卫回萨逊，回自己的家。
他在我们这里待够了，该回去了！”

哈努姆说：“我亲爱的大卫，
如果我将你送回伯父们那里，
你是否想去？”
大卫问：“难道我有伯父？
我要去，不过告诉我他们在哪？”
“大卫，我亲爱的，他们
生活在十分遥远的萨逊。”
“那他们都叫什么？”
哈努姆说：“他们是这样：
一个叫奥瓦-戈尔兰，
另一个叫维尔戈。”
“你为何至今缄口不谈？
你给我准备十双树皮鞋，
十双长统袜，
给我十天的粮食，

我回萨逊去。”
哈努姆打点好十双树皮鞋，
十双长统袜，
十天的粮食。
她给大卫祝福后说：
“去吧，我亲爱的，
去萨逊城找自己的伯父。
愿上帝保佑你！”

这时姆斯拉-梅利克说：
“可以让大卫走，
但他得在我剑下通过，
算是我对他的释放。”
他举起宝剑，
想把大卫引到剑下。
大卫抓起哈努姆的面纱说：
“但愿像梅利克这样的人
至少死上一千回——
我宁愿在这袭面纱下通过，
也决不在他剑下过去。
他要对我怎么样，随他的便，
既然他有能力，就来杀我吧。
他害怕的是我长大成人，
并且会朝他举起宝剑。
不，我决不在他的剑下走过！”

这时大臣抓住他的手，
想领他在剑下通过。

但大卫立着纹丝不动，
他不愿走到宝剑之下。
维齐又抓住他的领口，
使劲拽，想领他在剑下通过。
但大卫不是从剑下而是从旁而过，
他用小拇指触了下燧石悬岩，
燧石里顿时冒出火星点点。
姆斯拉-梅利克见此状，
心中充满恐惧：
“要知道他这么小便如此有力，
当他长大成人不知会是什么样！

大卫返回萨逊

他下令召来两位巨人——
一位是巴特曼·布加,
另一位是恰尔巴尔·卡米。
梅利克吩咐两个巨人
将大卫领至七座山峰后面,
由巴特曼将他杀死。
大卫身上穿着长外衣卡帕。
梅利克对两个巨人说:
“一旦杀死大卫,将他的卡帕
浸上血,带回来给我。
再装一罐他的血带回来,
我要喝他血,使心情轻松。”
巨人们准备就绪打算上路。
而梅利克的母亲还以为——
他们是将孩子送回萨逊……
哈努姆准备好十天的粮食,
十双袜子和十双树皮鞋,
大卫吻了她的手,
启程上路。

让他们走自己的路,
我们来说说有关凯里的消息。

自从姆格尔去世,整整七年
萨逊人民沉浸在悲哀之中。

七年过去，
召集了一次会议，
与会的有农民、牧师和大公，
他们对凯里说："嗨，托罗斯！
我们的青年头发都白了，
我们的姑娘都成了老太婆，
要是我们百姓恪守禁令，
能使姆格尔起死回生——
我们就再将禁令维持七年！"
这时凯里·托罗斯
对全体萨逊子民说：
"你们就让儿子女儿们结婚吧，
太过悲哀没什么好处！"
凯里·托罗斯将自己宫邸打开，
让他们像朋友似的在桌旁就座。
人们送来酒，为姆格尔进行追悼宴。
宴会开始，人们开始吃喝。
托罗斯对牧师说：
"现在你为姆格尔祈祷吧！"
牧师为亡灵做了祈祷。
人们往酒樽里斟满酒，
递给托罗斯，说："请喝吧！"
凯里·托罗斯举起酒樽，
站起身，开始想起一首著名民歌，
但他不饮也不把酒樽放回桌上。
此刻霍尔·马努克说："托罗斯，
要是你想喝，那就喝吧。
要是不喝，就让大伙回家。"

这时托罗斯的儿子隔着桌子
向自己的父亲说出几句话：
“父亲，这些萨逊人全是疯子，
你喝了或是把酒放下——
让他们走人！”
托罗斯清醒过来，对儿子说：
“啊，狗崽子！
要知道梅利克还押着大卫做俘虏，
我怎么能坐在这里饮酒呢？
我们难道不羞愧！
当我没将孤苦无依的大卫救出，
我决不把酒端到嘴唇边！”
说着托罗斯坐下，放客人们离去。

姆瑟尔城里住着萨逊的织布工，
他们听到一些传闻，
说是有人想将大卫杀害，
织工们便聚在一起开会，
他们给托罗斯写了封信。
信里如此写道：
“凯里·托罗斯！
你在萨逊将自己的脸蛋洗个干净，
再慢慢腾腾到这里来？！
快点吧，趁大卫还没有被害。
也许你还能从死神手中将他解救，
将他送回萨逊。”

织工们把那封信交给信使，说：

“骑上快马去萨逊，交给凯里。
你日落时赶到，让他伴着晚霞出发。
你日出时赶到，让他伴着朝霞动身。”
信使抄最近的道路疾驰，
狂奔着去往萨逊。

姆瑟尔的织工们派遣的信使，
当晚便赶到了萨逊。
他问：“托罗斯住在哪儿?”
人们将信使领往凯里·托罗斯家。
年轻的信使向托罗斯点头行礼，
凯里·托罗斯接受他的致礼。
年轻人从怀里掏出信函，
交给凯里·托罗斯。
凯里·托罗斯读完信，
大喊道：“妻子，
快给我备列兹根的快马一匹!
在我上路前请信使吃个饱。”
当晚托罗斯便骑上骏马，
一大清早便疾驰到了姆瑟尔。
大门旁坐着姆斯拉-梅利克。
“噢噢!”他说，
“欢迎光临，凯里·托罗斯!”
托罗斯说：“愿上帝保佑你，
姆斯拉-梅利克!”
梅利克问：“喏，凯里·托罗斯，
这么急匆匆赶来有何贵干?”
“谢天谢地，是有好事!”凯里答。

互相握手后，两人就座。
这时托罗斯说："瞧，梅利克，
现在只有我和你，而我们头上
是上帝，让上帝来评判我们！
请你认清被俘者的价值，
将主人归还给我们，
我就是为大卫而来找你们的！"
梅利克回答他说：
"你们的大卫死了已经有三天。"

托罗斯的泪水顺着胡子流淌，
但对此不幸他什么也帮不了。
他骑上列兹根的快马，
一清晨便踏上归程，
晚上他回到萨逊，
给所有人带回痛苦的消息。

巴特曼·布加和恰尔巴尔·卡米
两位巨人，他们领着大卫。
大卫走着，他们也走着，
两人想的是如何将大卫杀死，
却没有想出杀死大卫的方法。
大卫不走大路，
他老想往一边走，
对伴送者一言不发。
两个巨人一会儿走在前头，
一会儿落在后面。
大卫无路可走了，

他离他们远远地停下。
他抛掷石块，在灌木丛中玩耍，
惊起群山中的鸟儿无数，
还把野兽追赶。
巨人们坐下，自顾自吃起东西，
连一点碎渣也不给大卫。
连续三天，大卫没吃东西，
孤苦无依的大卫一路上饥肠辘辘，
大卫拿什么来充饥呢？
他找到野生芜菁吃了，
他揪下野草吃了，
他在谷地采集到蘑菇吃了，
他从悬崖上用石块击落小鸟，
他遇上兔子，追上杀死，
而从不问那两个人要面包。
他们就这样走了很久，
在路上度过了五天或六天，
没有一个巨人说过："大卫，
我们很可怜你，你累了，
你也许饿了，想喝点水。"

他们来到一座桥前，
巴特曼·布加说："恰尔巴尔，
让我们把大卫扔进河里！"
而大卫已经走得很远。
于是两个巨人决定歇歇吃点面包，
他们召唤大卫：
"大卫，喂，大卫，快来！"

大卫来到他们跟前,说:
“我们去萨逊已经走了五六天,
但是在这五六天里你们没有
一个人问过我一次:‘大卫,
你不饿吗,你不想喝点吗?’
你们眼下坐在桥旁干啥?
继续上路吧!”
他们说:“大卫,迄今为止,
我们还走在梅利克的疆土上,
今天我们便进入你爸的领土,
因此我们召唤你。
来,大卫,坐下吃点面包。”
大卫回答道:
“母亲给我们储备了十天的面包,
你们吃了,却不给我吃,我饿。
当我踏上父亲的国土和水域,
我再也不需要你们的面包!”

大卫发现并见到,
两个巨人在桥上走了一遭,
停在了桥边上。
大卫走上前去,直截了当地问:
“你们又停下干什么?”
他们说:“这全为了你!
梅利克命令我们,
上桥时要牵着你的手过桥,
为的是不让你受惊吓掉下去。
要知道你很惊慌,你还小!”

大卫说:“可是迄今为止,
遇到的不是狼便是熊,
你们并没想过大卫他还小,
他会受惊吓。你们走吧!
你们在头里,我跟在后面。”

两巨人于是自己商量起来:
“我们该一个人在前面走,
而另一个人在后面跟,
只要一走到桥中央,
我们就将大卫抓住,
往河里一扔,让他淹死。”
大卫什么也没有听见。
这时他们对他说:“不,大卫,
让我们一人在前,另一人在后,
以便走到桥上你不受惊吓。”
大卫说:“就按你们意思办!”
但他自己对自己说:
“直到现在为什么他们总走在头里,
而现在,却要一人在前另一人在后?
我看出他们脑子里有什么鬼主意。”

于是他们来到桥中央,
前面的巨人朝大卫转过身来,
后面的直接站在他背后。
大卫问:“你们想干什么?
啊,你们是想把我扔下水!”
大卫用右手抓住前面那位的衣领,

又用左手抓住后面巨人的衣领,
将他们俩撞在一起,
在桥边上悬空举起,说:
“你们想在哪儿将人抛入河中,
我先指给你们看,再扔你们!”
两人哀求起来:“看在耶稣面上,
别把我们往河里扔,大卫!”
这时大卫将他们往桥石上撞,
用膝盖抵住他们的胸,说:
“说出全部真相,否则我把
你们杀了,抛进河里!”
而两人说:“大卫,我们在你手里,
恐惧影响我们说话,
你松手,我们将说出一切。”
于是大卫将双手从他们身上移开。
巨人们站起来,又坐在地上呻吟,
过了一个小时也无法镇静下来,
大卫把他们折磨得够呛。
大卫说:“快说!”
最后他们歇了一口气,
开始镇静下来,
恰尔巴尔·卡米说:“大卫,
如果我们隐瞒真相是对你的话,
那么对上天我们并不隐瞒。
姆斯拉-梅利克,这个狗崽子,
强行逼迫我们来杀掉你。
姆斯拉-梅利克说:
‘你们把大卫领到桥上

并在那里将他干掉，
把他的血灌到罐里，
把他尸体扔进水里，
带回血罐，我要喝血，
这样自己心情才能平静。’
噢，求你啦，别杀我！”
大卫听后觉得他挺可怜，
便站起身，将他放在桥上
说：“滚吧！”

这时巴特曼·布加说：
“可我怎么回去？
梅利克会将我杀掉，
因为我没有完成他的命令！”
大卫看见一只兔子从身边跑过。
他逮住它，撕为两半，
将兔子血抹在自己的卡帕上，
再把血灌进号角，交给巨人，
吩咐道：“带给姆斯拉-梅利克，
告诉他：‘我杀了大卫！’”
巴特曼·布加兴高采烈
踏上归途。
恰尔巴尔·卡米说：“我曾在
你父亲麾下，在他身边长大！
我不知道你像你爸那样强大。
我被梅利克作为俘虏关押，
自从姆格尔去世之后。
但如今我将是你的奴仆，

往后我不再是梅利克的仆人，
我将自己的命运交付于你。
我爱姆格尔并效犬马之劳，
而现在我将为你效力，
为的是你竟如此强壮！
在你身上蕴藏着此等力量，
只要我活着，我的一切全是你的！”
大卫说：“要是这样，
那好吧，你就跟我走！”
他们互相亲吻前额，
向萨逊进发。

这天晚上奥瓦-戈尔兰
做了个梦，梦见了大卫。
他说：“我的侄儿大卫，
天晓得是死是活。
也许，他很快就将
回来，回到萨逊见我们。
他也许已经在家乡的土地上。”
奥瓦·瓦尔兰叫醒妻子：
“萨里埃，萨里埃，快起来！”
萨里埃说：“老头子，
干吗你不让我好好睡觉？”
奥瓦-戈尔兰说：“夫人，
你是异族人，你并不心疼我们的人。
起来，起来！我做了个梦！
起来，启开我的心扉，看看：
城市四周突然高墙林立，

城市四周突然鲜花盛开，
城墙上燃起我们的烛台，
花园里夜莺在远处啼啭。
我相信，我的孤儿大卫
日内将回到自己的家来！”

而大卫正在采集野草，
他碰上什么——就吃，
他已经饿得饥不择食。
他因此开始头晕目眩，
才智已从头脑里飞走。
大卫和恰尔巴尔·卡米，
就这样走了许多天，
有一天他们来到萨逊城郊。
在那里有一群牧羊人和牧童
扔下自己的牲畜和羊群，
来围观大卫看热闹。
他们留意到大卫的服装，
发现他是萨逊氏族中
最有声望的焦贾族人①。
一个牧羊人走近过来，
大卫问他：“去萨逊怎么走？
我在萨逊出生。”
牧羊人急忙去找奥瓦-戈尔兰，
给他带来喜讯：
“你听着，奥瓦-戈尔兰，

① 此系音译，意即“大的”，亦可意译为“巨人族”。

有人朝我们走来，
他是你们的孩子大卫，
我给你来报个喜讯。”

顿时奥瓦-戈尔兰喜上眉梢，
他大声喊叫凯里·托罗斯，
人们纷纷从豪宅里拥出，等候，
所有城市居民和庄稼人被召唤：
“上帝给我们将儿子送回，
快动身，去迎接大卫！”
人人都乐意去看一眼大卫，
他肯定强壮有力，既然是姆格尔所生！
人人起身，聚在一起，
跟随凯里和奥瓦去迎接大卫。
“嗨，”他们叫喊，“大卫
在哪儿？嗨，他此刻在哪儿？”
奥瓦-戈尔兰站起身，
往远处的大路上瞧，
他瞧着，发现顺大路走来一个巨人。
他身后跟着个小伙子，
毫无方向地彳亍而行，
只是拖着脚步蹭着地。
奥瓦对托罗斯说：
“你瞧，那个小伙子这么蹒跚，
毫无确定的方向彳亍而行。
这显然是我们的精神错乱的大卫，
萨逊的太阳熠熠生辉。”

当大卫走着,步履维艰来到萨逊,
他穿破了自己的树皮鞋,
穿破了自己的衣服,饿得虚弱不堪。
他见到:黑压压一大批人,
要去哪儿——大卫并不清楚,
他不知所措,立着,说:
“我光脚光身子,去萨逊该怎么走?”
这时农夫们挥起手来,呼唤大卫。
大卫没有料到人们向他拥来,
他漫无目的自顾自蹒跚而行,
他怎么也未料到已到了萨逊,
没料到他会受到如此的尊敬;
人们也没料到,大卫会那么的
疲惫不堪,会那么的消瘦虚弱。
奥瓦-戈尔兰领头走在前面,
他来到大卫跟前,瞧着他,
他站在他面前,说:
“孩子,你从哪里来?”
“我是萨逊人。”大卫说。
“我在萨逊没遇见过你,孩子。
瞧,它就是萨逊城:这里就是。
你有什么人在萨逊?”
“哈努姆说我有两个伯伯。”
“他们都叫什么名字?”
“大伯叫维尔戈,
二伯叫奥瓦-戈尔兰。”
这时奥瓦-戈尔兰朝大卫跑去,
将大卫紧紧拥抱,亲吻他,

奥瓦热烈地亲吻他,泣不成声。
“哎,大卫,”他说,
“那么你就是我的侄儿!
要知道我就是奥瓦,你的伯父!”
他又一次亲吻大卫,亲不够,
就这样,他们手挽着手,
满脸笑容,喜气洋洋回家转。
奥瓦朝所有人高喊:“喂,
兄弟们,朋友们,
我们来设宴庆祝,举国欢腾!
我们的大卫回来了!”

这时大卫的伯父们聚在一起
拥抱他,亲吻他。
萨逊人民都来到奥瓦家,
庆祝这让人高兴的日子。
“赞美你,上帝,”奥瓦说,
“我们的孩子靠岸了,回家了。
但此刻你将说些什么——
他成了个瘦弱无力的孩子,
我们期待的是个勇士——
可回来的是个瘦弱无力的孩子。”
奥瓦坐在桌旁,全体萨逊人陪着他,
他们设宴庆祝,高谈阔论,
随后客人们一个个各自回家。
只剩下奥瓦和大卫两人。
大卫说:“伯父,你过得怎样?”
奥瓦回答:“抱怨上帝是罪过,

他的仁慈天长地久，
你的父亲已命归黄泉——
我们过得马马虎虎、勉勉强强。”
大卫说：“要是这样也就不错了。”

牧童大卫

清晨奥瓦醒来,从床上起身,
他三次以手触地,表示赞颂,
他说:“上帝,光荣属于你,
你再次让我做梦,
仿佛太阳升起,
照亮了萨逊的家园。
我和兄弟不再害怕。
他站起身,把手伸进箱笼,
他将大卫打扮一新,
在他口袋里塞满羊拐子,
又给大卫许许多多葡萄干,
他亲吻大卫的前额,说:
“大卫,去与孩子们玩!”
大卫出去,开始和孩子们玩。
小男孩们跑来抢他的羊拐子,
伸出拳头来打大卫。
这时大卫忍无可忍,大打出手,
将一个男孩的脖子打歪。

傍晚,男孩的母亲来向奥瓦告状,
奥瓦-戈尔兰答道:“会好的,
我会吩咐他别再打架。”
奥瓦来找大卫,说:“大卫,
我亲爱的,以后别再打架!”
第二天早晨大卫起床,

去和孩子们玩耍。
那些人成群结队突然朝大卫猛扑，
上来就对大卫拳打脚踢。
大卫也挥动拳头，
将三个男孩的脖颈打歪。
顿时三名妇人哭着去找奥瓦。
年长者来到一起，
人们聚在一起议论纷纷：
“这个母狗的弃婴，
把我们的孩子都打成了残疾，
我们走，将大卫杀了！
他算什么东西，敢痛打我们孩子？”

瞧，他们动身，呼喊奥瓦说：
“大卫在哪儿？叫他来见我们。”
奥瓦问：“你们想对大卫怎样？”
他们说：“你那个疯子大卫，
与我们的孩子为敌。
为何那么残害我们的孩子？”
奥瓦胆战心惊来找大卫。
说：“天啊，你毁了自己的家，
大卫，你为何殴打孩子们？”

大卫回答说：“他们真该死！
一个劲儿要打架，我就动了手。”
奥瓦对他说：“市民们都来了，
挤破了门，走吧，去回答问题。”
大卫站起身，出门便发现，

一大群人朝院子袭来。
有人未当面见过大卫，
走上前来想看个究竟，
有人道听途说有关大卫的坏话，
挤过来想将他毒打一顿。
当大卫刚露面，
人群便发现了他，
他们哆嗦起来，议论纷纷：
“别碰大卫，他怒气冲天，
我们全会被他打死。”
全体转过身去，各自回家。
翌日清晨，萨逊的长者们
邀请奥瓦，并对他说：
“奥瓦，你知道吗，我们为何邀你？
不久前，人们聚到你家里，
见到了大卫——他们吓得要命。
你最好给大卫安排个工作，
要是你不给他一份工作，
城里便会大祸临头。”
奥瓦问：“该给他份什么工作？”
他们说：“我们将雇用大卫当牧童，
为的是别让他在城里待着。”
奥瓦在晚上回到家，说：
“大卫，我的太阳，
你不想去当个牧童吧？
要知道我们变得很穷，
得到两俄斗黍子便富足了。”
大卫问：“伯父，干吗不去呢？

我不能当个二流子活着。
你是个有名望的人，
萨逊百姓都很敬重你，
劳你驾，请尊重我的请求，
给我安排工作吧。”
奥瓦说：“大卫，
城里想雇你当个牧童。
为放牧羔羊付我们
一俄斗黍子和一俄斗小麦。
怎么样，将小羊羔们保护好？”
大卫说：“我将像爱护鲜花
那样保护好它们！”
奥瓦-戈尔兰去恳求市民：
“我的侄子来过我这里，
请你们别再把小羊交给别人放牧，
今年请让我的侄儿来放牧。
请给我面子——让大卫当个牧童。
曙光初露时请将小羊赶到大门外，
我把大卫叫来让他把羊群领走。”

邻居们对奥瓦说，“奥瓦，
你得吩咐让人给他缝双矮靿皮鞋。
只要他领着羊群蜿蜒在
萨逊的群山上，东奔西跑，
他的鞋很快就将穿破。”
奥瓦说：“我去告诉让人缝鞋。”

奥瓦起身去铁匠家，

吩咐铁匠铆双铁鞋，
再打造一根铁手杖，
他取了，带回，交给大卫。
大卫对自己的铁鞋非常喜欢。
奥瓦-戈尔兰说："孩子，
动身吧，领着羊群去牧放，
到萨逊山后让小羊去吃草。
中午你把它们全赶到泉水边，
我在中午给你送吃的来。"
大卫站起身，穿上铁鞋，
手中提着铁手杖，
站在萨逊中央，喊叫起来：
"喂，老乡们，把小羊领出来，
把小山羊全领出来，赶出来，
我领它们去萨逊山上吃草。"
老乡们活跃起来，领出小羊，
他们将领出小山羊赶到大门外。
大卫将它们聚成大羊群往山上赶。
人们看着大卫，说：
"奥瓦，上帝是见证人，
他会把小山羊们全打死的！"

奥瓦说："大卫，
别让老乡受损失，别毁了羊群，
你完整地将它们领走，
再完整地把它们领回！"
大卫说："嗨，伯父，
难道我是个傻瓜？

牧童大卫

别担心,我不会将羊群毁掉!”
大卫赶着羊群走了,
他将小羊赶上高高的山峰,
让它们到那儿去吃草。
它们吃得饱饱的。
大卫将羊儿推搡着塞进羊栏,
自己离开这些小羊羔,
摊开四肢躺在地上睡着了,
羊群的情况他一点也不知道。
小羊们睡了一觉从羊栏里跑了,
它们各奔东西,各吃各的草。
大卫对小羊们的情况一无所知。
醒来发现:既无羊羔也无小山羊,
它们四处乱跑,已经无法寻找。
大卫起身朝羊栏张望:没有羊羔。
他往右边瞧瞧——没有羊羔,
他朝左边瞧瞧——没有羊羔。
他站一会儿,喊叫一阵,跑着去找,
将山山岭岭踩得噔噔响。
正当他的脚步声在群山中低沉回响,
一群群兔子和狐狸从山岩中冒出,
从兽穴中钻出,又猛地跑了溜了!
突然从他脚底下蹦出一只兔子!
大卫觉得奇怪:
“嚯,多灵巧的小山羊啊!”
他动身去追兔子:
小山羊原来长得一身杂毛!
石貂在石上跑,狐狸拖着大尾巴。

大卫觉得奇怪：
“嘿，小山羊有多灵巧啊！”
他跑着去逮野兽，
直追得那小东西伸出舌头，
不乐意地束手就擒。
就这样他将所有兔子、石貂、狐狸
统统逮住，拖回，与小山羊混为一群，
他将所有兔子、石貂、狐狸统统
从七个山头聚拢来，赶过来，
把小山羊与它们混在一起，
大卫筋疲力尽，疲倦到极点。
他领着小山羊，手擎手杖站在前头。
他发现：铁鞋已经穿破。
正好中午时分，奥瓦打点好食品，
送了过来，发现：
大卫肯定在山里转了不少圈，
铁鞋都已经穿破，
铁杖也彻底磨掉，
便说：“大卫，你在这里怎么样，
孩子，我最最亲爱的！
要是每天都得铆接鞋子，
要是每天都要锻造手杖，
你的所有收入便将全花在这上面，
我们是否换个地方放牧？”
大卫回答道：“咳，伯父，
明天我不再放牧小羊羔。
我今天跑了一整天，累死了。
自己新添置的鞋都穿坏了！”

奥瓦-戈尔兰说:“大卫,
亲爱的,当个牧童并不愉快?”
大卫说:“别提多愉快了,
这点上帝可以作证!
小山羊们温顺极了:
带着小羊儿栗色的,
带着小羊儿黑色的,
无忧无虑在山崖上游荡。
不过那些棕红色的小山羊,
那些长尾巴的白色小山羊,
我从它们那里不得安宁,
它们总想溜掉,把我折磨死,
它们弄得我不得安宁,
我感到疲惫不堪!”
奥瓦说:“孩子,
我们没有棕色和白色的小山羊!”
大卫说:“有,伯父,有的,
有棕色的,也有白色的;
如果清早你不把它们从羊群中驱走,
我就无法带着小羊羔出去。”
奥瓦说:“那好吧,你起来,
你把羊羔指给我看。
我想看看棕红色的小山羊。”
他们起身,去把羊栏打开。
大卫说:“伯父,你进羊栏,
将羊羔领出来,我来逮小山羊,
你可逮不住它们。”
奥瓦说:“不,不,孩子,

你太小,你自己进去赶羊,我来逮。”
大卫进到羊栏里面。
刚发出碰撞声,刚用石棍点数,
兔子和狐狸就纷纷往外拥。
奥瓦看着狐狸和兔子,
猜到大卫逮住的都是什么样的小山羊。
野兽们四散乱跑、各奔东西。

大卫从羊栏出来,说:
“伯父,你为何将我的小山羊放跑?”
奥瓦回答说:“它们不是小山羊,
全是些野兽,孩子,
这些棕红色小山羊别留,让它们跑。”
大卫说:“你放跑了我的小山羊!
现在怎么办?主人们问起小山羊,
我没有,我拿什么代替给他们?
我在他们面前怎么承担责任?”
这时大卫跑上山去——想把
自己的兔子逮住,把狐狸赶在一起。
奥瓦跟在身后说:“嗨,大卫,
把你的家毁掉吧,”他大喊道,
“我告诉你收拢的是什么,
你往羊栏里赶的是野兽。
别饲养野兽,让它们跑吧!”
大卫不听,跑着离开了。
伯父转过身子,回家去,
说:“天哪,把事情搞得一团糟!
我们这位精神错乱的孩子,

把一切都混为一谈，
把羊羔和野兽混为一群，
连小山羊和兔子也分不清。
我要对邻居们说，请求你们，
让大卫明天别再去牧小羊羔。”

大卫往山上跑，
去赶兔子和狐狸。
但是兔子和狐狸东跑西溜，
伸出舌头，吓得够呛，
它们侧着身走，
有如铁匠铺里的风箱。
大卫将它们赶到山上，
又重新把它们赶进狭谷，
同小羊羔混为一群，
说：“嘿，你们真该死！
跟小羊羔、小山羊一起
让我不得安宁，
不让我有时间吃点面包！”
野兽其实逃不快，它们怕大卫。

傍晚大卫赶着羊群回到城里。
大卫的鞋破到如此程度，
不得不将它们脱下，
挂在铁杖上，自己光脚而行。
他就这样把自己的全部牲口，
所有野兽全都赶了回来，
将全城塞得满满当当。

"喂,老乡,"他高喊,"出来,
把你们的小羊羔、小山羊收下!
这些长耳朵的小山羊不知是谁的,
全都一心想溜掉,快点哟,
求你们啦——快出来,领走!
这些长耳朵的小山羊不知是谁的,
都想溜走,我把它们打了一顿,
才赶回来的,同小羊羔混在一起!"
市民们一见到羊群感到惊奇,
说:"大卫,你赶来的可是些
兔子和狐狸,同小羊羔混在一起,
我们走,去把自己的羊儿挑出来。"
他们出来,抓住自己的羔羊领走。
另外,每个人还尽可能随手
挑了些狐狸和兔子。
他们将兔子杀了,吃了,
用狐狸皮和貂皮缝成皮衣穿上。
从那时起人们便开始
杀兔子吃兔肉,
剥狐狸和貂的皮,缝制皮衣。

傍晚,大公们聚在一起,
来找奥瓦-戈尔兰,说:
"我们的牧童简直神经错乱,
连小山羊和野兽都分不清。
将萨逊山上的野兽全抓来,
往城市赶,使山中野兽变少。
我们不愿意再让大卫当牧童!"

民众聚在一起说:“大卫怎么办?
让我们将母牛交给他吧。”
大卫说:“你们叫我去放羊,
现在又解雇我,让我看奶牛?
奥瓦-戈尔兰说:“大卫,
这些小山羊让你不得安宁,
你就别再放羊了,
最好还是赶着牛群去吃草吧,
你将它们赶上山,便睡觉,
中午我给你送吃的来。”
奥瓦再次吩咐铆了对铁鞋,
打造了一根新的铁杖,
拿回来,交给了大卫。
早晨他起床,喊道:
“喂,老乡们,请起来,
将自己的大牲口赶出来给大卫,
今天大卫不再放牧小羊羔,
今天他要将大牲口赶往牧场。”
人们起床,把牲口赶给大卫。
大卫将它们聚集起来,
赶着来到萨逊山,
放开它们,往地上一躺睡着了。

睡了一会儿,醒来,坐起,
他发现:牲口四散着往悬崖上爬,
他起身,急忙去赶母牛。
突然——从兽穴中拥出

大量的熊和狼。
大卫大为生气:“你们的主人
真该死,又让你们溜了出来!”
大卫加快步子,而它们全溜了,
他跑啊跑啊,将所有野兽
追得筋疲力尽,无力再跑,
他走上前去,把它们全都抓住,
同牲口群混在一起并重新
在群山和狭谷中绕圈子。
将山上所有的野兽,
一股脑儿逮住赶了回来。
他从那里赶来一头母狮,
从这里赶来一头老虎,
从下面赶来一头狮子,
从上面赶来一头雪豹,
从左面赶来一头胡狼,
从右面赶来一头熊,
从四面八方赶来狼,
他将所有野兽赶回来,
把它们塞满所有牧场。
所有野兽都驯服下来,
它们全都害怕大卫。
要是有野兽互相啮咬,
大卫便抓起欺负者往地上扔,
凡是被大卫扔过的野兽,
全都呆若木鸡,它们怕大卫,
而牲口都一动不动,它们怕野兽,
大卫站立在它们面前。

傍晚大卫赶着自己的一群动物
进了城，整个萨逊全被塞满。
没有谁从家里出来，
每个人都战战兢兢，
门都关得严严实实。
大卫来到萨逊广场上，
开始大声呼喊，久久地呼喊：
“喂，百姓们，来取回自己牲口！
谁没有养过公牛，请来领公牛！
谁没有母牛，就能得到母牛！
来吧，来领吧，把门打开！
谁养了一头母牛，能得到两头，
谁养了两头，能得到十头，
谁养了十头，能得到二十头，
谁养了二十头，将得到四十头，
为何不来接收自己的牲口？”

但谁也不来领回自己的牲口。
他喊了又喊，就是没人出来，
谁都不敢从家里出来露面。
这时大卫不再作声，说：
“谁也不出来，真是不应该，
让你们见鬼去吧！
我在山上，在山谷转圈子，
把所有牲口都聚拢赶回到家。
你们不要，那就让它们
想上哪儿上哪儿。

人们都走啦,你就行行好吧!
我可累坏了!"
这时大卫蒙上头,
躺下睡觉,一直睡到天亮。

长者们聚在一起去见奥瓦,说:
"奥瓦,你想把我们的牲口毁掉?
你的侄儿破坏了萨逊。
我们害怕这些狮子和老虎,
熊和狼。真是怪事!
那么多的野兽……
他把孩子们吓得要死。"
奥瓦说:"倘若如此,
我就去将大卫领回家。"
奥瓦-戈尔兰离家呼唤道:
"大卫,让你伯父为你而死吧,
说吧:弃恶扬善,弃恶扬善!"
大卫站起身,说:
"弃恶扬善,弃恶扬善!"
所有野兽四散奔逃,回到山上。
牲口全都留了下来。
这时家家户户大门洞开,
人们出来,领走牲口进畜栏。
大卫对他们说:
"你们是些怪人,
愿上帝毁了你们的家!
你们将肥牛放回山中,
给自己留下的是瘦马。"

大公们说:“事情不妙,奥瓦,
顽童身上没有任何人的东西:
一个疯子,真的,神经不正常!”
大卫听到后说:
“见鬼去吧！我再不给你们当牧童!”
这时伯父勃然大怒,对大卫说:
“既然你这样,
从此以后我这里没有你的家,
走吧,爱上哪儿上哪儿!”

牧人大卫

大卫从城里出来，
往旁边一躺，睡着了。
翌晨凯里·托罗斯来到萨逊，
问："我的侄孙大卫在哪儿？"
他问男人，男人破口大骂，
他问女人，女人诅咒大卫。
凯里去将大卫寻找。
他发现大卫躺在一边睡觉。
便用脚踹他，
大卫醒过来，
见到是凯里·托罗斯，
便说："凯里，你为何踢我？"
凯里说："你都干了些什么，孩子？"
大卫说："凯里·托罗斯，
这些牲口将我折磨苦了，
因此萨逊人把我驱逐。"
凯里说："萨逊的一个糊涂虫，
跑得飞快的牲口你就别放牧，
跑不快的牲口你去放牧才是！"
大卫说："不，这里的日子不好过。
你给我指明别处，我上那儿去！"
凯里带着大卫，
将他领回自己家。

过了不少日子。

春天开始来临。
大卫说:“凯里,院里春意盎然,
该是放牧和田间工作的时候了,
我们那么些人待在你家,
你不必供养这么一帮人,
你将我们送去当个帮工,
我们挣钱把一切带回家,
秋天我们收拾行李再去挣钱!”
凯里说:“原来如此,大卫,
闭上你的嘴,你懂什么,
你在我家当过多久的帮工!”
他笑了笑,又说:
“我直接领你去达什图村,
送你去当牧人的助手,当牧人,
为这份工作他们将付你一俄斗黍子,
你得到报酬后将它们带回家。
我把黍子送往磨坊,磨成粉,
运回来,让你婶娘和成面团,
上炉烤,从炉子里取出面包,
你拿来,将小面包递给我说:
‘凯里,这是我挣的,吃吧!’”
大卫说:“要是你不信,凯里,
现在就动身,领我去当牧人。”

凯里知道,大卫很固执。
凯里起身,领着大卫,
去往达什图-帕德里尔村,
带他去那里当牧人,

亲自教他说："孩子，
你得十分爱护牲口，
天蒙蒙亮你得赶着自己的羊群
上萨逊山，到新鲜的牧场。
那里有块白石，石下有一清泉，
你在中午时分将它们赶到泉边
——给牲口饮水。"
凯里起身，离开大卫，
回到了萨逊。

翌晨大卫聚拢自己牲口赶往牧场，
中午又将它们领到白石旁的泉边。
发现那里有七个村子的牧人聚着，
他们朝大卫走了过来，
每人都领着自己的畜群。
大卫说："喂，牧人们，
让我们成为兄弟吧！"
大卫和他们结为兄弟。

已是春天，牲口过冬后变得很瘦弱，
下着雨，道路和田野上一片泥泞。
牲口陷在泥泞里，受了凉，
不到一天七八头牲口倒下。
大卫将母牛从泥泞中拽出，
给它们腿上捆上绳索，
将自己的手杖穿过绳索。
他把母牛扛在肩，带回村庄，
扛回村庄，松了绑，他对主人说：

“大娘,你的母牛身上有病,
天冷,它们掉进泥淖,冻僵了。
它们爬不起来,乱蹬,真可怜。”
主人们对大卫表示感谢:
“只要工作,肚皮吃饱!
你不工作,照样吃饱!
上帝保你长命百岁!
今年若没有你大卫,
我们的牲口全得冻死。”
他们盛情款待大卫:
烤好了面包,送来了鸡蛋,
煎好了煎蛋,给他端上来。
人人都对他表示关心。
全体农民都向大卫祝福:
“至今我们还没有过这样的牧人!”
大卫放牧到六七月份,
整个牛群都长了肥膘。

日子一天天过去,圣母节[①] 来临。
这天虔诚的祈祷者都去教堂
——望弥撒。
谁被禁止去望弥撒,
谁就得在家熬肉粥[②]。
肉粥熬好了——

① 此处的圣母节,即指圣母圣诞节,由于圣母诞生的故事只见于古代旁经,故拉丁教会直至11世纪才普遍接受这一节日,并定于9月8日为圣母圣诞节。

② 原文为“Ариса”,据俄译本注释,即一种用小麦加肉熬成的粥。

正好望弥撒也结束了，
大伙儿便去尝美食。

圣母节那天，只是到了中午，
大卫才聚拢畜群，赶到草场，
来到白石旁，来到泉水边，
见到七个村子的牧民聚一起，
朝泉水走来，每人带着牲口。
顺着大路走着农夫和大公们，
他们身着盛装，望不到队尾，
他们一直走啊走。
大卫说："这真是怪事，
从早晨起他们就走啊走的，
他们这是去哪儿？"
牧人们回答说："去过节，
他们以牲口为祭物，
成群结队川流不息，
他们将唱歌又跳舞，
将萨兹琴[①] 来弹奏，
他们还要熬上肉粥，
又吃又喝，完后再往回返。"

一个牧人说：
"最好有谁给我们送粥来，
让我们也尝尝肉粥的美味！"
谁也没有来。

① 一种三弦或四弦的弹拨乐器，流行于亚美尼亚、伊朗、阿富汗、土耳其等地。

大卫说："既然如此，
你们看着我的牲口，
我去将肉粥搞来，
让每人吃个饱。
不过倘若我的牲口丢失，
那你们七颗脑袋就得搬家！"
大卫吓唬他们一下，
那些人便战战兢兢坐下，
乖乖地看守着母牛们。

大卫朝庙宇耸立的方向走去，
一路他同别人把话聊，
说是人们在何处把粥熬？
"在那边把粥熬。"人们说。
大卫往那边跑去。
他见到地上挖成的炉灶上
支着一口锅，女主人在熬粥。
大卫说："大娘，大娘，
行行好，给点熬得的肉粥：
我们七个牧人聚在一起。
有什么法子，牧人都是穷人，
哦，愿你的父亲安息，
请给我们一点点肉粥，
让我们在一起有口吃的。"
女人说："快滚开，萨逊的笨蛋，
你难道不晓得该上教堂望弥撒？
等着吧，人们就要从教堂出来，
牧师会来到我们跟前，

给肉粥祝圣，那时才能吃。”
大卫说：“好大娘，
牲口没有看管，但愿不要丢失，
我没有空，请快点儿给，
畜群一跑散，人们就遭殃。”
女人对他说：“不给，
牧师没有给粥祝圣，我什么也不给；
等朝圣者来了，吃过了，
剩下的——给你们拿去吃。”
大卫说：“残羹剩饭给狗吃吧！”
这时女主人张口便骂起来。
大卫怒不可遏，伸出手来，
抓住四个耳环把锅端了下来，
将锅移到灶边上，
把手杖穿过锅环，
将锅放在了肩上，
把盆顶在了头上，
抓起一瓦罐奶油，
往腋下塞上面包，
再带上七把大勺，
说：“瞧，这就是我们的匙！
喏，现在上帝将接受你们的祭品！”
老太婆对大卫说：
“这样的祭品真可恶，
再没有什么可祝圣的！”
而大卫转过身子朝泉水而去。

女主人跑进教堂高喊：

"大家听着,快追!
萨逊的疯子大卫来了,
肉粥、面包他全拿走啦。"
这时四面八方都响起说话声。
一个说:"我们走,杀了大卫,
把肉粥和面包全拿回来!"
另一个说:
"别去追,别与他硬扛,
他会揍你们,把你们揍死的!"
牧师说:"火上还有两锅粥,
你们别去,他是萨逊乖戾的人,
他会将你们痛打一顿,
你们便全成了残疾人,
而我们得到的将是耻辱。"
一个老人说:
"他出身于姆格尔家族,
你们就宽恕了他吧!
你们有的是力气,四个人
抓住四个环就能将锅提起,
那么去吧,哦不,别去,
我可怜你们!"

大卫跑着,来到草场,
他跑到牧人跟前,
他从肩上卸下锅放在草地上,
从头上取下盆,放在草地上,
大锅里肉粥装得满满的,
罐里灌满奶油,他开始倒粥,

朝牧人们大声喊叫：
“嗨，牧人们，来吃肉粥！
干吗谁也不过来？”

牧人们坐在那里呆若木鸡，
一个个垂头丧气，一声不吭。
大卫走上前去问：
“嗨，干吗一个个垂头丧气？”
一人回答道：“大卫，
你自己评评理，我们怎么不丧气，
你在不祥的时刻刚离开——
四十个恶魔便来袭击我们，
偷走了我们四十头最好的公牛！”
大卫对他们说：“这不是祸，
我们先吃东西，来，坐过来！”
只是见他们不吃东西，
他说：“你们中有谁注意到，
他们将牛赶往何方？”
他们回答大卫说：
“他们翻过山头疾驰而去，
连踪迹你都无法找到。”

大卫将一根粗棍子扛在肩
便起身上路。
他翻过了一座山头，
将所有山岭峡谷寻遍——
哪儿也没有人的踪迹。
大卫走过斯普加纳茨村，

又来到阿尔库克村寨，
他走啊走，走近一座陌生山头。
他发现：裂罅中浓烟滚滚。
他进到浓烟中，发现：
一口四十环大锅放在那里，
恶魔们宰杀了公牛，
正将它们倒进锅里，
锅下点着火，烈焰熊熊，
锅烧开了，沸腾作响。
这时大卫抓住四十环大锅，
将它弄翻在烈火中。
他捡起四十张牛皮，
将它们整齐地摆在锅里，
他动身走到洞穴前，
他进洞发现——见到了什么？
有人摊开四肢躺在地毯上，
有人在吹祖尔纳管，
有人在呼呼睡大觉，
人人都闲闲散散，高高兴兴。
大卫朝四周扫视一番，
一双眸子骨碌碌乱转，
他转过身子走了出来。
大卫抓起一块巨岩，
搬过来，将它堵住入口，
想不让任何人跑出来。
这时大卫威严地大喝一声，
吓得那些恶魔魂不附体。
年长的恶魔听出声音，说：

“我们遭难了,这是姆格尔的
儿子大卫,走吧,向他求饶,
让他饶我们一命!”
但大卫将他们全部抓获,
将他们的脖子全都扭断,
揪下他们的脑袋,抛掉。
大卫环顾四周——他见到了什么?
洞穴里一座金库满满登登,
不管你愿意不愿意,里面
应有尽有,什么都能找到。
里面存放有黄金的磨盘,
里面埋着整整一座金山,
里面还有一座高高的银山,
里面萨逊的财宝不可胜数。
自从大卫的父亲溘然长逝,
恶魔们便去抢劫偷盗,
将所有金银财宝运进洞穴。
这时大卫将金子装入口袋,
系在腰际,又拿起牛皮和
牛头将它们放入锅内,
再塞满黄金直至锅沿,
他站起身,将棍子穿过锅环,
把大锅扛在肩上,
带着它直奔教堂。
而那里牧师们开始给食品祝圣。
他扛着大锅来到,
将它放在教堂大门旁,
招呼一名牧师过去,说:

“神甫，拿粥来给我吃，
我拿走的全给了牧人们，
刚够他们几个人吃的。”
牧师感到害怕，说：
“大伙儿别碰他，
他拿走了肉粥又还回了锅，
我们供他吃，吃了走人。”

大卫坐下，把粥吃个精光，
他起身将农民们召在一起，
还将那些公牛的主人叫来，
说：“喂，静些，听我给你们说！”
他掏出牛皮，扔在地上，
每个人都认出自己的牛皮。
大卫说：“瞧，给你们牛头，
换取我拿走的肉粥。
再给你们这口大锅，
代替我拿走的那口锅。
瞧，给你们这些金子，
你们将它分了代替公牛。
而牛皮就给予所有穷人，
让他们能穿上鞋记起家父。
但是我也给你们一份痛苦，
倘若你们想从我的兄弟们
牧人那里夺走哪怕一丁点
东西：那么我将毁了你们
的家，让你们长记性！”
他们说：“哪能啊，

上帝与你同在,走吧,
我们决不会委屈你的兄弟。”

大卫离开,去找牧人们,
他到了后发现谁也没有碰粥,
他们全都阴沉着脸坐着。
他说:“你们何苦绷着个脸,
显然是因为这里没有盐巴?
先喝不加盐的肉粥,
回家后再将盐补吃!”
他们说:“大卫,我们的兄弟,
我们该如何是好,
该对牛主人说些什么?”
大卫说:“我给了他们牛皮,
吩咐他们,谁也不许夺走
你们一丁点儿东西。
要是他们动了你们,告诉我,
我去将他们家砸了留作纪念!”

这时牧人们紧闭的颌骨张开了。
他们全都坐下开始吃东西。
吃完后,大卫对他们说:
“起来吧,将牛赶拢来。”
他们说:“还只是中午,大卫!”
大卫将恶魔们的耳朵递给他们。
说:“回家去,把乡亲们召集,
让他们带上骡子,过来,
装上财宝,运回村去。”

牧人们将乡亲们召集起来，
高喊道："乡亲们，动身吧，
大卫杀了四十个偷牛的恶魔，
说是：'让他们来，装财宝！'"
乡亲们回答说："你们骗人！"
牧人们说："倘若我们说谎，
你们便将我们耳朵割下！"
大卫聚拢畜群，亲自赶在头里，
他将牲口赶回村里，说：
"瞧，你们的公牛和牲口，
全部交还给你们，
我再也不放牧了。"
他回到萨逊，回到凯里家。
凯里在家里来来回回走动。
大卫向凯里打招呼问过好，
走到他跟前问："凯里，
我们家里有多少口人？"
凯里说："加上你一共四十。"
大卫说："凯里，你的双亲
已经安息，在我们家里——
还有多少男子汉？"
凯里说："孩子，我已经说过，
这里加上你，大概四十人。"
大卫说："那好吧，
那么我们有多少只大口袋？"
凯里说："你真有点傻，
加上你的，一共四十只。

你要这些口袋做什么？”
大卫说：“凯里，别生气，
快通知我们家的所有男人，
让他们带上袋子去将金子装满。”
凯里说：“告诉我，狗崽子，
你连一粒粮食也没带回家，
怎么反倒许诺起金子来？”
大卫说：“凯里，走吧，
求你啦，我们快点走吧，
我发现一洞穴的金库——
我把它全赠予你，快走！
让三十九人同我一起走！
要是我们将三十九只口袋
全装满金子并且运回家，
那么我们可就有了活路！
噢，不，你们三十九个人，
将我杀了，回自己的家吧。”
凯里·托罗斯不爱谎言。
他说：“那有什么，孩子们，
我们走，要是大卫说谎话，
我们就将他一刀宰了！”
这时大卫从肩上解下袋子，
将金子在凯里面前撒落一地。
见到金子，凯里说：
“哦，我的大卫，你是
我的太阳，我双眸的光明，
你杀了四十个恶魔！”
他搂住大卫，亲吻他的脸蛋。

他们带着骡子——瞧，
所有三十九人排成一行站着，
每人都捎上一只大口袋。
他们还请来奥瓦和维尔戈，
于是全体跟在大卫身后动身。
他们启程上路。大卫走啊走，
瞧见了那块白石和石下的泉。
在那里与来自七个村的牧民
相遇，他们等到大卫后上路，
大卫把他们领到洞穴跟前。
行路人眼睛一瞟，只见到：
洞穴旁躺着一堆恶魔尸体，
个个身体粗壮，个头如山。
这时维尔戈牵来自家骡子，
见状吓了一跳，逃到一边。
人们一见到那些死人脑袋，
又有两三人吓得撒腿就跑。
大卫转过身，大喊："嗨嗨！
你们跑什么——上哪儿？
我可是已经将他们全干掉了！
要是你们不相信我，
就转过身来看一看，
我将他们的耳朵割下，
你们看，那不是他们的耳朵？！"

维尔戈转过身，见到那些耳朵。
他牵自己的骡子，来到洞穴前，

那些逃跑的家伙也都往回返。
大卫从洞穴旁将巨石挪开，
叫来凯里·托罗斯和奥瓦，
自己走在头里,进了洞穴。
人们一见到恶魔许多年来
大肆抢劫所得的全部财宝，
一个个高兴得忘乎所以。
他们将那里所有的一切收聚。
他们将黄金装满了口袋，
所有的金银器皿、黄金磨盘
全都打成包捆在一起，
他们将马褡子放在骡子上，
将所有的一切运回自己家。

萨逊的库仓里堆满了财宝，
萨逊富庶得财大气粗。

而大卫只给自己挑了匹马。

猎人大卫

自从大卫杀了恶魔，
他成了全家的宠儿。
大卫给自己挑了匹骏马，
他在田野上驰骋，在那里狩猎，
他在那里打麻雀，猎野鸡。

在萨逊有个老婆婆，
姆格尔曾经同她相爱。
她用黍子播种庄稼地，
庄稼地里满是麻雀和雌鹌鹑。
有一次她来到后发现：
大卫在那里带着一头鹰
正在庄稼地里打麻雀，
他还在庄稼地里打鹌鹑。
她说："大卫，你真该死，
我真为你感到惋惜，
你在搞什么名堂哪？
你在我的黍子田里打鹌鹑。
我的鹌鹑身上有多少肉，
老太婆地里的鹌鹑能把你填饱？
你该去山上，那里有野山羊，
你可以猎野山羊将它们打死！"
大卫说："婆婆，要是我上山，
拿什么来捕杀野山羊？"
她说："拿上父亲的弓和箭！

你就说把父亲的弓和箭给我，
然后你拿着它们去狩猎。”
大卫问：“可谁保存着
我父亲的弓和箭？”
“你去问奥瓦的妻子。”
他去找伯父之妻萨里埃，问：
“伯母，我父亲的弓箭在哪儿？”
她回答：“大卫，我双眸的光明，
我不知道，我见到它们曾在
你父亲姆格尔的肩上，
而现在它们何在，我不清楚。”
大卫等了一会儿，他该怎么办？
他又来到老婆婆的庄稼地里。
他说：“婆婆，伯母没对我说
父亲的弓箭在什么地方。”
她说：“没头脑的大卫，
你去，把她折磨得痛苦不堪，
用力量强迫她交出弓和箭。”
“那怎样把她折磨得痛苦不堪？”
她说：“你砸碎石头在火里烧红，
对她说：‘伯母，你是吃下它
还是将父亲的弓和箭交给我！’”
大卫去说：“萨里埃，我饿了！”
萨里埃对他说：“没面包！”
大卫往炉子旁一蹲，
将石头弄碎，肚子咕咕叫。
奥瓦的妻子起了同情心，
她说：“大卫，你快去，

拿点干粪块,我来点上火,
还剩有和好的面,我烤了你吃。"
大卫去取干粪块,一眼见到:
墙上挂着一件弯成弧形的东西,
不是轭,而是一根树枝条。
他取下树条,带回家。
"妈呀,"他说,"告诉我,
这树枝条是个什么玩意儿?"
她说:"我怎么知道,问伯父去!"
大卫生气道:
"我说了,回答我这是什么?"
萨里埃说:"你让我讨厌!
要是你在挂钩上挂上绳子——
那么我会说,哦不,我不说!"
大卫稍稍用手触了下树条,
在挂钩上穿上绳索,
奥瓦的妻子大吃一惊,她说:
"姆格尔常常带着挂钩和
那条绳索玩上一小时,
他的手稍稍触了下树条,
绳子便穿在挂钩上。"
萨里埃说:
"我不知道这树条是什么,
你别再纠缠我啦,走开!"

这时大卫抓住她的手,
将她领到碎石子跟前,
那些碎石子在火中烧得灼热。

他抓着萨里埃的手拽她到炉前，
抓起一把烧得发烫的碎石子，
放在萨里埃的手掌中，
将她的五指紧握成拳头。
萨里埃叫起来："哎哟疼死了，
哦大卫，亲爱的，松手，我说！"
"那好吧，伯母，全说了吧。"
她松开手指说：
"我不知道，我不说！"
"留神我又要来了，回答吧。"
这时萨里埃说："大卫，
这是你父亲的弓和箭，
姆格尔就是带着它们去打猎。"

大卫等的就是这句话，
他甭提有多高兴！
他取了弓和箭，带回家中，
洗干净，刮去上面的铁锈，
将弓箭挂在肩上。
大卫开始每天上山去打猎。
就这样一个月过去了。
发生了一件事，那就是
奥瓦的妻子萨里埃竟然
喜欢上了大卫，她对大卫说：
（大卫面容俊美，体格匀称）
"晚上来我这里，大卫。"
大卫说："伯母，你怎么啦，
你该当我母亲，我该当你儿子。"

萨里埃心想:“让我来洗头,
让大卫来给我把水倒,
当他一见到我的身体,
罪孽便进入他的内心,
他就会来到我的身边。”
她跑去打来水,
请大卫给她倒水。
大卫紧闭双眼,
免得瞧见萨里埃的身体,
免得罪孽进入他的内心。
他就这样帮她把水倒。

萨里埃把头洗,
朝大卫把眼抬,
只见他紧紧将双目闭。
这时她哭泣着把头打,
抓破自己的脸把血流,
将自己的头发来弄乱,
坐到窗际来等待,
直至她丈夫奥瓦到来。
奥瓦说:“哎,妻子,
你出了什么事?”
妻子说:“你自己该知晓,
我以为你给我领来个儿子,
却原来你代替自己
给我领来个丈夫。”
奥瓦-戈尔兰说:
“哎,妻子,这里有鬼,

你在欺骗我!”
她答道:“我没欺骗你,
他对我动手动脚,
可我没有让他碰。”
“要是这样,晚上我们锁上门!”
晚上奥瓦锁上门,
不让大卫进家门。
“喂,伯父,”大卫说,
“我能一脚把大门踹开,
将门和你一起踹进地里。
但伯父,我该如何帮你,
假如你受那个荡妇欺骗?”

大卫离去,在老婆婆家过夜,
早晨他起身去打猎。
突然见到一群乌鸦,
在老妪黍田上空盘旋,
想将他啄鸽饱餐一顿。
他思忖:“我该怎办,
即使我一次打死二十,
其余的也将逃之夭夭!
不,收拾它们得多动脑子!”
他伸手将白杨树连根拔起,
他拔起大树,连连挥动,
结果将黍子同乌鸦一起,
统统消灭,归成了一堆。

老婆婆来了,发现——

庄稼地里已经颗穗无剩。
她叫道:“噢,大卫,
你真该不得好死啊,
你将我的黍子搞成什么样子?”
大卫说:“我是想,
不让乌鸦啄食你的黍子。”
“你啊,你找死啊,
唉,可怜老太婆的黍子全完了。
愿上帝保佑你!
你可是姆格尔的儿子,
愿上帝保佑狮子姆格尔,
这样的人才是穷人真正的恩人,
可你都干了些什么?
我就靠这一把黍子生活,
我,我的女儿,我的黍田,
你想毁掉我的生活?
倘若你是个男子汉,
是你父亲的儿子——
为何你不去湖岭?
走吧,倘若你是个好汉,
就该将父亲的权力恢复。
姆格尔就曾在湖岭狩猎。
姆斯拉-梅利克侵犯我们,
他夺取了你父亲的山岭。
而那座山岭高墙环绕,
那里的野兽不可胜数,
那里有岩羚羊和扁角鹿,
人们用围墙将它们围住,

使它们无法从那里逃跑。
你为何不攀登去那儿?
你怎么啦,向我称好汉?”

“喏,大妈,”大卫说,
“愿上帝赐你长命百岁!
可湖岭在哪儿,你给我讲讲,
我并不知道湖岭在何处。”
老婆婆说:“走吧,大卫,
去问你的伯父,他会领你
去你父亲狩猎过的山岭。”

大卫去问:“喏,奥瓦伯父,
请告诉我,湖岭在什么地方,
请领我去父亲狩猎过的山岭。”
奥瓦说:“孩子,有人骗你,
根本没有那个狩猎的山岭,
他们在骗你,在对你说谎!”
“不,伯父,它有,有的,
我要去那儿,你别撒谎!”
奥瓦说:“让那个对你嚼
舌根的舌头烂掉!你知道吗,
孩子,你父亲刚去世,
姆斯拉-梅利克便
夺走了那座山岭,
我们没有被容许去那里。”
大卫说:“你,伯父,
尽管领我去,要是他们来了,

他们要杀的是我,而不是你。"
奥瓦答道:"孩子,
我们最好明天去。"
大卫怒气冲冲,说:
"你听着,奥瓦伯父,
要是你愿意领,就领,
不愿意,那就不客气,
给你一个大嘴巴,扭断脖子!"
奥瓦听了,胆怯起来。
他见到——大卫气得发狂。
"孩子,"他说,"别生气,
我们走,我领你去。"

奥瓦去找凯里·托罗斯,
他又去找市民们,说:
"不知道是谁对大卫瞎说八道,
现在逼得我走投无路:
非要让我带他去湖岭。"
市民们对他说:
"奥瓦,要是你真的要去,
我们也去,一起去看看。
那里兴许熊已经长大,
那里兴许也有了狼,
那里野山羊兴许不计其数。
我们去看看大卫如何猎野羊。"

这时大卫动身,骑上骏马,
前往父亲曾经狩猎过的山岭。

百姓们同他聚在一起，
奥瓦-戈尔兰和一群市民
都与大卫一起前往。
大伙走着，来到湖岭，
他们都见到了什么？
湖岭被高墙围绕——
墙上没有一扇大门。
大卫的父亲姆格尔，
将山地全用围墙围上。
无论是狼还是熊，
是鹅喉羚还是野山羊，
始终在湖岭上繁衍，
它们真是数不胜数。

“伯父，”大卫说，
“围墙后面是什么地方？”
奥瓦说：“这就是湖岭！”
大卫登上山岭，发现——
四周一片高墙蜿蜒。
他东瞧西望哪儿也不见大门。
大卫大声疾呼：
“哦，至高无上的圣女马鲁塔，
给我以力量吧！”
他将大槌掷向高墙，
高墙轰然倒塌，
他从缺口处进入，
进去后他见到了什么？
那里绿树浓阴，树木葳蕤，

花圃绿油油,嫩草如茵,
中间水塘泛起层层涟漪,
塘水轻轻波动,如泉水淙淙。
那里什么样的野兽没有啊!
大卫心想:"父亲真作孽,
把这么一群野兽幽禁起来。"

而那些同大卫一起来的人
却喜欢打猎,拼命追逐野山羊。
大卫看着看着,突然大叫道:
"嗨嗨! 谁也不许杀一头羊!
谁也不许碰它们,我不允许!"
奥瓦-戈尔兰说:
"我的孩子,我求你,大卫,
你自己哪怕也猎头山羊,
作为牺牲带回。"大卫答:
"唉,伯父,亲爱的,
囚禁在这里的野兽,任何
一个老妪都能将它们打伤。
男子汉首先得还它们自由,
然后才可以将它们猎杀。
伯父,它们是当了俘虏,
难道可以猎杀俘虏吗?"

大卫用脚将这段围墙踢垮,
所有围墙都轰然倒塌。
他脱下长袍,抛向天空,
高呼:"好啊,好啊!"

所有的野兽全部跑出。
大卫叫道:“啊,走吧,
按自己的意愿生活吧!”
而自己翻山越岭到处转,
小树林里,山岩间,
他到处转悠,仔细搜寻,
说:“突然不知何处
睡着一头野兽,真可惜!”
就这样他放跑了所有野兽,
来到市民们那里,说:
“喂,走啊,谁有胆量,
现在倘若想狩猎,那就走!”

勇敢者——全去打猎了,
没有本领者——全留下。
大伙全返回湖岭。
大卫走着,他逮住两头野山羊,
带回来,放在水塘边,
自己跳进水塘,在那里洗澡。
人们带回作供品的野山羊,
点上了火,开始烤肉,
他们吃着,坐着休息。

大卫修筑马鲁塔神庙

全体市民和大卫在山上待到傍晚。
晚上萨逊百姓各自回家。
奥瓦说:“大卫,
起来,我们也回家!”
大卫说:“伯父,亲爱的,
我父亲来这里许多次,
我要在此度过这晚上。”
奥瓦回答说:“大卫,
谁晚上在露天睡觉?
人人晚上都回自己家。
瞧,萨逊人全回家了,
我们也回家吧。”
大卫对他说:“伯父,
要知道这是我父亲的地方,
这一晚我应该在这里度过,
走吧,若是你想回家的话。”

他说完便躺在树下睡觉。
“大卫,”奥瓦说,
“既然你留下,那我也留下。”
奥瓦留下。大卫刚躺下便睡着了。
奥瓦坐着,无法入睡。
他开动着脑筋想事儿:
“我该拿大卫怎么办,
我该如何让他安静下来?

将他的长袍下摆垫在自己头下，
别让他夜间将昏昏欲睡的我抛弃，
别让他起来偷偷溜走。”
他抓过大卫长袍的下摆，
轻轻地垫在自己脑袋下，
他睡熟了。难道你让大卫安静了？

时光流逝。半夜临近。
大卫蓦地醒了过来。
他欠起身子环顾四周发现：
山顶上火光闪烁，
只见一片七色光芒。
大卫心想：“那是什么火光？
我得去看看那里有些什么人？”
他想起身，发现他长袍下摆
被奥瓦掖在身下，伯父睡得正香。
“哎，天哪，”他说，
“我怎么将大伯叫醒？
他会以为——大卫胆怯了。
可下摆枕在他脑后又如何
才能不叫醒他？”
大卫将奥瓦叫醒，说：
“山顶上那七色光怎么回事？”
奥瓦明白，这是他的兄弟，
那里有他的墓穴，光从墓穴发出。
他对大卫撒谎说：
“显然那是牧民们把篝火点燃，
带着母牛或是想绑走牲口。

至于有什么人,我怎么知道?”
大卫并不相信那些话。
两人睡意蒙眬,躺下又睡着了。
奥瓦-戈尔兰又把大卫下摆
塞在自己脑袋底下,
为的是不让大卫去墓地。
大卫再次醒来,发现:
月光从空中洒下并被火光淹没,
那座山上显现出一座墓来。
现在大卫已经不再唤醒大伯。
他明白:“得拿刀将下摆割下,
唉,可惜了这件长袍!
但下决心:让它见鬼去吧!”
他掏出自己的刀子,
抬手一挥,割断下摆,
把它留给奥瓦当枕头。
大卫朝火光跑去,往上攀登。
大卫登上山顶,发现那里有座陵墓,
陵墓里冒出七色火焰。
陵墓上升起一道弧形光芒。
大卫走近,将手放进火中,
没有烧焦,并无痛楚。
他将沙土投入火焰——
全都燃烧起来。
此刻大卫只想到:
“我知道,这就是马鲁塔,
至高无上的圣女。”
他用弓上的箭环指四周,

画出父亲墓穴的轮廓,
代替粗棍他将弓和箭
插入地里,回到伯父身旁。

他望了一眼,伯父沉睡着。
大卫坐到旁边,说:
“伯父,从美梦中醒醒吧!
哎,你是我伯父,我双眸的光明,
亲爱的伯父,我是个孤儿,
你就是我的庇护者!
哎,你是我伯父,我双眸的光明,
亲爱的伯父,父亲在潮湿的土地里,
你就是我的父亲!
哎,你是我伯父,我双眸的光明,
亲爱的伯父,我没有母亲。
你就是我的母亲!
哎,你是我伯父,我双眸的光明,
亲爱的伯父,我没有兄弟,
你就把我当成兄弟吧!”

奥瓦欠起身子问:
“说吧,疯疯癫癫的孩子,
还会出什么事情?”
大卫说:
“伯父,上帝伟大而仁慈,
我们将为他的事业增光!
山上显现出陵墓一座,
七色光降临在湖岭上,

我见到至高无上的圣女马鲁塔的庙宇，
起来吧，我们去，你将亲眼见到。”

大卫领着奥瓦来到陵墓上，
他将墓穴指给奥瓦看，问：
“这是谁的墓穴？”
奥瓦说：“这是你父亲的墓穴。
这里曾有过一座庙宇，坍塌了。
是你父亲姆格尔建造了它，
并给它起了个名字——
至高无上的圣女马鲁塔。
你父亲刚去世，
姆斯拉-梅利克突然袭来，
他拆毁了所有的墙使它坍塌。”

大卫静静听着。
大卫跪下，双膝着地爬行，
伸出双手触地，亲吻遗骸，
他在七色光周围画上线道，
勾画出未来神庙的整个图形，
何处将是神座，何处是墙基，
一切都仔细打量，成竹在胸。
他说：“神庙便将如此建造！”

大卫转过身，说：
“伯父，我将为你而死，有何
需求，交给我吧！
采石需要五百或一千名工人，

　　交给我吧！
锛石需要五百或一千名工人，
　　交给我吧！
扒碎石需要五百或一千名工人，
　　交给我吧！
运水需要五百或一千名工人，
　　交给我吧！
砌墙需要五百或一千名工人，
　　交给我吧！
固缝需要五百或一千名工人，
　　交给我吧！
刨木板需要五百或一千名工人，
　　交给我吧！
假如那座神庙建筑不起来——
我将被我的誓言摧毁。
明天傍晚前我想让工作接近尾声，
以便整座神庙烛光闪耀，
以便祈祷在神庙里举行！”

伯父站起身，他已然知道——
大卫说一不二，决不说两次。
奥瓦-戈尔兰说：
“大卫，起来，我们回家，
去把工人们领来！”
大卫说：“我要去父亲的墓穴，
我不回家。而你——快走吧。”
奥瓦-戈尔兰思忖：
“那是我兄弟之子的心愿，

应该将它完成！”
便说：“孩子，
要知道我是奥瓦-戈尔兰，
我的声音一小时将传到
四十天的路程之外，
我的声音成千上万工人
将听到，并急速赶来。
起来，去杀七头野牛，
我要带着它们进城去，
宴请市民们，那时候
一大群工匠和工人们
便会上我们这儿来，
你心里的愿望便能实现，
你将修筑起马鲁塔神庙。”
大卫起身，猎杀了七头野牛。
奥瓦将它们扛在肩上进了城。

翌晨奥瓦起床，大声叫喊：
　　“哎，来啊来啊，全来啊，
热爱上帝的人们都请过来啊！
哎，来修筑马鲁塔修道院啊，
热爱上帝的人们都请过来啊！
　　哎，来啊来啊，全来啊，
　　哎，来啊来啊，全来啊，
采石需要五百至一千名工人，
锛石需要五百至一千名工人，
　　哎，来啊来啊，全来啊，
　　哎，来啊来啊，全来啊，

扒碎石需要五百至一千名工人,
刨木板需要五百至一千名工人,
　　哎,来啊来啊,全来啊,
　　哎,来啊来啊,全来啊,
运水需要五百至一千名工人,
砌墙需要五百至一千名工人,
　　哎,来啊来啊,全来啊,
　　哎,来啊来啊,全来啊!"

奥瓦的呼叫飞到七座城市。
成千上万的工人和工匠们,
从七个城市蜂拥而来。
他们精神振奋,来到奥瓦家,
对奥瓦-戈尔兰顶礼膜拜,
他们起身,聚在一起,去修筑
至高无上的圣女马鲁塔神庙。

这时候大卫在干些什么?
他带着弓箭走着,
攀登上高山之巅,
在父亲的墓穴周围画上线,
他在四周走了一圈,
按照画线挖好地基,
再用巨石将它加固,
并砌了一堵一人高的墙。
奥瓦领着一帮工匠来到。
他们四下一瞧,感到惊奇:
大卫拽来如此之多的巨石,

打下了墙基,甚至连那帮
工匠们也无法对付这堆巨石。

工匠们爬上高墙,
大卫抓住那些巨石,
运来,将它们堆在墙上。
没有工人能将那些石块举起,
没有工匠能将那些巨石举起,
更不用说将它们放在高墙上。
工人们搬来小石块,
工匠们将那些小石块
堆在巨石四周,
工人们揉黏土,将它递给工匠,
工匠们用它将石块固定。
黑暗尚未降临——神庙已经完工。
至高无上的马鲁塔神庙,
一天里便耸立起来。

当天晚上,所有人都躺下睡觉时,
大卫做了一个梦。
至高无上的圣女马鲁塔
来到他跟前,说:
“你将宝剑从腰带上摘下,
把我的神庙放在自己剑上,
重新在一天内建起座神庙,
你在神庙里做日祷,
让我站立在牢固的基础上。”

大卫一觉醒来，望见——
马鲁塔神庙已踪迹全无：
所有巨石离开自己的地方，
所有土地离开自己的地方，
树木、黏土、沙子——
全都离开自己的位置。

大卫起身，叫醒奥瓦，
他还叫醒凯里·托罗斯，说：
“凯里舅爷，从美梦中醒来！
至高无上的马鲁塔在梦中出现，
我必须从腰带上摘下宝剑，
将神庙放在自己的剑上，
在一天内再建起神庙，
并在那里做日祷。”
奥瓦见到：神庙无影无踪。
他惊讶道：“大卫，
我将再次天亮动身，
将工人们召集，重建神庙！”
奥瓦翌晨起身，再次呼喊。
成千上万的工人们再次
蜂拥而来，去修筑神庙。
他们来到后见到：大卫重新
采掘巨石，砌起墙基，
他从腰带上摘下宝剑，
将剑插入地基。
工匠们爬上高墙，
大卫抓起那些巨石，

运来,将它们堆在墙上。
工人们搬来小石块,
工匠们将那些小石块
堆在巨石四周,
将石块固定。
黑暗尚未降临,神庙已然建成,
全部完工。

大卫在晚上说:
“我的父亲,亲爱的伯父,
请将报酬付给我们的工匠,
请将报酬付给我们的工人,
没有报酬你可别让他们走!”
奥瓦运来一袋袋金子,
它们足足装了三骡子,
于是每人拿着自己的金子回老家。
大卫转过身来对奥瓦说:
“伯父,让我为你去死,
我请求你给我四十个修士大司祭,
我请求你给我四十个修士,
我请求你给我四十个修道院仆役,
为的是让蜡烛在神庙点燃,
在星期六能做日祷!”
奥瓦起身,大声喊叫,呼唤。
星期六人们为神庙祝圣,
在那里做了日祷。
大卫为神庙感到无比高兴!
他去把恰尔巴尔-卡米领来,

让他在神庙入口处当守卫。
每天他送来一皮囊蜂蜜
和一皮囊黄油——
那便是恰尔巴尔-卡米的食品。
大卫叫来恰尔巴尔-卡米说：
“恶人来了——别把大门打开，
若是朝圣者或是叫花子来了，
你打开大门，供他们吃喝。”

人们在那里滞留到天亮，
一清早大卫起床，环视四周，
见到萨逊河流淌在马鲁塔山间。
大卫走在河岸上，说：
“该在这条河上建座桥，
以免人民掉落河中溺水。”
人们开始砌桥基，
汹涌的河水冲刷着基石，
桥无法架起。这时大卫登上山顶，
将巨石从山上滚下去，
每块巨石大如高楼。
那些巨石躺在桥墩下。
工匠们在巨石上砌上小石块，
他们架起拱顶，建好桥梁。
这座桥如此宽阔，桥上
可并行驶过两辆双轮大车。

过了些日子，

大卫和奥瓦下山，
去看看萨逊生活得怎样。

大卫歼灭姆瑟尔大军

消息传到姆瑟尔的梅利克耳畔：
“大卫上了湖岭，
将湖岭破坏殆尽，
所有野兽被他从监禁地放跑，
他拆毁了围墙却把
马鲁塔修道院修筑。”
姆斯拉-梅利克勃然大怒，
他起身，召来霍尔巴什[①]，说：
“我该统率骑士，急速前往，
将马鲁塔神庙洗劫、摧毁。”
军队首领说：
“你享有荣誉，国王陛下，
你不必将骑士们召集。
瞧我们在这里有五百名骑兵，
我们将登上湖岭，
将神庙教堂统统摧毁，
将那座修道院洗劫一空拆除，
我们要杀了大卫，割下耳朵，
给你带回呈上。”
梅利克说：“要是你如此办，
我将赐你城市一座。
准备启程吧，
登上湖岭，洗劫并摧毁

① 霍尔巴什为音译，意即军队首领。

至高无上的圣女马鲁塔神庙，
战胜而归，你得干掉大卫，
将他的双耳给我带回！”
军队首领集合大军，
率领五百骑兵疾驰而去，
他不敢侵犯萨逊城池，
便直奔马鲁塔修道院。
恰尔巴尔-卡米从大门出来，
发现几百名骑士疾驰而来。
便说：“要是判断这是帮朝圣者，
那么朝圣者不可能全都骑马，
他们应该有的骑马，有的步行。
我想他们是帮强盗，是劫匪。
不，我应当去将大门关上，
再用后背把大门顶住。
假如这是些朝圣者，我就开门，
让他们进修道院来，
要是他们是帮强盗，我就不开门。
让他们拨转马头，离去。”
这时恰尔巴尔-卡米用背顶上门。
军队首领率领五百骑兵到来。
他们走上前来，撞啊撞啊，
怎么也无法把门撞开。
军中的一位机灵鬼说：
“让我们去逮只兔子来杀了，
将一件像大卫穿着的衣服，
蘸上鲜血，用长予挑起——
扔过墙去，高喊：

‘恰尔巴尔-卡米，
我们杀了你的主子，
你将在何处生活，
你将来的情况会怎样？’
当他见到大卫的衣裳，
便会打开大门，让我们进去。”
有人拿来衣服扔过墙去。
恰尔巴尔-卡米瞧一眼衣服，
说：“这是大卫的衣服！”
他极为悲痛，心急如焚，
但并没有打开大门。
不管他们如何撞门，
恰尔巴尔-卡米就是不开门。
军队首领走到修道院墙前，
再次高喊道：
“喂，修士们，把门打开！
该死的，我把你们的主子杀了，
如果不开门，我把你们全宰了！
我杀了萨逊的大卫，
使你们的希望破灭。
想活命的——把门打开，
不想活命的——留在那儿！”
修士们听到他的呼喊，
彼此议论起来：
“假如他们将萨逊城毁灭，
假如他们杀了大卫——
我们何必还活在世上？”
晚上他们在惊吓中醒来，

起床后打开了修道院大门。
恰尔巴尔-卡米睡醒，
抬头望见——大门洞开。
这时他拍了下自己的脑门，
跑了出来，上了山。

霍尔巴什同他的五百骑兵
冲进了修道院，
他占领入口，亲自把守大门。
他让自己的五百人往里进，
把一切洗劫一空，席卷而去。
他们将四十名修士大司祭
杀死在副祭坛里，
将四十名修士杀死在单室里，
他们杀了四十名修士——
不，还留了一个——
和四十名修道院仆役。
而那个修士，在杀戮时，
钻进了尸体堆。
当霍尔巴什的军队一离开，
他便从尸体堆下爬出来，
取来件修士的衬衣，
将它在黏稠的死者血中浸泡，
恐慌不安逃往萨逊去找大卫。
那个修士站起身，
拼命逃跑，来到萨逊城，
到了奥瓦-戈尔兰的家。
他见到大卫正坐在桌边，

兴高采烈，设盛宴庆祝。
他烤鹅，端上热腾腾羊肉抓饭，
他饮七年陈酿石榴红葡萄酒，
他跷起二郎腿在姑娘小伙中
觥筹交错，举觞相庆。
修士来到，站在大卫跟前。
奥瓦问："发生了什么事？"
修士答："修道院给毁了，
而大卫还在大吃大喝，无所事事，
现在看来果真如此：他是个疯子！"
奥瓦-戈尔兰给了他一个大耳光。
大卫从桌子后面问：
"伯父，你干吗打修士？"
奥瓦说："你的修士说：
'大卫是个疯子，
大吃大喝，无所事事。'"

这时大卫把修士叫到跟前，
说："过来，我想听你说，
修道院怎么啦，变穷啦？
缺少乳香，没有橄榄油？
你来是为什么？
拿上该要的东西，走吧，
急忙赶回去做弥撒吧！"
那个修士回答说："大卫，
他们杀了你的四十名大司祭，
他们杀了你的四十名修士，
不，还剩一个没死！

还杀了四十名修道院仆役，
他们将修道院洗劫，毁坏殆尽，
他们拿走了一切，扬长而去。”
大卫说：“嗳，你让我讨厌，
是蜡烛不够，还是乳香没有？
缺少什么，你拿走，走人！”
他转过脸，对奥瓦说：“伯父，
修士到来，想必没有了乳香，
橄榄油用尽，蜡烛不够，
给他吧，让他离开！”

修士看着他，不知所措——
大卫怎么也不理解他。
听完大卫所说的话语，
他将沾满鲜血的衬衣扬在地上，
说：“但愿上帝毁了你的家，
哪儿还有你的修士，
哪儿还有你的司祭？”
大卫瞧一眼带血的衬衣，
渐渐清醒过来，说：“喂，兄弟，
你这是怎么啦？莫非大祸临头？”
“大卫，我为你去死，”此人说，
“他们杀了你的四十名大司祭，
他们杀了你的四十名修士，
他们杀了你的四十名仆役，
他们杀了你的四十名出家人
——不，还剩一个没杀！
修道院毁了，给他们抢劫一空，

他们拿走了一切，走了。”
“哎哟哟，”大卫说，
“他们洗劫了我的修道院，
杀了我的大司祭，杀了我的修士，
修士，你是这么说的？那人是谁？”
此人说：“他是霍尔巴什
和他的五百名骑兵，
所有人都被他杀死，只有
我一人逃命，跑到你这里。”
大卫问：“快说，他们走了
很久，还是前不久才离开？”
此人答：“他们往东我往西！”
大卫精神一振，站起身说：
“姑娘小伙们，吃吧，喝吧，
你们宴请自己吧……我走了！”
大卫离去，跑到老婆婆家。
他说：“大妈，为了截断那个
霍尔巴什的道路，该走哪条道？
说是他将修道院抢光搬空了。”
老婆婆给他指路说：
“从巴特曼河上过桥，
不管他怎么走，都不会绕过桥。”
大卫脱掉靴子，卷起袖子，
过去将一棵白杨连根拔起，
他用手抹一下白杨树干，
剥去所有枯枝，扛在肩上，
动身上路。抵达后，
他站在一块巨石后面，

在那里等候许久,听到:
马蹄声声,人声嘈杂……
便说:“怎么,难道他们来了?”
突然大卫听见霍尔巴什开腔道:
“我们将大卫的父亲凌辱,
我们将修道院抢劫一空,
他的四十名大司祭,四十名修士
被我们杀得精光,一个不留。
好吧,让他来吧,
来截断我的道路!”

这时大卫出来,高声叫喊:
“霍尔巴什,你往哪儿跑?”
军队首领四下里瞧,发现:
大卫站在桥上高举白杨树,
用树干在大军中拼命挥舞,
忽而朝右将骑兵打落水中,
忽而往左将骑兵打落水中,
就这样他将整支军队歼灭:
有的打死,有的落水淹死。
他仔细打量——一个未剩。
但发现霍尔巴什骑在马上,
正在横渡湍流。便说:
“骑士,我能赶上并杀了你,
但是我不杀死你,
走吧,去向梅利克点头问候,
告诉他:‘萨逊还生存着!’
但愿他以后变聪明些!

靠抢劫能有多少好处?”
嘿,霍尔巴什难道敢回答他?
他驱马疾驰,绝尘而去。
而我们的大卫返回萨逊。

大卫驱逐税吏

消息传到了姆瑟尔，
人们来对姆斯拉-梅利克说：
“梅利克，你都干了些什么？
萨逊的疯子将你的整支军队
杀了个精光，一个不剩！”
姆斯拉-梅利克召开会议，
把多少有识之士叫到一起，
让他们出主意，想找到方法，
将大卫的生命彻底消灭。
会议上有位巨人大胆勇敢，
名叫科兹巴金，他说：
“祝你平安，陛下！依我看，
你亲自去征讨背信弃义之徒，
不值得。你给我巨人一千——
我去将萨逊城毁灭，我保证。
四十名身高马大的女人装运骆驼，
四十名身材矮小的女人推动磨盘，
四十名纯洁无瑕的处女我给你弄来，
四十头小公牛，四十头大母牛，
四十包银子，四十包金子
——苛捐杂税我给你收。
我把萨逊洗劫一空，全部抢光，
大卫我杀了，将他的脑袋带回。”
梅利克说：“科兹巴金巨人，
我将此权力交给你！

你立即动身去萨逊，
将七年的税赋收取：
四十名身高马大的女人装运骆驼，
四十名身材矮小的女人推磨盘，
四十名纯洁无瑕的美女弄到手，
小公牛、大母牛、国库的财产，
还有大卫的脑袋，我统统都要！”

科兹巴金问梅利克：
“梅利克，为此你给我什么？”
梅利克说：“要是你全部完成，
我将自己的半壁江山赐予你。”
于是科兹巴金开始在军队中，
把一千名巨人挑选。
集合起来开赴萨逊。
巴金、科兹巴金、恰尔哈金、
苏金和梅利克提供的全体人员，
以及他们的长官们——
全都出发去远征。

而姆瑟尔城的女人们，
一见到他们勃勃英姿，
全都跳起了轮舞唱起歌：
“致敬，巴金和恰尔哈金，
你们如此急匆匆去往何方？
嗨，科兹巴金，嗨，苏金，
你们怎么像野兽一样凶猛？”
这时科兹巴金对女人们说：

“你们回家去哭泣吧，
然后再将我们来评判！
我们上萨逊杀人打劫，
把老牛扔下深谷，
把壮牛抢到国内，
给自己储备下乳皮和黄油。”
一名妇女说：
“我认识萨逊的勇士们，
他们会不会给，我们等着瞧！”
科兹巴金随军队一起离去，
已经渐渐逼近萨逊城，
在谷地他摧毁了尖顶房屋。
他挑选了四十名士兵，
他扣留了四十四骆驼，
带着他们去找奥瓦，
想收取七年的税赋。
他说：“梅利克派我们来，
从你们这里征收七年税赋。”
奥瓦听后怕大卫知道，便说：
“大卫，今天我很想吃野味！
走吧，去给我打头野山羊，
我可是想吃上一顿。”
他在骗大卫，派他上了山，
为的是不让他知道税赋之事。

大卫去捕野山羊。

维尔戈在城里转悠

开始征集妇女：
他将四十名矮个子女人赶回家，
他将四十名高个子女人赶回家，
他将四十名纯洁的少女赶回家，
他将老婆婆的女儿抓去锁在家。
他抓了阉牛，又抓母牛，
他抓了一岁牛犊和小公牛，
将它们统统关进畜棚里。
科兹巴金、恰尔哈金、巴金
和苏金来到国库的库房。
科兹巴金和仆役们都并排
坐在矮凳上，维尔戈却站着，
开始将国库的金子计量，
为梅利克装满一袋又一袋。
而此刻姆斯拉-梅利克的
军队攻入萨逊城。
他们着手屠杀和抢劫，
大肆抢夺财宝和女人。

这时大卫正在高山和狭谷，
追赶野禽和野兽。
他从山上下来，蹒跚而行，
长矛上挑着一头野山羊，
他来到老婆婆家。
他从地上扶起赤褐色的除草器，
进到长着芜菁的菜园子，
挖出一棵芜菁，收拾干净，
吃完后，进了萨逊城。

他通过市区,在那里见到什么?
通常,他每天回来,家家户户
都是欢声笑语,喧闹和交谈。
而这次到来——
仿佛全城沉浸于悲痛之中。
城里充满哀号、呻吟和痛哭,
孩子们和母亲们失散,
老婆婆把双手交叉在胸前,
号啕痛哭,数落着,
急得团团转,高声叫喊:
“萨逊成了堆乱石!
我就这么个女儿,
却成了囚犯去了姆瑟尔!”
她的号哭声传到大卫耳畔,
他走上前去说:“大妈!
告诉我,出了什么事?”
“大卫,你这个挨千刀的,
萨逊惹是生非偷吃芜菁的家伙,
把你的马鞍也变成孤儿吧!”
大卫说:“为什么诅咒我,
我对你干了什么坏事?”
老婆婆说:“我们这里谁掌权?”
“我的大伯维尔戈掌权,
大妈,你为什么诅咒我?”
老婆婆答:“怎么不诅咒?
我们在多么贫困中,多少痛苦中
将自己的儿女们抚养成人,

可维尔戈把我们的女儿夺走，
把她们锁在板棚里，
为的是给梅利克送去。
你去看看，科兹巴金正在
接收你伯父的税赋，
可难道我们是他的纳税人吗？”
大卫说：“哎，大妈，大妈，
科兹巴金——他是谁？
税赋又是什么？”
老婆婆答：“科兹巴金是谁？
他是梅利克派遣来的，
为的是取走四十名矮个子女人，
为的是取走四十名高个子女人，
还要取走四十名纯洁少女，
取走母牛，取走阉牛，
再有四十袋银子和
四十袋金子也取走。
他们已经夺走女人和少女，
将她们赶进宽敞的牲口棚，
他们已经开始将国库计量。”

大卫怒火中烧，
他握住老婆婆的手说：
“大妈，这帮人都在哪儿？
我们走，你指给我看！”
老婆婆领着大卫，来到牲口棚，
牲口棚里关着一群矮女人、
高女人和纯洁无瑕的姑娘。

大卫不松开老婆婆的手走着。
他打掉三个牲口棚上的门,
将棚子打开,将少女
和女人们领到室外,
对她们说:“我的母亲姐妹,
你们赶快回家去。
你们在家里替自己祷告,
而我去为你们报仇。”
大卫走去,替母牛公牛打开门,
对它们说:“上帝的动物,
你们回家去吧!”
大卫重新拽住老婆婆的手说:
“哎,大妈,指给我看,
国库财产保存在何处,
他们是从哪儿拉来的黄金?”
老婆婆把他领到,站得稍远些。
“大卫,”她说,“松开我的手,
你不松开——我不告诉你!”
大卫将她的手松开。
老婆婆对他说:“那边,瞧,瞧!”
并指出国库的大门。

大卫过去,他见到:
那里有四十名巨人,
科兹巴金的仆役,
他们在国库前坐成两排,
手执明晃晃的马刀。
大卫向他们问好并问:

“我的伯父们在忙些什么?”
他们回他:“何必问?”
他说:“我来帮助他们。”
武装仆役们对他说:
“他们能做什么? 你能做什么?”
听到这些话,大卫勃然大怒。
一气之下他将长矛上的野山羊
抖落在地上,抓住四十名仆役,
扭断了他们所有人的脖子,
一如扭断小鸟们的脖子那样。
他重新捡起野山羊,扛在肩上,
走进里面一看,大吃一惊:
黄金在地上躺了整整一大堆。
大卫还发现:奥瓦扛着大袋,
维尔戈手中拿着量斗,
正在计量黄金,报着数,
抓一把黄金,装袋,再抓一把
——又装满一大口袋。
他们为姆瑟尔装满一袋又一袋。
伯父累得筋疲力尽,大汗淋漓。
强盗们在矮凳上坐成一排,
这里是巴金,那边是科兹巴金,
这边是苏金,那里是恰尔哈金。
大卫朝科兹巴金瞥了一眼:
他的嘴唇有一手掌厚,
小胡子撅着尖而又尖,
谁见了,都会感到恐惧。
那个科兹巴金无拘无束坐在那里。

伯父将量斗倒空,说:“两斗!”
而科兹巴金说:“一斗!”

见此情景,大卫愤怒得
双眸充血,怒火中烧。
奥瓦见到大卫走了进来,
只有维尔戈没认出可怜的他。
人们突然听到,大卫
朝胆小鬼维尔戈大声吼叫。
维尔戈吓得尿湿了裤子。
维尔戈抬眼一瞧,大卫正
威风凛凛在他头前站着。
便说:“大卫,你该死,
我记得,你父亲大声吼叫
就曾把我吓得要死,
瞧你,也像父亲那般吼叫!”

大卫朝奥瓦转过身,说:
“伯父们,你们在忙什么?”
奥瓦说:“疯癫癫的大卫,
我们从你肩上清除垃圾哪!”
“哎,伯父,我肩上哪有垃圾,
或是你没看清——什么也没有!”
奥瓦说:“可这是什么?”
大卫从肩上扔下野山羊的胴体,
然后走到伯父跟前,
轻轻抓住他的手说:
“维尔戈伯父,奥瓦伯父,

你们都变衰老了!
萨逊的金子不该你们来计量,
我着手来计算并将姆瑟尔的
马褡子装满。倘若梅利克要税赋,
我现在就将给他们!"
巨人们对奥瓦-戈尔兰说:
"听着,你,别理小孩子,
干你自己的活儿去!"
大卫说:"不,上帝作证,
计量,就该我来!"
奥瓦-戈尔兰说:"大卫,
走吧,忙你的去,孩子,
这里没你的事儿!"
"不,"大卫说,
"我不走,让我来吧!"

大卫伸出手,一把抓住量斗,
将量斗装得满满的,说:
"你,大伯,装啊,装金子!"
伯父用铲子刚把量斗装满,
大卫用棍子朝量斗一打,
全撒了,手里拿的只是空斗,
随即倒入姆瑟尔的大口袋里,
说:"瞧给你们又两斗!"
科兹巴金无法忍受,叫道:
"嗨,你,笨蛋,你想要花招?
坐在原地,否则我起来,
让你脑袋搬家!"

大卫驱逐税吏

又朝奥瓦大声嚷嚷：
“奥瓦，我们难道任人摆布，
你领来个小男孩嘲弄我们吗？
你得交出七年的税赋，交啊，
要是不交，我就去向梅利克禀报，
让他来将萨逊摧毁，拿个精光。”
这时大卫感到气愤不已，站起身，
把头垂得低低的，
朝科兹巴金瞥上一眼，大声叫唤：
“面包、酒和真实的上帝！
至高无上的圣女马鲁塔！”
说着，把量斗朝科兹巴金脑门掷去。
此人弯腰，量斗从他头上飞过。
这一瞬间科兹巴金不俯下身子，
他的脖子便断了，脑袋搬家！
这时科兹巴金拼命逃跑，
大卫紧跟其后，将他赶上。
他割下科兹巴金的嘴唇，
打掉他的牙齿，把它们刺入脑门。
大卫骑上马将他拖曳，
将他的双腿绑在马肚底下，说：
“现在赶快带着问候去向国王禀报：
姆格尔的儿子大卫这么做，为的是
他别来将萨逊的女人和少女
抢去当战利品。
萨逊的屋宇依然灯火通明，
为的是你们闯来向我们要税赋！
姆瑟尔的边疆——是对他而言，

萨逊的边疆——是对我们而言！
不然就让他干他力所能及的事情。”

巴金、科兹巴金、苏金和恰尔哈金，
他们起身，不吃也不喝——
扔下军队，为的是向梅利克报信。
可科兹巴金的部队抢劫了萨逊，
已经领着妇女和牲口出了城。
大卫立刻跃上骏马，
朝科兹巴金的部队疾驰，
他站立前面，说：
“你们要将人赶往何处，
你们要把财产拉往何方？
趁早把一切留下，滚蛋！
我可怜你们，
别逼我把你们脑袋拧下！”
他们说：“我们有千人，
可你孤身一人，
你怎么对付得了我们？”
大卫抓起长矛投入战斗，
将全部敌军都刺死。
大卫返回萨逊城，
将所有俘虏、女人和少女，
将所有在萨逊被抢的牲口，
全都带回，进了萨逊城。
将百姓召集起来这样说：
“让每个人都来取回自己的东西。
凡交出财产和牲口者，

都来领回自己的东西！
凡交出黄金和货币者，
都过来，把一切取回。
谁多拿走哪怕一粒粮食，
我就砍掉他的脑袋！
凡交出过东西的，都来领吧！”

黄金、货币、财产，
他就这样全部归还给了百姓，
然后他回家，闭门不出。

而苏京、恰尔哈金、巴金
和科兹巴金浑身怒气，
跑回姆瑟尔，那里有眼泉水，
一群妇女聚在一起用水罐汲水。
突然她们见到：远处走来
科兹巴金，咧着大嘴猛笑。
她们喊道：“科兹巴金，
带着税赋朝我们走来吧！”
但当科兹巴金走到她们跟前，
才发现：他的嘴唇已被割掉，
他的牙齿刺在大脑门上。
她们说：“看啊，看啊：
我们的科兹巴金受尽了折磨，
走起路来步履艰难，
嘴里好像直流口水！”

当科兹巴金走到她们紧跟前，

女人们扯着嗓门唱了起来：
“嗨，科兹巴金真会许诺！
到萨逊去把财宝弄到手上，
弄回四十名高女人装骆驼，
弄回四十名矮女人推磨盘，
迷惑四十名少女心猿意马，
扛回四十捆金子四十捆银，
赠予我们四十头母牛——
给我们准备好乳皮和黄油。
漂亮的母牛你千万别隐藏！
你那些女人和姑娘在哪儿？
你走路跌跌撞撞伤痕累累，
所有的机灵劲儿在哪儿？
满嘴的牙戳在大脑门上，
个个全都是说大话的小人，
个个全都脏兮兮衣衫褴褛！
你走时看上去就像头恶狼，
你回来像条丧家犬癞皮狗，
被咬得遍体鳞伤体无完肤，
你皮带似劲圈挂在脖子上，
你嘴巴像扇窗户大敞四开，
嘴里唾液直流似飞沫四溅，
嘴唇上落了红头苍蝇无数。

科兹巴金拨转马头羞愧难当，
驱马奔另一条大道。
但那些女人们发现，
同他一起出征的男人们一个未见，

而许多女人将他们苦苦等待，
于是便嚷嚷起来：
“喂，科兹巴金，
你把我们的男人留在了哪儿？”
他朝她们转过身来，说：
“喂，你们这帮饶舌妇，
我原以为萨逊一马平川，
却原来它悬崖峭壁叠嶂。
那里吃奶婴儿都似巨人，
那里野草尖得能扎死人，
那里剑戟锋利快如闪电，
那里箭镞像原木朝你飞来，
它刚将你的身体刺穿扎透，
全身便像窗户那般豁然透亮。
谁曾有过男人，那么你该明白
他已经命归黄泉，血染疆场！
待到春天开始，暴雨如注，
千丈飞瀑从萨逊山上流下，
它将你们丈夫的鼻子送还。”

过了一两天，
姆斯拉-梅利克询问众大臣：
“喔，科兹巴金去萨逊如何，
怎么还不将萨逊的税赋送来？”
大臣们回答梅利克如何如何，
说科兹巴金已经回到姆瑟尔。
梅利克说：“让他来见我。”
科兹巴金羞愧难当不敢前来，

这时却来了一群死者亲属，
他们的亲人随科兹巴金前往被杀。
亲属们向国王抱怨，要求
将科兹巴金抓起绳之以法。
梅利克派自己人去抓科兹巴金，
“给我强行拖来。”他说。
他们去后，如此说：
“喏，科兹巴金，梅利克让你去，
倘若不去，我们便强行拽你去。”

科兹巴金被带到国王跟前，
梅利克瞧见他的牙在脑门上，
便怒道：“喂，你怎么回事，
别是在这里硬充好汉吧，
说什么去把萨逊毁灭殆尽！?
那好吧，就让她们站我面前
四十名身高马大的女人，
四十名身材矮小的女人，
以及四十名纯洁的少女。
你当然去了趟萨逊，
当然领去了那么多巨人，
你都把他们弄哪儿去了？”
于是科兹巴金说：
“祝你平安，国王陛下！
在萨逊，那里诞生一人，
你的指示对他而言等于零，
他不交税赋，把军队杀光，
而且你瞧，把我们也弄残，

说什么:‘科兹巴金,走吧,
去向梅利克转达问候,
让他亲自前来,取回税赋。
我不缴纳,我不是纳贡者,
姆瑟尔属于他,萨逊属于我们,
倘若不这样,那就随他的便!’
这个大卫成了一条好汉,
与他一样的好汉还没有。”

梅利克一听,便暴跳如雷,
他暴跳如雷,双眼充血,
他站起身,打道回府,
说:“哎哟,妈啊!哎哟,妈啊!
你不让我杀了大卫,
妈啊,你看看,
如今他对我干的事多么暴虐!
我听你的,真是徒劳无益。”

母亲说:“不,你没有听我的,
那并非我的意愿,
那是科兹巴金的意愿!”
梅利克说:“我哪点没听你的?”
母亲说:“我的意愿是——
既然大卫是你的小弟弟,
你就该一年去看望他两次。
邀请他来姆瑟尔,
在自己宫里接待他,
他便会高兴,会说:我有个兄弟。

这样谁也不会对你说三道四。”

梅利克说:“我是阿拉伯人,
母亲,而大卫是亚美尼亚人,
他算是我的什么兄弟?”
伊斯米尔-哈努姆说:
“梅利克,那有什么不明白的?
要知道亚美尼亚人和阿拉伯人
经常是兄弟,互相做客,
乐意互相帮助,
而大卫是在我们家喂养大的,
倘若你对大卫好些,
他是会执行你的决定的。
你既不亲自去看望大卫,
也不召唤大卫来我们家——
你能要求大卫些什么呢?
你为何要派人去收七年税赋?
大卫是在报复你!”

梅利克说:“妈妈,
大卫对我做的那些事儿,
让我羞愧得无法在我城里经过!”
哈努姆说:“梅利克,
你们和大卫算账,
你得到了相当多的报酬,
我来给大卫寄封信,
使大卫同你和解,
你们彼此之间把账算清。”

唉！没办法，这就是梅利克！
“妈，”他说，
“要是我听你的，我就受损害！
不是大卫死，便是我亡！”
伊斯米尔说：“梅利克，听着，
你不能将大卫杀了！”

梅利克大为恼火，
他抓住维齐的手，说：
“起来，我们走。”
梅利克决定进城，
他匆忙召来一帮最聪明的贤达，
领着他们来到野外，
捣毁一座带尖顶的教堂。
首先问聪明人士的主意。
许多人都不愿意开杀戒，
许多人都这么说：“梅利克，
大卫给你带来了什么损失？
大卫平静地待在家里，
你率先进行大洗劫，
你急切希望打仗，始终如此！”
这时梅利克停止同他们商议，
他起身，又去找别人询问，
说：“你们有何想法，
对大卫的战争我们是否该进行？”
他们说：“梅利克，
大卫现在才十四岁，

他还不会征战打仗。
倘若你现在不去征讨,
现在你不把大卫杀了——
待到他三十岁出头,
那么他将亲自征服你,
并夺取你的城市。
不,最好是你立马调集军队,
向大卫发动一场战争。
要是你听我们的——
一切就将非常妥当。
你现在不去征服大卫,
永远也别想再战胜他!"

这时梅利克朝贤达们转过身,
冲他们大喊大叫说:
"我要摧毁萨逊,我要去萨逊,
他们的水、土地、人民——
我全都拿走!我要摧毁他们城池,
将他们全都轰到姆瑟尔,
我要建起一座新城,
让世界再听不到'萨逊'的名字!"

姆斯拉-梅利克的入侵和大卫的胜利

梅利克对国土的三个部分握有权力，
但是国土的第四部分——萨逊，
却不在他的权力之下。

梅利克召集会议。
一个又一个的大公相聚一堂。
国王带来一只洗衣盆，
放在自己面前。
他用刮脸刀在自己前额上划一刀。
于是鲜血流到洗衣盆里。
那位姆斯拉-梅利克用鲜血
写下了战斗檄文：
“朕向北部地区发布我的战斗号令！
向东部地区发布我的战斗号令！
向南部地区发布我的战斗号令！
西方，听取我的战斗号令！
朕向军队、部队和部队首领们发布：
所有手握武器的人，归入我的麾下！
战争！

行动吧，行动吧，
大脑袋的诸位先生们，
以排山倒海之势，
以雄狮般的勇猛，
以伟大的力量行动吧！

嗨,宽脑门的勇士们,
朕号召你们投入同异教徒的战斗。
战争!战争!

朕需要许许多多勇敢青年
　　为了战争!
朕需要许许多多寡妇的儿子
　　为了战争!
朕需要许多黑胡子战士
　　为了战争!
朕需要许多狮子般棕红头发的勇士
　　为了战争!
还需要许多胡子白如雪的老头
　　为了战争!

朕需要无数骑白马的骑士!
　　哎呀!骑白马!
朕需要无数骑棕红马的骑士!
　　哎呀!骑棕红马!
朕需要无数骑黑马的骑士!
　　哎呀!骑黑马!

朕需要成千上万人大声吹喇叭!
　　哎呀!大声吹喇叭!
朕需要成千上万人敲我的鼓!
　　哎呀!敲鼓!敲鼓!
上我这里来!我招募步兵无数!
　　哎呀!我招募步兵!

飞驰吧,勇士们！跟随我
去投入同异教徒的战斗！
战争！战争！”
期限过去不那么长——
姆斯拉-梅利克发现：
部队从四面八方奔他而来。

他来到部队,
高声歌唱：
“勇士们骑着良驹飞驰。
他们到来,有十万之众！
黑胡子勇士们匆匆赶来。
他们到来,有十万之众！
红胡子战士们疾驰而来。
他们到来,有十万之众！
白胡子父老们来到跟前。
他们到来,有十万之众！
号手们吹着号,年轻人吹着号。
他们到来,有十万之众！
鼓手们敲得震天响,有如响雷！
七个国王从七方来,
帮助我进行残酷战争,
我的仆役们来到！战争！战争！”

一支部队步行骑马遮住远方,
在河岸上充当先头部队。
它给马饮水,使河流变浅。

中军一过,河流干涸见底。
后军抵达,甚至将河底石舔净,
后军无水只得滞留不前。
部队在姆瑟尔的田野上安营扎寨,
他们问梅利克:"谁是我们敌人,
扬起我们的长矛和马刀对准谁?"
梅利克答:"萨逊山的大卫!
他是我的敌人:他杀了我的人!
我应该去对他加以惩罚!"

当晚伊斯米尔做了三个梦。
她醒来,坐起来,
去找梅利克,对他说:
"儿子,别去萨逊,
别用战争威胁大卫!
今晚我做了一个梦:
姆瑟尔的星星熄灭,
萨逊的星星闪闪发光。
我又做了第二个梦:
姆瑟尔的马在田野上跑,
萨逊的马儿追上了它。
我还做了第三个梦:
萨逊那地方晴朗温暖,
而这里,姆瑟尔上空,
却乌云密布,一片昏暗,
下着雨,雾气沉沉,
狂风暴雨,水流猛涨,
但流淌着的不是水而是血,

冲来尸体不计其数……
我求你,答应我,
别向萨逊发动战争!”
梅利克说:“母亲,你闭嘴!
睡你的觉,你做梦是为我吗?
我必须消灭萨逊!”
母亲说:“要是你去的话,
那我也去,我不让你独自前往!”
儿子说:“你是女人,你别去。”
母亲答:“不,我同你一起去!”

伊斯米尔-哈努姆挑选了
四十名妇女和四十名少女,
两对准备吹芦笛,
两对准备吹祖尔纳管。
她们演奏和舞蹈,
为的是让她在路上解闷。

梅利克率大军向萨逊挺进,
他亲自行进在队前。
他率军进入萨逊边境。
那里列尔瓦河[①] 在喧腾,
他在田野上安下营帐。

帐篷处处不计其数,
梅利克的营帐为最大。

① 列尔瓦河,意即“山地之河”。

部队行进缓慢，队尾尚在远处，
先队已经将河中石归拢在一起。

这时梅利克给大卫写信：
“我对你发动战争！
来吧，来同我打仗！
或是我派我的军队猛攻你城，
我要把所有男人消灭，
我要焚毁你们的城市，推倒要塞，
让鲜血把房顶统统淹没，
将儿童和妇女掳为俘虏。”

信函送到奥瓦-戈尔兰手中，
奥瓦读后，说：
“难道他准备对我们开战？
他要将那么多的军队带往何处？
我们该怎么办？
我们没有军队！怎么作战？”

奥瓦-戈尔兰痛苦地哭泣，
眼泪顺着大胡子往下流淌。
他说：“倘若上帝不助我们，
我们只有死路一条，
一切都将毁于一旦！”

萨逊居民读了信，全都惊恐万状。
可这天大卫不在家，
他未见到信，什么也不知晓。

奥瓦-戈尔兰拿着梅利克的信
把它交给长兄维尔戈看。
得知梅利克率领大军,
已经抵达列尔瓦河畔,
维尔戈对奥瓦说:
“我们太弱,奥瓦！怎么应战?
大卫疯疯癫癫一个人,
为了不让他冒冒失失去打架,
都得费尽心思骗他,
有意替他举办欢乐的宴会,
把他灌得酩酊大醉。
我们只有将女人、老人和小孩
集合起来,去找梅利克,
将我们所有财宝给他献上,
在他的剑下低头弯腰——
兴许,他会对我们网开一面……”
胆小鬼维尔戈如是说。

奥瓦-戈尔兰大办宴席。
将大桶陈年葡萄酒
从冰窖里费尽力气拖来,
放在他的大卫面前。

凯里·托罗斯来赴宴,
说:“大卫身上一腔热血,
我怕——在这场力量悬殊的
战斗中,他将耗尽精力。

你们把他灌醉,让他待在家里……”

他开始故意挑逗大卫,
说:“听着,孩子,
要是你能将一锅酒喝下,
那么你真的就是姆格尔的儿子,
倘若你喝不下,便不是他儿子。”
大卫说:“那有什么,凯里,
把酒斟满直到锅沿!”
凯里把酒斟满直到锅沿。
大卫把锅举到唇边,
喝啊喝,把酒喝干见锅底,
松开双手把锅摔在地上,
而他本人就这样喝醉了,
倒地睡熟,顿时鼾声大作。
而托罗斯开始敲击铃鼓,
将萨逊的勇士们召到一起:
“喂,来我这里——快!
科托特-莫托特,
阿努什-科托特,
维希克-梅霍,
奇奇哈-波里克,
还有霍尔-马努克,
还有霍尔-古桑,
还有乔尔-维兰[①]
你们赶快起来!

① 据俄译本注,以上这些人名,均为含有讽刺意味的绰号。

这可是个难得的好日子！
在我们看来：
祸就是祸，福就是福，
不是梅利克战胜我们，
便是我们战胜他，
如果上帝助一臂之力！”

就这样凯里·托罗斯
发出战斗号召，
他集合起自己所有
三十八个儿子。
他们备好马，疾驰而去，
登上了列尔瓦高峰，
在那里支起三十九顶帐篷，
开始等待黎明，
为的是清晨向梅利克的
军队发起进攻。

托罗斯的妻子心急如焚。
她说：“他们会杀死托罗斯，
他们会杀死我们的儿子和侄子，
敌人们将把我们部落齐根砍掉，
把我们的种族灭绝杀尽！”
她坐在大卫的床头，
她的热泪烫痛大卫的脸庞。
大卫醒来，坐起问：
“大妈，上帝保佑你！
我还活着，你为何哭泣？”

她说:“嗨! 孩子,
但愿撒旦勒死你!
你杀了梅利克的人,
于是梅利克率领自己军队来犯,
如今凯里已经去同他作战。
梅利克会杀了凯里,
他还会来杀了我们大家,
将我们全都齐根砍掉,
当囚犯送到姆瑟尔!”
这时大卫怒火中烧,
梦景和醉意完全消失。
他站起身,拿起自己弓箭。
说:“别害怕,大妈!
梅利克现在就将得到我的回答!”
说完便急急离去。

大卫来到奥瓦处,说:
“伯父,给我马和剑,
我要去参加战斗!”
奥瓦说:“去吧,从马厩
任意挑匹马牵走,
而宝剑全挂在屋子里,
你也随便挑吧……”
维尔戈冷笑着瞥一眼大卫,
说:“大卫! 你要是杀了梅利克,
就把他的耳朵割下,
给我带回来!”
大卫不屑理睬心胸狭窄的小人,

抓起一把生了锈的钝剑,
跑着离去……

这时老婆婆出现在他眼前,
叫道:“喂,大卫,孩子,
你要上哪儿?”
大卫对她说:“我去找梅利克,
同他决一死战。”
老婆婆开始嘲笑他:
“要是你带着这样老掉牙的东西
去打仗,真是好样的!
你仍然一点也不像你父亲。”
大卫大为生气,问她道:
“那我该带什么去战斗?
喏,你给我烤肉的铁扦或是火钩吧,
我就带着火钩子去打仗!”
老婆婆说:“你啊,我双眸的光明,
我的孩子大卫,我有两句话对你说!”
“得啦,老太婆,说吧,快说。”

于是老婆婆对他说:
“莫非你父亲不曾有过青虹宝剑?
莫非你父亲不曾有过贾拉利宝马?
莫非他骏马的马蹄上没有钢马掌?
莫非他骏马上没有珠母做的马鞍?
莫非他马鞍上不曾挂有一对金马镫?
莫非他骏马上不曾有过丝绸马勒?
莫非你父亲不曾有过丝绒长袍?

莫非你父亲不曾有过金属头盔?
莫非你父亲不曾有过金腰带?
莫非你父亲不曾有过锦缎灯笼裤?
莫非你父亲不曾有过彩色轻便靴?
莫非你父亲右手上不曾有过
战斗胜利十字勋章?”

“这一切都放在何处?”大卫问。
老婆婆回答说:“你的伯父
将一切都藏起来,并且诅咒
泄露你父亲的财宝在哪里的人。
既然我告诉了你——
诅咒便将落在我头上。
但是如果你眼下处境艰难,
而梅利克来又是为了同你厮杀,
你就去向奥瓦要你父亲的铠甲。
不过倘若奥瓦不好好交出财宝,
你就抓住他后脖领子,使劲摇,
直到他不情愿地交出乃父的东西。”

大卫立刻返回奥瓦家,
抓住他的后脖领子拼命摇晃,
将他举离地面,再次抖动,
并对他说:
“把父亲的青虹剑交给我!
把父亲的宝马交给我——
钉过钢马掌的贾拉利!
交出珠母做的马鞍!

交出一对金马镫!
把丝绸马勒交给我!
我要把它套在贾拉利头上!
把我父亲的钢盔交给我!
交出父亲的金腰带!
交出父亲的丝绒长袍!
交出父亲的锦缎灯笼裤!
交出父亲的彩色轻皮靴!
交出父亲手上的十字章!
但是你要明白,倘若你
不老老实实把一切交出,
我便从底层往上跑,
将整座房子翻个遍,
将它们找到并拿走!”
奥瓦叹回气,说:
“谁把这个秘密向你透露,
叫他的舌头烂掉!
那年,我的小弟姆格尔一去世,
我便将他的衣服深埋在门槛下。
那好吧,我们走。我给你!”
奥瓦交出衣服。
大卫带回家穿上。
衣服他穿上显得太大。
奥瓦说:“大卫,我亲爱的,
铠甲我深藏在屋子底下,
在大地窖里。
你经过四十级陡峭的台阶,
在那里的地底下,

你便能找到那副铠甲。
倘若你能把它们举起,
你就适合去战斗,
如果举不起,就别硬要去战斗!”

但大卫就是大卫!他走下地窖。
发现铠甲就吊在那里,
他用双手抱起,扛在肩上。
他抱着来到光亮处找奥瓦。
奥瓦感到高兴,心想:
“也许,他将替代姆格尔!
我是姆格尔的兄弟,
也无力举起他的铠甲,
而一个男孩却举起并抱了来。”

奥瓦-戈尔兰说:“大卫,
自从你父亲去世至今,
我一直将宝马贾拉利
关在大马厩里,
用石头将门堵死,
饲料和水通过屋顶给它。
我怕梅利克将骏马窃去,
我也不领它去遛弯,
始终囚禁在马厩里。”

奥瓦领着侄子,
把马厩指给他看,说:
“你父亲的马就在那里,

假如你行——就去牵马!”

大卫从门旁将石块挪开,
猛地推开大门,毫不畏惧
朝单马栏走去。
贾拉利一见到大卫——
认出了姆格尔的那副盔甲,
欢快地嘶鸣起来。
大卫走近,抓了下马鬃,
擦干净马的双眸,
抚摸着,表示出温存和关心。
骏马将他四下里嗅,流下眼泪。

大卫牵着骏马来到亮处,
贾拉利见到它面前不是姆格尔,
用蹄子啪的一声往地上踹,
从地上迸出火星。
贾拉利用人的语言说:
“你是骨灰,我将使你变成灰烬!
你将与我在一起干什么?”
大卫说:“我要骑在你上面!”
贾拉利说:“我把你送上高处,
撞上太阳,将你烧死!”
大卫说:“我会翻过身,
在你肚子底下藏身!”
骏马说:“那我就往山头撞,
将你撞死,让你摔得面目全非!”
大卫说:“那我就翻过身,

骑在你的背上!”
骏马说:“如果这样,
你是主人,而我便是你的坐骑!”
大卫对马儿回答说:
“你没有了主人,我来当!
他们不喂你,不给你水喝,
我来喂你饲料,给你喝水!
他们不给你擦洗身子,
我来给你擦洗!”

大卫对奥瓦说:“请你交出
镶珠母的马鞍子!”

奥瓦拿来马鞍,自言自语道:
“每次当姆格尔骑上贾拉利,
将马肚带拉紧——
贾拉利便会竖起前蹄直立。
如果你大卫能使马儿直立,
便能去参加战斗,
不能使马直立,就不能去!”
大卫开始骑上贾拉利,
他拉紧马肚带,
使得马的四条腿都离开了地面。
大卫对奥瓦说:
“给我父亲的军功十字勋章!”
伯父说:“我不能给。
你值得得到它,它会贴在你手上。
你不配得到它,它不会贴在你手上!”

这时按照上帝的旨意
军功章紧贴在了大卫的右手上。

大卫骑着贾拉利宝马，
吩咐演奏父亲的萨兹琴。
他也吹起他的佩格洛尔小号。
他两次策马从门廊前面经过，
所有的老人和孩子都来观看。

奥瓦全神贯注地望着他，
心脏开始隐隐作痛，
并痛苦地唱起来：
“一千次地遗憾！舍不得离别！
舍不得同宝马贾拉利离别。
哎唷，同宝马贾拉利离别！
舍不得同华贵的马鞍离别。
哎唷，同华贵的马鞍离别！
真可惜失去一副钢铠甲。
哎唷，失去一副钢铠甲！
真可惜交出了一顶钢盔。
哎唷，交出了一顶钢盔。
真可惜失去了一件长袍，
它可比别的长袍都名贵。
哎唷，比别的长袍都名贵！
真可惜那条金搭扣的腰带。
哎唷，那条金搭扣的腰带！
我还可惜那双彩色轻皮靴。
哎唷，那双彩色的轻皮靴！

我可惜啊可惜战斗胜利十字勋章。
唉,战斗胜利十字勋章!”

由于气恼,大卫突然两眼发黑,
他愤怒地握住宝剑,
想挥剑砍他的伯父。
但奥瓦-戈尔兰唱起来:
“我可怜大卫,我可怜亲侄儿!
唉,我可怜亲侄儿!
我可怜小鹿,可怜年轻的小鹿,
他离家去了远方!”

奥瓦正唱到“我可怜大卫”,
大卫说:“我的伯父!
这句话救了你一命,
你不要再唱了,否则
我会让你脑袋搬家!
我为这句话赠你命一条。
你干吗先可惜马鞍和马,
然后才可怜我?
你应该先可怜我!
你是可怜青虹剑还是我?
你是可怜金腰带还是我?”
伯父说:“大卫,你是我最珍爱的!
我常为你而落泪!”
大卫从宝马贾拉利上下来。
他亲吻奥瓦的手说:
“但愿我将无愧于你的关心!”

奥瓦刚听到那句话，
便吩咐演奏姆格尔的萨兹琴，
吩咐把姆格尔的铃鼓敲响，
吩咐把姆格尔的喇叭吹响。

年轻人走近。给大卫唱赞歌：
“我们不想与你别离，
哦，我们的兄弟大卫！
我们希望你胜利归来，
哦，我们的兄弟大卫！
我们尚来不及向你表示敬意，
早晨给你递上靴子，
把水浇在你的手里，
有如你的弟妇应该做的，
哦，我们的兄弟，大卫！
我们现在将为你
往手上浇水，
替你穿上靴子，
哦，我们的兄弟大卫！”
大卫骑上马，
向上帝恳求。
然后向市民们点头致意，
向农民们点头致意，
向男人和女人们点头致意说：
“兄弟们姐妹们！别怕敌人。
我为你们去同梅利克决战。
姐妹们！祝你们平安无事，

你们都是我的亲姐妹。
母亲们！祝你们平安无事，
你们都是我的母亲。
善良的邻里们——祝平安无事！
老人和孩子们——祝平安无事！
邻里们，我经常成为你们的负担，
我有什么不对之处，请原谅！
善良的当家人，做面包吧，
别忘了我的名字！
年轻的同龄人们，宴会开始吧，
别忘了我的名字！
母亲们！姐妹们！我的兄弟们！
再见吧，我去为你们而厮杀！”

听到大卫的这番话，
他的祖母德黑珠
精神一振，抬起了头，
她昔日的誓愿实现了：
从她的儿子姆格尔去世的那天起，
她将自己禁闭在七道门后面，
她身边就一个女仆，
给她端茶送饭。
当奥瓦吩咐演奏姆格尔的大萨兹琴，
女仆正给老太太送来午餐。
德黑珠问：
“姆格尔萨兹琴的琴弦，
我听到了，发出清脆的声音！
那里发生了什么事？”

女仆说:“夫人,莫非你不知道?
大卫长大了,穿上姆格尔的衣服,
他找到了姆格尔的铠甲,
骑上宝马贾拉利。
大卫他去战斗,
同梅利克决一死战!”

于是德黑珠从原地站起身:
“我昔日的愿望,
你替我完成了——我出去!”
她走过去,从窗户往外瞧一瞧,
见到年轻的大卫
骑着宝马贾拉利。
她便高喊:“贾拉利,我亲爱的!”
大卫感到惊奇,抬眼观看。
而德黑珠说:“贾拉利!
我的大卫没有父亲,你就当他父亲!
大卫没有亲人,你就当他的亲人!
大卫没有兄弟,你就当他的兄弟!
贾拉利,你载着大卫疾驰,
去到姆格尔的牛奶泉边:
让大卫从那里将泉水畅饮,
再让他到试剑柱跟前,
在那里试用他的青虹宝剑!
我的贾拉利,我将大卫托付给你!”
宝马点了下头,说:
“行,就这样吧,娘。”
德黑珠朝大卫大声呼喊:

"大卫,你爸曾向贾拉利
指明所有小径和道路,
贾拉利什么都清楚。"
"行,就这样吧,娘。"大卫说。
于是贾拉利载着大卫疾驰而去。

骏马载着大卫来到父亲的湖岭。
当大卫动身上路,
大地上已是浓雾弥漫,
以致完全看不清道路。
但贾拉利鸽子般穿越浓雾。
大卫心想:"这是上帝干的事,
最好我纵马驰骋,让贾拉利
想去哪儿就往哪儿疾驰。"
那就是贾拉利！他飞啊飞,
一小时便跑了七天的路程。
它登上山顶,飞驰着停下。
突然乌云从四面八方涌来。
坐骑跪立在泉水旁。
大卫判定贾拉利累了,
便说:"哎唷唷,贾拉利,
最好你将自己的脖子扭断!
我以为你将载我渡过血河,
而一路上我们只遇到过
一条小溪,你就跪下了!
如果在这里你怕小溪流,
战斗中你会怎么样?
我怎么同你一起去斗梅利克?"

大卫用马镫踢坐骑，
踢断了它的肋骨，
宝马愤怒道：
“我现在能将你抛到太阳上，
但看在姆格尔面上我饶了你！”
大卫勃然大怒，抓起宝剑，
想砍了坐骑贾拉利。
他把剑从剑鞘内拔出一半，
此时突然一股清风吹拂着他，
他清醒过来，听到马的声音，
马儿开腔道：
“此处是姆格尔的牛奶泉！
你爬下马，去喝点儿水。
并且掬两捧水溅在我肋部！”
大卫下马，在马的额上亲了一下。
他用泉水将马的肋部淋湿，
让它在草地上吃草。
自己便从清泉里饮水，
洗干净自己的脸，躺下，睡着了。
贾拉利开始面朝太阳站着，
大卫的身上便罩上它的阴影。

大卫醒来，并且感到，
他变得强壮巨大。父亲的衣裳
穿在身上变得紧绷绷。
宝马嘶叫起来，声音如雷鸣，
它跑到跟前，大卫给它戴上嚼子。
大卫骑上它，笑着，绝尘而去。

大卫发现——一根铁柱子
竖在路中央。
坐骑说:“大卫,瞧,
就是这根柱子,你看到的,
它是姆格尔的试剑柱。
你使劲砍,将它砍断,
我们便去战斗,
若你砍不断它,我们就不去。”
大卫拔出剑,朝铁柱砍去,
青虹剑将那根柱子砍断。
青虹剑将它砍断得如此迅捷,
使得被砍断的那截并未倒下,
依旧留在那根柱子上。
而大卫不知他已将柱子砍断,
喟然长叹,很是伤心,
他颓丧地说:
“双腿啊!你们是如此虚弱,
从来没有到过此地,
为的是不让我来砍这根柱子。
使我的心不致颓丧!
双手啊!你们是那么虚弱,
竟然不敢拿起宝剑,
为了砍断姆格尔的柱子,
使我的心不致颓丧!
双眸啊!你两眼一抹黑,
竟然看不见这种羞耻,
我没能砍断柱子,

我也不能去同梅利克决战!”

突然吹来一股风,呜呜呼啸,
朝铁柱上猛刮,柱子倒了。
大卫发现和看清了平整的断面,
那正是他砍断了柱子。
他欢呼起来,说:
“双腿应该常青,
使它们更加欢蹦乱跳,
因为我砍断了铁柱!
双手应该常青,
使它们更加坚强有力,
别让梅利克活着逃脱它们!
让这对明亮的眼睛——
永不熄灭!”

说着,他驱马疾驰,
向那些岩石、山冈、高山和泉水
请求祝福并歌唱着对它们说:
“一如行善积德的上帝,
你们的恩惠源源不绝!
哎,湖岭冰冷的泉水,
你们依旧令人愉快!
我将渴望战斗,接受打击,
请你们对我依旧充满忧郁。
哎,湖岭凉爽的风儿,
你们依旧令人愉快!
我将充满愁苦和热情,

请你们依旧充满凉意!”

大卫驱马朝姆斯拉的军队疾驰。
他发现——天上的星星数得清,
而那些阿拉伯人的帐篷,
多得数也数不清。
大卫站在山上,
只见军队麇集比大海的泡沫
还无法计量。
他摇摇头,说:
“我的天哪,我怎么同
如此庞大的军队作战?
甚至假设他们是群春天的羊羔,
我就算是头饿狮——
也不可能将它们全都剥皮撕烂!
如果我是一团烈火,
帐篷是堆干草垛——
我也无法将它们全都焚毁吞没!
假如他们变成灰烬
我变成一股飓风——
我也不可能将它们扬起刮跑!”

贾拉利猜出他的心思,说:
“嗨你啊,不虔诚的信徒!
你的恐惧因何而来?
你的宝剑能杀死多少人,
我用自己的热气便能烧死多少人!
你的宝剑能杀死多少人,

我用胸部便能撞死多少人！
你的宝剑能杀死多少人，
我用马蹄便能踩死多少人！
别泄气，驱我前进！
只是别离开我。”

这番话使大卫变得坚强。
他策马疾驰，对坐骑说：
“等一等！我先警告，
然后——发动进攻。”
于是大卫从悬崖上高喊：“嗨！
嗨，谁在睡觉，快起来！
谁睡醒了，去给马戴上嚼子！
谁给马戴上了嚼子，就穿上铠甲！
谁带着剑，就上马！
否则以后可别说什么大卫
像个窃贼来到又偷偷离开！”

大卫不再作声。冲进敌营。
他砍啊，砍啊并说：
“跳，我的宝马，跳！
杀，我的宝剑，杀！”
他挥舞宝剑砍杀，
他驱赶宝马踩压，
血流成河，尸横遍野。

凯里·托罗斯注视着
姆斯拉-梅利克的军队。

他发现——军队中
一片混乱：四面八方
是警报声，号叫声，呻吟声。
人们互相践踏、杀戮，
这时凯里·托罗斯说：
“朋友们，冲啊，上帝与我们同在，
冲进姆斯拉-梅利克的军队去砍杀！
我们自下而上对他们突然袭击！”

就这样，大卫从上方，从正面
砍杀阿拉伯人。
而凯里·托罗斯从下方，从背面
砍杀阿拉伯人。

在梅利克的军队中，
有个阿拉伯老头儿，
是七个儿子的父亲。
他和他的七个儿子，
被梅利克强迫参战。
老头儿走着，
叫道：“哎唷！哎唷！”
没有武器，光着脑袋，
从密密的行列中走出，
说：“给我让路！我去找大卫，
对他诉说一切——
我将使你们免于死亡！”
他来到大卫的跟前，

大卫和阿拉伯老头

说:“大卫,孩子!
勒住马,听我说,
我有话对你讲!”
“大爷,你要对我说什么?”
大卫问道。
老头儿说:“大卫,
你这是干什么?
要知道你面前全是大活人,
你砍杀他们毫无怜悯之心!
你要是杀了他们,
那你就太昧良心了。”
大卫问老头儿:
“他们为什么来?
我们犯了什么罪,
他们要起来攻击我们?”

老头说:“我们有什么办法?
梅利克强行将我们领来。
我们不是你的敌人!
你的敌人是梅利克,
你该去同他拼杀!”
“那梅利克在哪儿?”大卫问。
“你看啊,他就在那顶绿帐篷里
睡觉。帐篷上金苹果闪闪发光。
七个少女给梅利克赶苍蝇,
七个少女给梅利克挠脚踵,
那帐篷上空滚滚的黑烟,
要知道那不是烟雾,

而是梅利克嘴里吐出的哈气。
你要是把他杀了,大卫,
士兵们都将为你祈祷,
他们便能回家,那里有
孩子和父亲们在等候他们!”

大卫起了怜悯心,
他不再大开杀戒。
他说:“哎,老头,
你对我说的一番话不错,
我会把你的话实现!”

大卫朝梅利克的帐篷疾驰,
帐篷前他猛然将坐骑勒住。
他见到梅利克躺在床垫上
盖着被子。
七个少女给他驱赶着苍蝇,
七个少女给他抓挠着脚踵。
而母亲坐在床头,注视着他。
两个阿拉伯仆役站在门旁。
“喂,叫醒他,”大卫对仆役说,
“让他从帐篷里出来。”
仆役们答道:
“不能叫醒他。他该睡上七天。
他才睡了三天。再睡上四天
他便会自己醒来。”
大卫说:“我不能一直
等到他睡够了,

我压根瞧不起他做的梦!
让他出来见我!
要是没有死神,我便是死神!
要是没有地狱,我便是地狱!
我会让他做够各种好梦!”

有人将铁扦烧红,
贴在梅利克腿上。
“哎哟,姑娘们!”
梅利克闷声闷气道。
“你们给我铺的床太糟,
睡梦中跳蚤咬了我一下。”
梅利克又打起鼾来。
又有人从犁上取下铧烧红,
贴在梅利克腿上。
梅利克在半睡半醒中嘟哝:
“哎哟,我床上有多少跳蚤!
一个劲儿咬,不让我睡觉!”

大卫忍无可忍,扬起长矛,
将梅利克的脚踵用矛刺穿,
叫道:“起来,梅利克,睡够了!”
梅利克说:“哎哟,哎哟!
再打一会儿盹,别来打扰我!”
他起身,坐下,
睁开一只睡眼,往外瞧,
发现在他的帐篷前,
大卫骑在贾利拉上面,

全身被血染红。

姆斯拉-梅利克一认出大卫，
便紧张起来，使劲吹气，
想把大卫吹到一边，
但大卫纹丝不动。
而梅利克却削弱了四十头牛的力气。
大卫说："我来同你厮杀。"
梅利克哈哈大笑起来：
"哈，去你的吧，结巴大卫！
你当骑士有多久了？
但既然你站在我的营帐前，
那就下马，进来，
我们叙叙旧，休息休息，
想厮杀以后再说！"

大卫答道："我不下马。
你将无辜的人全赶往这里，
导致他们大批死亡。
而我却要与你休息休息？
不，开战吧！"
这时梅利克的母亲到来，
说："大卫，你路上累了！
下马坐一会儿，休息一下，
然后你们再进行角力比赛！"
她恳求了半天，
大卫决定离开马鞍。
坐骑跳到一旁，

它想阻止大卫，
它并非平白无故预感到不幸：
在这座帐篷里的床榻旁，
梅利克下令挖了一个坑，
又用铁网将那深坑罩上，
铁网上面铺了一块地毯，
不管是谁往地毯上一坐，
便掉进这个黑漆漆坑里。

大卫从宝马贾拉利上下来，
马儿便直立起来，急急离去，
它跑到山顶……
他们让大卫坐在地毯上。
轰隆隆！……他掉进坑里！
带圆环的铁网罩，
在坑里绷得很紧。

大卫落在那些圆环内，
无法将手脚从那里挣脱出。
梅利克将他罩在钢栅栏里，
再在栅栏上堆上磨坊的磨盘，
说："唉，真可怕！
萨逊的大卫驾到，
想把梅利克杀掉！
他想同梅利克进行战斗，
哎呀呀，哎呀呀！
就让他在那儿待着，直至死去！"

黑夜来临,梅利克躺下睡觉。
大卫待在陷阱里。
就让大卫在那个坑里呆着吧,
我们现在来讲讲谁的故事呢?
说说奥瓦-戈尔兰的故事吧。

那天晚上奥瓦-戈尔兰做了个梦:
姆瑟尔的星辰闪烁——清晰明亮,
萨逊的星辰暗淡无光。
奥瓦醒来,说:“快起来,妻!
姆瑟尔的星辰明亮耀眼,
萨逊的星辰暗淡无光!
我发誓——我们失去了大卫!”
萨里埃说:“愿上帝毁了你的家!
你睡自己的觉,却做别人的梦。”

奥瓦又重新入睡,
又再次做梦:
姆瑟尔的星辰明亮清晰,
萨逊的星辰已完全熄灭。
奥瓦醒来说:“快起床,妻!
我梦见:姆瑟尔的星辰开始闪烁,
而萨逊的星辰已完全熄灭。”
萨里埃说:“让你的家倒塌,
你干吗不睡觉,老头子?
你干吗不让我睡觉?”
奥瓦-戈尔兰又重新入睡,
他又再次做梦。

他看见:姆瑟尔的星辰飞驰而来
并一口将萨逊的星辰吞掉。
奥瓦惊叫:"妻,起来,
大卫被杀了!"
萨里埃说:"闭嘴!
说不定今天大卫正
同哪个女人一起睡觉呢?
而且我从哪里知道,
他在什么地方饮酒?"
奥瓦-戈尔兰咆哮起来,
痛揍他的妻子。
萨里埃猛地站起来,点上灯。
奥瓦说:"把铠甲给我!"
妻子拿来,奥瓦穿上铠甲。

奥瓦裹上七张牛皮,
再缠上七道铁链,
以免开始喊叫时绷裂,
他走去将马厩打开,
把手放在一匹白马的背上,
白马肚子贴地倒下。
奥瓦问:"喂,白马!
何时将我载到大卫的战场上?"
白马说:"中午前。"
奥瓦-戈尔兰说:
"哪怕我给你喂饲料
对你又有什么好处!
中午前我在那里会找到什么?

是大卫还是他的尸体?”
奥瓦走开,
把手放在一匹枣红马的背上,
枣红马肚子贴地倒下。
奥瓦问:“喂,枣红马!
何时将我送到大卫的战场上?”
枣红马嘶叫道:“天亮前。”
奥瓦-戈尔兰说:
“即使我对你关怀备至,
对你也没有什么好处!
天亮前我在那里将找到什么?
是大卫还是他的尸体?”

奥瓦走开,
把手放在一匹黑马的背上,
乌驹没有扑通一下倒下,
它亲了下奥瓦的前额。
奥瓦说:“喂,黑马!
何时将我送到大卫的战场?”
乌驹回答说:
“要是你能在我身上保持住平衡,
将左腿踏在马镫上,
而在此之前将右腿抬到马鞍上,
我马上把你送到战场!”

奥瓦开始骑黑马:
他一条腿踏镫,
乘势另一条腿跨过马鞍,

乌驹便冲霄而起，
全身一片火焰！顿时飞到
列尔瓦山的黑暗前。

贾拉利认出了奥瓦-戈尔兰，
嘶叫起来，朝他跑过去。
奥瓦大吃一惊，说：
“大卫给打死了，而宝马贾拉利
独自在群山和狭谷中奔驰！”
奥瓦站在马镫上，叫喊起来：
“喂！大卫，你在哪儿？喂！
你要记住伟大的马鲁塔，
你要记住军功十字勋章，
它在你的右手上！
起来，振奋起来！”

奥瓦大喊大叫，声音似雷鸣。
大卫听到了呼喊，
说：“喂喂，那是
我的伯父来找我，
他在呼喊、召唤我……
哎哎！……噢，伟大的马鲁塔！
噢右手上的军功十字勋章！
给我增添力量吧！
求你们啦，帮帮我！”

大卫振奋起来，在圆环里猛力一挣，
代替土坑，在他面前展现出田野。

锁链和圆环腾空而起，
磨盘升起，飞上云端，
每块磨盘都压死四十人。

大卫从坑里出来，说：
“梅利克，你别再想同我耍花招！
拂晓时分，我们将像大丈夫那样
分个高低，决一死战！”
梅利克不敢朝大卫靠近，
大卫去寻找自己坐骑。
奥瓦又叫喊起来：
“大卫！往这儿来！往这儿来！”
大卫迎着喊声，来到奥瓦跟前；
但宝马贾拉利不愿靠近，
他在生大卫的气。

大卫向宝马贾拉利哀求，
贾拉利走上前来。大卫骑上它，
对奥瓦说：
“伯父，你回家去吧，
而我要去同梅利克决战！”

大卫疾驰到梅利克处，说：
“梅利克！昨天你欺骗了我，
现在你将怎么办？”

大卫将手放在大槌上。
梅利克一见到大卫，

吓得全身哆嗦,他说:
“大卫,亲爱的,去坐坐!”
但大卫答道:“去战斗!”
这时梅利克吩咐牵来
名驹凯朗。梅利克上马,
纵马来到集会广场。
他们两次穿过田野纵马疾驰,
梅利克问大卫:
“我们该怎么打,
是立刻还是按部就班?”
大卫说:“随你的心思。”
于是梅利克说:
“我愿意按部就班,
先让一人击打三次,
再让第二位击打三次。
我们决定,谁先动手。”
大卫说:“你年长,你第一个。”

大卫下马来到地上,
站在田野中间。说:
“动手吧!轮到你先
击打我三次。”

梅利克拿起自己的大槌,
朝法尔肯疾驰而去。
驰过三天的路程,
马儿返回,朝大卫飞扑过来,
借着冲劲将大槌扔出。

大地低沉地轰鸣起来，嗥叫起来，
有如公狗挨打时发出的叫声。
有如犁下四十头犍牛吃力地移动，
大地被撕开，翻松！
天空乌云密布，大地尘土飞扬，
这蒙蒙尘雾几天几夜也无法消散。
梅利克叫道："大卫，
你原来就是土坷垃，
我再次将你变成烂泥一堆！"
这时大卫的声音隆隆响起：
"我活着！暂时还活着！
击打吧……再来一次！"

"哎哟哟，"梅利克说，
"为了把大卫夷为平地，
看来我的起跑距离太短，
大槌的摆动幅度也太小！"

梅利克重新拨转马头，
一下子跑到了迪亚巴克尔①。
从那里梅利克朝大卫飞驰，
使尽全力将大槌朝大卫扔去。

大地轰鸣起来，有如雄狮咆哮，
大地裂开，一如暴雨将它冲刷。

① 城市名，现为土耳其一省城。

乌云笼罩,天地闭合,
阳光被遮,天色茫茫。
两天两夜,大卫头上一片混沌。
姆斯拉-梅利克问:“喂,
大卫!你还活着吗?
你是土坷垃,又成了土坷垃!”
但是大卫答道:“暂且还活着。
那是第二次击打!再来一次!”

“嗨,嗨!”梅利克说。
“我的名驹起跑距离太短!
无法一槌将大卫击毙!”
于是梅利克重新驱马疾驰,
一直跑到姆瑟尔城下。
他从姆瑟尔纵马飞驰,
霹雳一般用大槌朝大卫砸去。
那巨响有如一声春雷,
大地颤抖一下,
仿佛发生了地震,
大地开始颤动,发出震耳破裂声,
乌云笼罩天空,大地一片漆黑,
透不过一丝阳光。

浓密的尘雾在田野上空
飘浮了三天三夜……
梅利克说:“大卫死了——
我的大槌将他砸得粉碎。
他曾是土坷垃,如今又成土坷垃!”

过了三天,尘雾刚从大地散去,
只见大卫骑着贾拉利高高耸立。
说:“你给了我三次打击,
现在该轮到我了。”
梅利克说:“呸!让我再走一趟!”
大卫答:“不!你想去哪儿?
按照约定,该我了!
世界是靠秩序还是暴力维持?”
梅利克的母亲伊斯米尔到来,
她说:“大卫!梅利克是你兄弟,
对待他别不顾信义!”
“母亲,你不用怕违背信义!
我将老老实实给他三下!”

梅利克说:“大卫,求你啦,
给我一个期限——七小时,
让我到帐篷下去躺一会儿,
然后你再把我杀。”
大卫对他说:“去吧,躺会儿。
不过你先说好:
我该用什么武器,大槌还是剑?”
梅利克这么想:
“要是大卫用这柄大槌砸,
我将经不住这一击……”
便大声说:“用剑!”

梅利克来到帐篷里并对母亲说:

“我击打他三次——
他什么事也没发生。
现在他会把我杀死在这里。”
母亲对他说:“儿子!
你爬到坑里去!”
姆斯拉-梅利克下到坑里。
在他上面放上四十张水牛皮,
再放上四十个大磨盘,
一个磨盘上盖上一床被子。
梅利克得意非凡,冷笑着
在坑里待着,心想:
“喏,让大卫来打吧!”
大卫猜到他狡猾成性,
来到后只见到一座磨盘山,
被子下面躺着的全是磨盘,
仿佛梅利克本人正躺着睡觉,
而梅利克的母亲就站在此地。
但大卫没有吭声:
说什么,让我看看,
姆斯拉-梅利克藏在何处?

大卫跳上坐骑,
疾驰而去,来到湖岭。
他举起青虹宝剑,
驱马飞速往回返,
为的是给梅利克致命一击。

这时伊斯米尔敞开自己胸脯,

挡住道路,并说:“大卫!
我喂养了你!我使你长大!
为此你将首次打击给予我!”
大卫问:“娘!为什么此前,
当梅利克朝我猛烈攻击之时,
你一次也没说过
‘儿子,把打击给予我’?”
大卫放下自己的剑——
挥舞一下,玩了玩,
然后吻了一下剑身,
把它贴在前额上,说:
“母亲,我给了你头一次打击!”

大卫重新策马疾驰,
再次从山上飞速而下给予打击。
梅利克的姐姐挡住了路:
“大卫,当你还是小孩子时,
我哄过你,带你一起玩过……
这次打击你给予我吧!”
大卫又一次放下自己的剑——
挥舞了两下,
吻了吻剑身,
将它贴在前额上,说:
“我给了你第二次打击!
只剩下一次打击,天知我知!
不是杀了他就是让他活着……”

大卫重新拨转马,

大卫同姆斯拉-梅利克决战

朝萨逊城疾驰，
再从萨逊开始加速。
他已经离坑越来越近。
伊斯米尔-哈努姆见到他，
立即将自己所有姑娘领来，
她下达命令：
“快——吹奏芦笛！
快——吹起喇叭！
快——敲响铃鼓！
将鼓拿在手中！
将舞跳得美丽轻柔！
这是大卫——年轻，未婚，
他看得出神——那一击便减弱，
他就杀不了梅利克！”

姑娘们起身，
拿起了芦笛，
转瞬间吹起喇叭，
敲响了铃鼓，
并开始翩翩起舞。

但大卫明白她们的所有计谋，
他思忖：“她们为何翩翩起舞？
是想把我迷惑？”
他激动地叫道：
“噢，至高无上的马鲁塔！
噢，军功十字勋章！”
青虹宝剑猛地挥舞。

宝剑将四十个磨盘全部砸碎，
把那四十张水牛皮统统劈开，
将凶残的恶魔梅利克劈成两半，
从前额直至大腿，
扎进土中达七俄尺深，
直抵黑水，——
倘若天使不把窟窿堵上，
它们将出水淹没世界……
坑里传来姆斯拉-梅利克的喊声：
“我还活着，大卫！
你再砍啊！”
大卫答道：“姆斯拉-梅利克，
那好吧，你抖擞精神呀！”
姆斯拉-梅利克在坑里抖擞精神，
劈成两半的身体散了架，
梅利克终于倒毙。

“娘，”大卫说，
“应该揭开被子，看看！”
“不，”她说，“你走开！
没有你我们再把被子揭开。”
大卫驱马走近一大堆磨盘，
将那被子掀开。
看见四十个磨盘
全被青虹剑砸成两半。
他抓起磨盘，把它们扔开，
发现——所有四十张牛皮
被他的宝剑劈开。

这时伊斯米尔-哈努姆来到坑前，
呼喊道："梅利克，梅利克！"
坑里一片寂静……
梅利克的母亲和姐姐，
就这样坐着，号啕痛哭。

然后哈努姆对大卫说：
"大卫！你杀了姆斯拉-梅利克……
可是要知道你是我的儿子，大卫！
你走吧，带上他的妻子。
萨逊，曾经是你的国土，
而姆瑟尔，如今也是你的国土！"
大卫回答她：
"我是母亲所生，这很清楚。
我不会把谎言与真相混为一谈，
不会把可憎与清白混为一谈，
倘若你愿意，我带你回萨逊。"
她答："不，大卫，我的儿子，
我不会去萨逊这个国度。"
他说："你不去萨逊国，
那就回去。我将姆瑟尔归还你
——愿你活下去！"

大卫离开营帐，
拨转贾拉利朝向军队。
凡统帅和士兵中有谁幸免于难，
他都下令将他们召来，说：

“我赐你们所有人自由！
你们从何处来，就回哪儿去。
全回家去，好好生活，如过去那样，
我不需要你们的贡赋。
你们就为我的生命，
为我双亲的灵魂祈祷吧！
平静地待在自己家里，
别再想起对萨逊发动战争！
但是倘若你们再度拿起
武器反对我们，
倘若你们再度向我们进攻，
那么你们该知道：
再没有什么坑让你们待，
再没有什么磨盘将你们掩盖，
大卫有幸再遇见你们，
青虹剑将使你们丧魂落魄！”
军队向大卫表示感谢，
为他的宽宏大量向他祝福。
人们开始并不相信，
梅利克已不在人世……
他们说：“大卫，我们为你去死！
愿上帝在你所有征途上，
在你所有事业上帮助你！
愿上帝赐你健康长寿！
愿你父亲姆格尔和你母亲
阿尔玛加升入天国！”

伊斯米尔-哈努姆和部队回家去。

在那里的所有士兵和统帅
都各自回家,各奔东西。
有关大卫光荣功绩,
不胫而走,到处传诵——
说是,大卫完成父亲遗嘱,
将梅利克杀死,
解放了萨逊城。

凯里·托罗斯在田野上听说,
梅利克被大卫击毙。
凯里·托罗斯结束战斗,
骑马驰来大卫处。
大卫拨转贾拉利的马头,
凯里·托罗斯也拨转马头,
他的三十八名勇士跟随他们
返回家乡,返回萨逊。
他们带回了什么战利品?
他们什么也没有带回。
他们只赶着一对公牛,
而公牛拉着辆四轮大车:
梅利克的一对耳朵用长矛穿着,
放在大车上,运回萨逊,
作为给胆小鬼维尔戈的礼物。

而当时萨逊城里情况如何?
奥瓦骑马来到萨逊,
他曾见过姆瑟尔的整支大军,
也曾见过无数顶帐篷,

进入萨逊城,奥瓦说:
“帐篷不计其数,士兵不计其数!”
老百姓痛苦万分,说:
“哎唷唷,哎唷唷!他们杀了大卫!
便上我们这儿来,将我们杀精光,
孩子、女儿和妻子全掳走!
噢天哪!我们该怎么办!”

山上设了巡逻队——
观察敌人的动静,
注视公路上情况——
是敌人还是大卫来了?
既然看样子人许多,
那就该让市民们了解情况,
就该让城市做好战斗准备。
不久他们发现:
有位骑士纵马在前头,
三十九名骑士紧跟在后头。

巡逻队跑进城——报告:
“骑兵们朝我们驰来,
打头的一人,好像是大卫!”
人们又转报奥瓦:“大卫来了!”
奥瓦起身去迎接他!
整个萨逊,从花白头发的老人
到少不更事的儿童倾城而出,
去迎接大卫。

大卫见到,一大群人从山上
朝他蜂拥而来。
“停！这是支什么军队,
这么多敌人来自何方?”他说。
大卫纵马疾驰,说:
“飞吧,我的骏马!
怎么办,倘若上帝再派敌人来?”

大卫疾驰至跟前才发现——
那是萨逊人走来,领头的是奥瓦。
小伙子、姑娘、老人们走着,
小孩儿们跑着。
大卫叫道:“我的伯父!
怎么——是你来接我?”
奥瓦说:“大卫,
我们为你感到高兴!
为你平安无事回来而高兴,
我们感谢上帝!”
“那这些女人为什么来?”
“大卫,她们一直在哭泣,
她们害怕,听说梅利克要杀你,
听说阿拉伯人来了要杀光男人,
要把女人统统掳作俘虏。
听到说你回来,她们欢呼雀跃。
所有人都跑来迎接你。”
“你们都回家吧!”大卫激动道,
“回家去,别害怕,梅利克死了!”

这时奥瓦-戈尔兰
在大卫头上亲吻一下,
大汗从他额上流下,说:
“不!她们现在什么也不怕!”
人们全都回了家。

奥瓦-戈尔兰将大卫
沾满鲜血的衣服换下,
又去替贾拉利刷洗,
把它安置在一间宽敞的单马栏里。
大卫来到,坐在桌旁说:
“给我倒酒来!”
他喝醉酒,躺下,睡了三天。

当他一觉醒来,
老婆婆又来找他,
说:“你好,你好,我亲爱的!”
大卫说:“愿上帝保佑,老婆婆!”
老婆婆说:
“你曾想带着生锈的宝剑
和骑着劣马去参加战斗。
你看到战斗有多残酷吗?”
“谢谢你,大娘!”大卫答,
“但愿你当我母亲,
我没有母亲。”
她说:“大卫,那我就当你母亲,
我要回家去,
要是你需要什么,

我会来帮你的。
长大成人,蓬勃发展,大卫!
昨天你还是个孩子,
眼下你已是个小伙子。
别再在这里多待,
去找奥瓦,对他说:
‘给我打开父亲的房间,
从今以后我将住在那里!’”
老婆婆告辞后离开。

大卫跑去对奥瓦说:
“给我打开我父亲的房间!
从今以后我将住在那里。”

奥瓦-戈尔兰回答说:
“我给你打开姆格尔的房间。
我以为萨逊的明灯已然熄灭,
而现在它比从前燃得更明亮!
我怎么能不完成你的意愿呢?
我欣赏你建立的功勋,
我为你如此强壮有力而自豪!
我似乎见到人们将全世界赠予我,
你说的话,我听了幸福得想笑!”

大卫和罕黛特-哈图

在大卫前去征战之前，
他一个人生活无依无靠，
不知道炉灶和娶媳妇。
自从征战归来他发育成熟。
无论谁瞧一眼他的眸子、
绯红色面颊、漂亮的鼻子和嘴，
都会立马丧失理智。

有一天奥瓦-戈尔兰睡下，
他的妻子起床。
她偷偷烤起了馅饼，
还宰了只母鸡，煮熟。
拿出黄油、蜂蜜和七年陈酿，
从箱子里取出最好的衣服，
染了眼圈，卷上头发，
拿出最好的靴子。
一切准备就绪，点上蜡烛，
动身去大卫的房间。
大卫闩上门，睡得正香。
“大卫，你起来，把门开开！”
大卫在屋里问：
“你是谁，要我把门开？”
她说：“我是你伯父奥瓦之妻。”
这时大卫起身把门开。
奥瓦的妻子进屋坐下。

说:“大卫,我苦苦将你思念!
我不会做更可口的菜,
随便做些给你送了来。”
她把一切端到大卫面前,
给他放上一罐葡萄酒
和一只大酒杯。
大卫暗自思忖:
“我没有妈,她就是我第二母亲。”
对她责备道:
“你代替妈来看我,
可只是现在才记起要来。”
奥瓦的妻子说:
“大卫,我将是你的牺牲品,
在萨逊没有这样的英雄好汉,
过去没有,将来也不会有!”

那就是大卫!
他吃起丰盛可口的饭菜,
喝下鲜红色的葡萄酒。
大卫七年陈酿喝得不少,
开始变得兴高采烈,
他说:“我喝,
既然伯父的妻子款待我!”
他喝得相当多,喝得醉醺醺,
把头放在枕头上,睡着了,
没有能力再聊大天侃大山。
这时伯母扑上去亲吻大卫,
吻脸庞,吻前额,一边抚摸,

而大卫——沉睡着，毫无知觉。
她起身，回自己房——
奥瓦还在睡大觉。

奥瓦的妻子养成了习惯：
每周都去，去了便离开。
有天早晨，她心想：
“我为何要用七年陈酿款待他？
大卫喝完——往床上一躺。
那对我有什么用处？”
于是她取出一年的葡萄酒，
而且带去的量很少。
她进到大卫的房间，
将一切端到他面前。
大卫坐下用晚餐。
他喝下葡萄酒——
没有喝得脑袋晕乎乎。
这时她坐在大卫膝上，
拥抱他，胳臂搂住他脖子，
探过身子亲吻大卫。
大卫不让，对伯母生了气，
说：“你算什么母亲，
起来，坐远点儿，我们说说话！”
而她说：“大卫，我出生外人家，
嫁给了你的伯父。”
大卫说：“依我看，伯母也好，
母亲也罢——都是一回事，
而对我来说，母亲便是阳光！”

奥瓦的妻子说：
“大卫，你自己知道——
我出生于外人家，
我嫁给你伯父已经多年，
现在我不想他，而愿要你！”
大卫沉思起来，反复思量：
“要是我揍她，把她打死，
奥瓦伯父会埋怨，
说我杀了他妻子。
可是不杀，又制服不了她！”
于是大卫说：
“伯母，你起来，
回自己屋去，让我平静下来。
明天你来——我把一些事情
告诉于你。”
他说了谎，将她打发走。

清晨，大卫从床上起身，
来到小溪旁把脸洗，
然后坐在石上，陷入沉思，
一抬眼，见那位老婆婆
正顺着小径蹒跚而来。
招呼道：“大娘，到这儿来！”
他打着手势，老婆婆走到跟前。
有关伯母的一切，
他都对老婆婆说了。
告诉过一切，他说：
“大娘，你对我也说过，

你是我母亲！该对谁去说？"
她说："大卫，不能怪罪于她：
那时你是个小孩子，
现在你已经是成人，
可你至今单身一人。
见到你，谁都会神魂颠倒，
谁都乐意躺到你的床榻上。"
大卫问："那我该怎么办？"
"领个妻子进家门，
别再让女人受折磨，
谁见过一次你的体态和个头，
都会发疯似的爱上你！"

从那时起过了一年，
奥瓦-戈尔兰说：
"大卫孩子，你将我
从梅利克手中救出，
我将给你挑个妻子！"
他去为大卫向奇姆什金卡苏丹求婚。
奇姆什金卡苏丹是个女勇士，
相貌出众，家居赫拉特，
尚未婚嫁。

于是大卫和奇姆什金卡苏丹
互相交换了戒指，
他们吃啊喝啊，然后起身去睡觉。

当大卫击毙姆斯拉-梅利克之时，

消息便传到要塞，传到蓝色的
卡布特-科赫，传到国王本人那里，
传到瓦乔-马尔焦国王那里，
传到他的女儿罕黛特-哈图那里。
大卫作为勇士，他的力量
征服了所有人的心，
使他的声名远播。

女勇士罕黛特以其美貌
迷住了所有人的心，
罕黛特的美色使世界动容。
沙普赫[①] 国王打听到她的美丽，
遣使节来向她求婚。
还有四十位勇士借自己之威武
也来向罕黛特求婚。
人们为了她又吃又喝，
为的是让她从中选出位如意郎君。
然而这时传来有关大卫的消息。
罕黛特暗自思忖：
“倘若我心中有谁，那么就是大卫，
可惜没有谁能像大卫那样！
让我从他们中挑选，
谁又是这样的人呢？”

有一天，罕黛特坐在窗下。

① 据苏联学者考证，此处的沙普赫国王，极有可能为伊朗国王沙普尔二世（309—379）。他曾和罗马交战，将大片罗马领土并入萨桑版图。

她见到一群民间歌手在街上徐行。
罕黛特将他们叫到跟前:
“喂,歌手们,上这儿来!”
罕黛特问他们:
“你们一天能有多少收入?”
他们说:“哈图,我们是民间歌手。
谁知道将会收集到多少钱?
有时有点收入,有时没有,
有时能得一个银币,有时两枚。”
罕黛特说:“歌手们!
你们前往萨逊城,
当你们回到此地,
我将为每一天付你们银子!”
转眼民间歌手们便欲上路,
他们去萨逊别出什么事儿!
罕黛特说:“你们去哪儿?”
歌手们说:“你吩咐过,哈图,
去萨逊,再往回返!”
她说:“让上帝毁了你们的家,
我打发你们去萨逊,是有事情,
可不是简简单单去一趟就回来!”
他们说:“哈图,请明示!”
她说:“歌手们,你们去萨逊,
一到那儿便打听清楚,
大卫他住在什么地方。
你们进屋,待在那里,
当着大卫的面唱歌把我颂扬,
让他来将新娘迎娶。

我看中——看中了他,
哦不,那是以头击石,以脸撞墙!
我不需要他——再没有别的!”

民间歌手们起身离去,
朝萨逊方向迤逦而行。
他们来到萨逊城里,
孩子们在街上玩耍。
歌手们问孩子们:
“大卫住在哪儿?”
孩子们成群结队走近他们:
“跟我们走,领你们去大卫家!”
一群孩子来到他们跟前,
朝圣者们的肩上都耷拉着圆牌,
每块圆牌上都挂有耳环儿。
孩子们伸手偷偷去碰圆牌,
一把抓住了他们的铃鼓儿。
他们紧问不舍:“你们的圆牌
都干什么用的?”
突然孩子中有谁触动了铃鼓,
铃鼓发出清脆的声音作答。
孩子们猛地朝歌手们扑过去,
使劲将他们手中的铃鼓儿拽,
互相告之:
“听啊,那圆牌里面有谁的声音,
让我们看看那里面都有什么东西!”
凯里·托罗斯见到了他们。
走上前去,怒斥道:

“萨逊的一帮疯子,
你们疯了怎么的?
要知道这是铃鼓,那是萨兹琴,
里面响起十分甜美的铮铮乐声,
难道你们都初次见到觉得奇怪?
啊,走吧,都上我家去,
他们拨弄琴弦,唱起歌儿,
让我们洗耳恭听,好好欣赏。”

他领着歌手们,来到自己家,
吩咐端上丰盛可口的食品。
民间歌手们吃起来。
凯里说:“来吧,歌手们,
给我们演奏吧,歌唱吧!
而我们将尽自己所能赠予你们礼物,
然后你们再回家去。”
歌手们说:“我们来是为
大卫将罕黛特-哈图歌颂!”
托罗斯说:“大卫就是我,
你们就为我唱她的颂歌吧!”
歌手们摘下萨兹琴和铃鼓,
调准音,开始演奏,
他们开始演奏,尽其所能
发出抑扬婉转的乐声,
弹奏一遍,便唱起罕黛特的颂歌。
一曲唱罢,凯里问歌手们:
“你们所歌颂的罕黛特在哪儿?”
歌手们答:“在卡布特-科赫,

她的父亲是瓦乔-马尔焦国王！”
凯里朝孩子们扭过脸，说：
“将歌手们痛殴一顿，他们来
是为了让我们受骗上当，
将我们扁角鹿的心偷走。”

凯里·托罗斯明白，
是罕黛特本人派歌手们来的，
目的是想把大卫引诱到
蓝色的卡布特-科赫，
并让大卫娶她为妻。
这时歌手们挨揍，铃鼓也砸成碎片，
他们夺路而逃，眼泪汪汪。
他们逃到城外，城下有座桥。
他们停下，想了想，说：
“他们像打落水狗那样痛打我们，
莫非是我们对罕黛特的颂扬走了样？”
“不，朋友，罕黛特亲自这样教的！”
“莫非他们完全疯了？”
“把我们像狗那样揍，究竟为什么？”

正当歌手们在交换想法，
大卫肩扛猎获的野兽，
从阿瓦克山上下来，
迎面缓步回家。
天色已黑。他站在桥头，
留心谛听歌手们的话语。
大卫走到他们跟前，说：

"歌手们,你们谈的什么?"
歌手们答道:"我们来萨逊,
为大卫唱颂扬罕黛特的歌儿。
大卫召来一帮疯孩子,
挑唆他们揍我们,揍得无法忍受,
砸坏了铃鼓,将我们统统赶跑,
可是那铃鼓是我们的全部希望!"

大卫说:"歌手们,我才是大卫,
而那人是我的舅爷爷。
我将如数付给你们钱,
请你们去将铃鼓修好,
别舍不得在琴上换上金弦,
然后到我家把罕黛特颂扬。"

歌手们修好铃鼓,来找大卫,
进到他的房间。
他们单独地,一个接一个歌唱,
每人都把罕黛特-哈图赞美一遍。
先是一位白胡子歌手
手拿自己的铃鼓,调好音,
将罕黛特-哈图颂唱:

"我为大卫将罕黛特讴歌!
她如湖中芦苇亭亭玉立,
挺拔秀丽,
我为大卫将罕黛特讴歌!
她如宝马贾拉利驰骋纵横,

心胸宽阔。
我为大卫将罕黛特讴歌！
　　她的嘴唇如蜂蜜，
我为大卫将罕黛特讴歌！
　　她的皓齿如珍珠，
我为大卫将罕黛特讴歌！
　　她的明眸如盛满
　　葡萄美酒的夜光杯，
我为大卫将罕黛特讴歌！
　　她的玉颜如
　　玫瑰红色的苹果，
我为大卫将罕黛特讴歌！”

第二位黑胡子歌手
手拿自己的铃鼓，调好音，
将罕黛特-哈图颂唱：
“请欣赏罕黛特吧，
她的玉臂秀腿似芦秆笔勾勒，
　　哎哟哟！似芦秆笔勾勒。
请欣赏指甲，它们恰如锉刀抛光，
　　哎哟哟，恰如锉刀抛光。
请欣赏发辫，她有发辫四十条，
　　哎哟哟，她有发辫四十条。
请欣赏身材，她的身材似要塞的塔，
　　哎哟哟，似要塞的塔。
请欣赏面容，她的面容充盈石榴汁，
　　哎哟哟，充盈石榴汁。
请欣赏她的丰乳，她们甜蜜芬芳，

哎哟哟,她们甜蜜芬芳。”

而第三位年轻的歌手站起身,
手拿萨兹琴,调好音,
将罕黛特-哈图颂唱:
“我来唱唱她的身量:
她有四十尺高,
不,还要高些!
我来唱唱她的眼睫毛:
它们像是仙鹤的双翅,
不,还要长些!
我来唱唱她宽阔的心胸:
它有七尺宽,
不,还要宽些!
我来唱唱她的洁白:
她白如飘落的雪花,
不,比雪还白!
我来唱唱她的温柔:
她的温柔如棉絮!”

大卫听了三位歌手
对罕黛特-哈图的颂扬,
拿起萨兹琴,调好音唱道:
“你们带给我幸福,歌手!
我的心地纯洁如牛奶,
你们用酵母使它发酵!
我的心肠坚如萨逊的要塞,
你们用铁钎将它摧毁!

我的心灵清澈如秋水，
你们用春天的暴雨将它搅混！
你们将我熔化，将我改变，
使我对罕黛特-哈图产生眷恋！”

大卫唱完，将萨兹琴放在地上，
说：“歌手们，她在哪儿，
那个你们称颂的罕黛特？”
“她在卡布特-科赫，
她的父亲是瓦乔-马尔焦！”
大卫说：“你们去告诉她：
大卫还要再过六天，
第七天将上她那里做客。
那天中午我将赶到恰日万，
在班图马吉吃中饭，
而晚饭就到亲爱的哈图家吃。”
他慷慨地给他们付了钱，
“一路平安！”他说，
给他们送行。歌手们
敲响琴弦，起身上路。

大卫动身去伯父家，
他对自己的伯母说：
“给我把衣服洗洗，我要出门！”
接着又对伯父说：
“我不娶奇姆什金卡苏丹为妻，
我要去把罕黛特-哈图娶回家。”
伯父说：“大卫，已经一连八年

那里待着四十名力士,守着她的门。
你去找她,得先来到她窗前,
她给你小礼品,你就进屋找她,
她不赠予——你就打道回家!”

歌手们一路行来,来到
蓝色的卡布特-科赫。
罕黛特见到他们,问道:
“歌手们,你们去了萨逊?”
他们答:“完成了一切,哈图!
上帝赋予他们很多财富,
只是他们全都糊里糊涂,
我们一进大卫的家门,
我们就被痛打一顿,
砸烂了我们的萨兹琴。
我们逃出了城市,
天哪,大卫延长日子,
他帮我们修好萨兹琴,说:
‘去告诉罕黛特,
让她等上六天,
第七天我上她那里做客。
我将在中午抵达恰日万,
在班图马吉用午餐,
而吃晚饭就到可爱的哈图家。’”

这时罕黛特给每人付了钱,
此行漫漫她欠多少人情债。
歌手们起身,各自回家。

大卫,像他所允诺的,
过了六天回到自己家,
打开自己的箱子,取出衣服,
将青虹宝剑佩在腰带上,
将宝马贾拉利领到院子里,
让马咬紧马嚼子,
备上马鞍骑上马,
动身上路。
从萨逊到恰日万,
有七天路程。
从恰日万到班图马吉桥,
有七天路程。
从班图马吉桥到卡布特-科赫,
有七天路程。

大卫驱马疾驰。
到恰日万赶上吃早饭,
中午时分来到班图马吉桥畔。
在那里他看到:
戈尔楚特村的雇农们,
正在那里的田野上犁地,
可一共也就七张犁。
农夫们正好打算坐下吃午饭。
大卫走上前去,说了声上帝保佑。
农夫们说:“我们欢迎客人,
同我们一起坐下,吃点!”
他们在他跟前放上七天的储备。

大卫坐下,同他们一起进餐,
他吃掉了七个庄稼汉的面包,
又喝下了七个庄稼汉的饮料,
起身,准备继续赶路,
农夫间正在进行交谈:
“怎么办?他吃掉了七天的储备。
派人回去,告诉他们半天送来,
吃的东西可不能断。
要是我们说‘来客人了’,
他们是不会相信我们的,
说是公牛吃掉的,他们也不会相信。”
大卫听着,说道:
“你们该耕哪块田了?”
他们说:“就这块田和那个土冈。”
大卫说:“把你们的水牛牵走,
我将你们七天的活计,
一个钟点就干完。”
大卫把犁上的铁索套在马胸上,
他骑马带着犁驰过田野,
那里便留下了一条耕田。
一人说:“这不是你的能耐,
大卫,这是你骏马的力量。”
这时大卫跳下马,
抓住铁套,将剩下的田耕完。
农夫们惊讶得大张着嘴。
他们说:“过路人,
你别是萨逊的大卫吧?
要是人们说大卫是条好汉是真的,

那么,你可是全世界唯一的好汉!
无论你去哪儿,
没有一块石头能绊住你的腿。"

大卫跃身上马,疾驰而去。
"卡布特-科赫,你在哪儿,
我朝你飞驰而来!"

六天过去。
罕黛特-哈图迎着朝霞起床,
坐在窗下。
她等候着,大卫是否来到。
她见到:
天地间火光闪烁,
天地间一匹骏马疾驰而来,
隐隐约约勉强才能看见。
她说:"看来,那是大卫!"
她对看门人说:
"去吧,戈尔吉兹,关上大门,
那个骑士已经在大门旁。"
她刚说完,戈尔吉兹啪的一声,
将大门关上,
大卫其实已经在窗际。
他驱马径直来到罕黛特的窗前。
罕黛特-哈图瞧一瞧,
见到了大卫,心里甜丝丝——
便将苹果抛出,而大卫
从马上飞身跃起,将它接住,

他笑了,为苹果感到高兴。
他一瞧,看见了罕黛特,
歌手们对她的讴歌,
未能说出她绝色的一半。

他纵马驰近,看到:
有个人手提大槌站在门旁。
大卫心想:"倘若我对他
点头致意,从出生到现今
我还没有对谁行过礼——
倘若我对他点头致意,
我会感到委屈,心灵受创伤。
如果我不点头致意——
这个傻大个定会杀了我!"
他点头行礼,走了进去。
戈尔吉兹也点头还礼。
大卫嚷嚷道:
"从出生到现在,
我没给谁行过礼,
今天瞧见戈尔吉兹,
一害怕就给他行了个礼。"
戈尔吉兹转过身说:
"我守卫大门四十年,
从未给谁行过礼,
今天见到大卫,
因为害怕才给他行个礼。"
大卫说:
"害怕迫使他接受我的致意,

那有什么,就算我也是因为
害怕才给他鞠了一躬!”
对此大卫才感到心安理得。

大卫问巨人:
“喂,你叫什么名字?”
此人说:“我的名字是戈尔吉兹。”
“为何给你一柄大槌,拿来瞧瞧?”
大卫从他手中接过大槌,
猛地将它扔了出去!
大槌迄今还在飞着哪。
戈尔吉兹说:“你来干什么,大卫?”
大卫答道:“我来娶罕黛特-哈图,
我怎么能见到罕黛特-哈图?”
戈尔吉兹说:“每逢星期五,
罕黛特-哈图都上御花园,
有四十名女仆同她在一起。
你去,便将见到她!”
“大卫,”戈尔吉兹又说,
“你娶罕黛特-哈图,
就让我当教父吧!”
大卫说:“我和你将
是干亲家!”

正好赶上星期五。
大卫便去御花园找罕黛特。
他把马留在玫瑰花丛间的草地上,
还给它放了些芳香细嫩的列罕草。

花园里有座喷泉,水流潺潺,
永不枯竭,大卫躺在那里睡着了。
太阳刚晒得发暖,
罕黛特和她的四十名女仆来了。
她见到大卫将马放牧在花园里,
良驹正在啃吃列罕草和玫瑰花,
而大卫睡在永不枯竭的喷泉旁。
罕黛特-哈图说:
“这个大卫是个粗人!
去告诉他,既然他如此粗野,
就起来,离开,
给他送去些面包,让他吃了,
然后转告他:‘罕黛特说了,
让他起来,离开!’”

女仆给大卫送来面包,
放在他面前,他吃了。
她们对大卫这样说:
“我们的罕黛特-哈图说了,
让你起来离开。
是谁允许你来此,
并在花园里放马,
让它将草地和玫瑰花踩坏的?
这里是你父亲的牧场吗?
无论是会飞的鸟还是会爬的蛇,
都没有进到过我们的花园!
你有多少颗脑袋,
能把园墙撞破,将它破坏,

你怎么敢进到我们的花园，
还将马放进来吃草？
看来，你是个粗人，
站起身，走吧！
对你算是客气的，年轻小伙子们
要是来了，非把你剁成肉酱！”
大卫回答说：
“你们为什么不早说，
在我没吃面包那阵说？
我吃了你们的面包，现在说就晚了。
既然如此，我根本不离开！
让他们按她所希望的做吧！”
女仆们去告诉罕黛特-哈图，
说是大卫如此这般说话。

当她们一走，
大卫叫住罕黛特的一名仆役，
问：“马该安顿在何处？”
仆役转过身说：
“四十个巨人的马就拴在
那个马厩里，你往那儿牵吧。”
大卫猛地推开门。
他替马摘去笼头，
让它去往马厩的马群里。
说：“贾拉利，倘若你
对付得了那些马，那么，
我也将战胜它们的主人！”
大卫将宝马牵进马厩，

宝马贾拉利嘶叫起来。
它夺走四十匹马的大麦和苜蓿，
用胸部挤压它们，往墙上紧逼，
它吃光了它们所有的糠秕。
马倌们给罕黛特带来消息：
“依我们看，那匹骏马表现出
自己是所有马的主人。”

四十名巨人整整七年，
一直待在罕黛特的身边，
当罕黛特把苹果抛给大卫，
他们感到受辱，便开腔道：
“我们在此待了七年，
可萨逊的毛头小子才一天，
她几乎没看清他，已经赠予苹果！”
这时大卫去找四十位巨人。
看到：所有四十人全坐在桌旁，
喝着葡萄美酒。
他们在大卫面前简直是些小孩。
他们见到大卫，
吓一大跳，全身颤抖不已，
他们商量停当，如此说：
“我们将大卫灌醉，杀了他，
否则我们全得完蛋。
要知道如果我们是罕黛特，
不会抛弃大卫，
也不会从我们中选择。”
“欢迎光临，”他们说，

“来,为罕黛特喝点!”

大卫说:“啊,你们那
盛酒的大家伙在哪儿?
我来喝酒吃点东西,
想把心灵上的灰尘洗掉,
用某种东西把舌头润湿。
我并非小麻雀只为喝水,
给骆驼喂水难道用小匙?”
有人跑去取来大酒樽,
那大酒樽其实是大脸盆。
他们用这酒樽给大卫灌酒,
大卫喝醉,喜洋洋心旷神怡,
他时而狂饮,时而慢酌,
他喝得醉态毕露,
时而将脑袋耷拉在胸脯上,
时而重新抬起头,清醒过来。
而巨人们,紧盯着他,
亮出明晃晃的宝剑,等待着,
为的是给大卫沉重打击。
戈尔吉兹看出名堂,高喊:
“喂,干亲家大卫!
喂,干亲家大卫,
倘若苍蝇飞到你身上——
你就将它的脑袋揪下来。”
巨人们藏起自己的宝剑,
但大卫什么也没有听见。

罕黛特-哈图从上面望着他们,
发现:大卫已经将脑袋耷拉在胸前。
她看一眼,便走了,
她将一口袋核桃扛到屋顶小窗口,
只要大卫刚开始低下脑袋,
只要巨人们打算亮出宝剑,
想砍下他的脑袋——
罕黛特-哈图便从上面扔核桃,
核桃落在托盘上,托盘叮当响,
大卫抬起头,那些巨人藏起剑:
他们战栗不已,吓得要命。
罕黛特——一颗核桃接一颗,
将一口袋核桃全扔了下去。

这时大卫酒醒了,对仆役说:
“喂,把桌布撤了,
将面包全糟践了,太不应该!”
他抓住桌布,想将它取下,
而巨人们对他说:“不该撤,
把食品端来,我们将在桌布上吃!”
(他们害怕取下桌布,
桌布底下放着他们的剑。)
大卫说:“撤去桌布!”
他抓住桌布,将它揪下,说:
“铺着桌布吃东西不合适,
常常是吃过东西再铺桌布!”
他瞧一眼:桌布底下,
每个巨人面前都有一柄不带鞘的剑。

便说:“什么东西放在这里?”
他们说:“宝剑。”
他说:“给我,让我瞧瞧!”
他们收起宝剑,交给他。
大卫说:
“用它们能好好打几把铲子,
春天用它们来挖菜园子!”
大卫将宝剑搂在一起,
用膝盖全将它们折断,
仿佛毁掉了一束麦穗,
弄弯,折断,说:“戈尔吉兹,
将它们全放到马上,装进褡裢,
全是好钢呐!
而我的宝马没有马蹄铁钉子,
我得给它打些马蹄铁钉子,
这样就够它用整整一年了。”

巨人们见状,
立马从屋里逃出。
大卫大叫道:
“喂,戈尔吉兹教父,我们进屋吧,
房子对我们合适,园子对母鸡合适!”

罕黛特从所有大力士中,
喜欢上了大卫。
说:“请大卫进屋,
让那四十个人去别处用餐!”

于是大卫起身，来到罕黛特房间。
他刚看一眼罕黛特——
年轻人越发忍耐不住：
他抓住罕黛特，将她紧紧搂住，
亲吻她的前额，
但他身上热情并不冷却，
亲吻她的脸庞，
而他身上热情还不冷却。
又一次搂住她，亲吻她的胸乳，
罕黛特用拳头打他的鼻和嘴。
鲜血开始从大卫的嘴里涌出，
有如溪石上流淌的细流。
她说："你是乃父的勇士，
而我是我父亲的勇士！
你头一次亲了我的前额，
是因为你老远跑来见我。
另一次你亲了我的脸庞，
是因为你年轻，亲吻是给你的奖赏。
但是第三次你为何
亲吻我的胸乳？"

大卫非常生气，扭身就走，
他出来，对戈尔吉兹说：
"戈尔吉兹，将马牵来！"
此人将马牵来，
大卫骑上，绝尘而去。
罕黛特痛哭流涕，跑了出来，
流着泪哀求大卫，

大卫不往回走。
于是罕黛特跟着他跑，
她脱掉靴子，穿着袜子跑，
袜子撕破，露出脚掌，
她光脚跑了一阵，
一时间双腿全是伤。
罕黛特的脚踩到哪里，
地上就被鲜血淋湿。

大卫骑在马上，他听见，
听见后面的声音，声音号哭：
“大卫！大卫！停下！
停下！我要走近你！
回过身来，看一眼——
我跑成什么样了！”
大卫，在自己的宝马上，
扭过头来，看到
他看到：罕黛特·哈图
光着脚在他身后跑着。
是啊，罕黛特-哈图这辈子
还从没有光脚跑过，
而现在她光着脚在田野里奔跑，
她的双脚鲜血淋漓。

罕黛特对大卫说：
“大卫，你干吗那么快就生气？
你别为我而自己承担过失，我们走！”
大卫答道：“我为你从萨逊赶来，

跑了多少路程才到你这里，
只是亲了你一下脸蛋，
你就打了我一个耳光，
还要怎样欺负法？”
罕黛特说：“我向你发誓，
我要跟着你光脚跑下去，
直到只剩一口气。”
大卫后悔了，
拨转马头，两人一骑，
返回罕黛特家。

有一天波斯沙赫给罗马教皇
写了一封信：
“从萨逊来我国度一人，
名叫大卫。此男子欲将
卡布特-科赫的绝代佳人
罕黛特-哈图强行抢走。”
罗马教皇召集宫廷高官开会。
他说：“沙赫的来信你们都
读了，上面都写了些什么？”
来信他们都读了，知道其内容。
于是他们派人给大卫捎信：
“大卫，我们听说，
你力大无穷，强壮无比。
来同我们打一仗？
如果你不来，我们就率军前往，
破坏边陲，抢光一切。”
信函送抵罕黛特家，

罕黛特-哈图读过信，
问："是谁送来的信？"
答道："两个朝圣者！"
罕黛特吩咐戈尔吉兹：
"叫他们来见我，
在那边好好把信使招待。"
戈尔吉兹起身，将一切完成。

罕黛特独坐至黎明，
并写了封回信：
"我们没有做有损于你的事情，
我们素不相识，从未见过面，
你活在世上并非靠什么名气，
要是你独自前来厮杀搏斗，
那么你该明白，你杀不了大卫！
你将第二个国王请来吧，
让他来帮你一把。"
这时罕黛特把信叠好，
然后交给戈尔吉兹，
说："你带上信，
尽可能把信使们打扮一新，
给他们十块金币并随身带上信，
再给两匹马，让他们走人！"
戈尔吉兹将一切完成得很得体，
让信使们看出他的敬意。
他们向罕黛特表示感谢，
躬身行礼道：
"我们步行而来，骑马而归。"

罕黛特没告诉大卫，
敌人们来信的情况。

信使们带着那封信，
交给了自己的皇帝。
他召集谋士和高官，
他们读信后感到惊奇。
他们说："让我们把消息
发给罕黛特父亲的敌人，
及六位国王，务必让他们
跟随我们，一起去对付大卫。"
他们集合起军队如天上星星那般多，
他们给大卫写信，派人送去：
"大卫，沉住气，我们来干掉你！"

大卫收到信，
又把它转交给罕黛特。
她读后对大卫说：
"他们给你发的是第二封信，
一封早些时候，一封是现在。
教皇亲自——他是罗马的皇帝，
给你寄信并向你挑战，
他想与你兵戎相见。
那次我收到信后，
发了这样一封回信：
'你们最好两个人一起上，
单打独斗你们更无能为力。'
我这样写，是想吓唬他们，

让他们别对你发动战争。
看来,没有把他们吓唬住,
他还是气势汹汹起兵动武了!”

清晨,天上有多少颗星星,
罕黛特父亲的城市周围,
便支起多少顶帐篷。
罕黛特父亲的敌人漫山遍野,
部队不计其数:将城池团团围困。

罗马教皇
聚集起自己的军队,奔袭而来,
在罕黛特父亲的城旁安营扎寨,
为的是抓住罕黛特,将她掠走。

沙普赫——波斯国王
聚集起自己的军队,奔袭而来,
在罕黛特父亲的城旁安营扎寨,
为的是抓住罕黛特,将她掠走。

中国皇帝
聚集起自己的军队,奔袭而来,
在罕黛特父亲的城旁安营扎寨,
为的是抓住罕黛特,将她掠走。

黑沙皇
聚集起自己的军队,奔袭而来,
在罕黛特父亲的城旁安营扎寨,

为的是抓住罕黛特,将她掠走。

奥汉和托汉
聚集起自己的军队,奔袭而来,
在罕黛特父亲的城旁安营扎寨,
为的是抓住罕黛特,将她掠走。

阿列普斯基沙皇
聚集起自己的军队,奔袭而来,
在罕黛特父亲的城旁安营扎寨,
为的是抓住罕黛特,将她掠走。

兰德巴德国王
聚集起自己的军队,奔袭而来,
在罕黛特父亲的城旁安营扎寨,
为的是抓住罕黛特,将她掠走。

而四十个巨人彼此如此说:
"我们不去打仗!
我们已经在这里待了七年,
至今没见上罕黛特一面,
而大卫在这里只有一天,
却已经见到罕黛特并一起欢宴,
这样就让大卫去打仗!"

早晨罕黛特-哈图说:
"谁去参加战斗?"
四十名巨人回答说:

“谁去参加战斗?
你把苹果给谁,谁就去战斗!
你不与他同心同德,我们就去!”
大卫听了,说:
“那场战斗是我的事!
我将动身去战斗!”
于是大卫起身,
恭恭敬敬与罕黛特告别。
他说:“我走了,
满三天,我就回来,
要是没回来,那就是说我被打死!
你到死人堆里将我的
尸体找到,送去掩埋。
告诉你我的特征:
我右手上有枚军功十字勋章。
根据这一标志你能将我认出。
请将我骨灰运回,深埋。”

大卫去牵马,罕黛特说:
“嗨,我全忘了,
我还没有替你牵来宝马。”
她在大卫身后奔跑呼喊:
“大卫,大卫,等一等,
我去给你牵马!”
大卫停下脚步。
罕黛特走进马厩,
发现:四十匹马全挤在一起,
蜷缩着身子,战栗不已,

它们不敢往外跑。
只有大卫的那匹骏马
站在马厩中央，气宇轩昂。
罕黛特抓住马鬃，
想将它牵出马厩。
它瞥一眼，没有认出是谁，
不让抓马鬃，把头乱摇，
吓得罕黛特闪开，跌倒在地。
她说：“喂，大卫，
你的宝马将我踢伤！”
这时大卫进来，抱住罕黛特说：
“嗨，贾拉利，愿上帝毁了你，
难道男子汉能打女人吗？
这是什么，是女士，难道没看见？
快说：抓住马，牵走吧！”
她说：“哦，你是想用马杀了我。”
他说：“不，现在它不会再碰你，
牵走吧，它把你当陌生人了。”
她抓住马鬃，牵它出马厩。
宝马变得驯顺，她给它加鞍鞯。
大卫拽紧马肚带，
然后跃身上马，大喊一声“嘿”，
贾拉利飞驰起来，
载着大卫越过大门，奔向战场。

大卫攀上悬崖，极目远眺：
田野上人山人海如森林中的树木，
敌方阵营里支满帐篷，无可胜数。

大卫和他的宝马

他说:“我该先叫醒他们,
再杀不迟。”他大叫道:“喂!
谁还睡着——快把睡意驱走,
喂!快把睡意驱走!
谁没睡着——给马备好鞍子,
喂!快给马儿备好鞍子!
谁备好鞍子——就爬上马背,
喂!快爬上马背!
千万别说:大卫
偷偷前来,偷偷溜走,
喂!别说大卫偷偷溜走!”

大卫骑着贾拉利疾驰,
大声叫喊道:
“为我祈祷平安吧,圣母马鲁塔,
大卫右手上有军功十字勋章!
往右砍,往左砍,
遵照遗教——消灭敌人。”
他冲进敌阵,开始砍杀。
如突然袭来的冰雹
将已经成熟的庄稼田摧毁,
一派狼藉,目不忍睹,
大卫就这样孤身闯入敌阵,
在密密麻麻的人群中,
一路砍杀,步步进逼。

沙普赫一见到大卫,
立刻像狼那般变得凶猛异常,

他牵上马，率领军队，咆哮道：
“喂，起来。人人准备战斗！
一定要坚持住！”
他们来到田野，开始砍杀。
大卫转过身，将沙普赫砍倒，
用青虹剑割下他的脑袋。
恐慌中部队无法立刻撤退。
大卫冲上前去，
逮住奥汉，抓住托汉，
接连不断砍下他们脑袋，
放在一旁。

晚上，大卫回到罕黛特家，
一清早又出发，
敌人们已经无法同他战斗。

敌人们商量一下，
他们派遣阿列普斯基沙皇
去萨逊找奥瓦-戈尔兰。
他们说：“有消息传到我们那里，
说是你们在萨逊有许多勇士。
你给我们派个大力士去，
我们那里有个敌人，力大无穷，
杀了他，我们送七座城市做礼物。”

胆小鬼维尔戈有个儿子，
名叫阿斯特希克·保罗。
阿斯特希克骑上马，

在天地之间像箭似的
飞到了激战的地方。
大卫认出了阿斯特希克,
晚上他说:“罕黛特,
明天我将不去战斗!”
罕黛特-哈图回答说:
“要是你不觉得羞愧,
我亲自去参加战斗!”
大卫说:“那你发誓:
当我去作战,你得待在家里,
锁上大门,锁上窗户,
只有这样我才去参战!”
罕黛特-哈图答道:
“行,我不出家门,大门紧闭,
坐在绣架前绣花。”

大卫天一亮离家去战斗。
大卫和阿斯特希克开始厮杀。
他们互相砍杀至中午。
他们宝剑迸出的火花溅到
罕黛特屋顶的小窗上。
罕黛特-哈图突然发现:
一道光透进她的房间。
便说:“这是什么,我不明白?
没有乌云,也没下雨,
天没有黑,天空也没打闪。”
罕黛特-哈图无法忍住。
她跳起来,打开窗子,看到:

骑着匹火红色骏马的骑士
在大卫的头顶上盘旋。
罕黛特绝顶聪明,她熟悉书。
她打开书,于是发现:
在大卫头顶上挥舞宝剑的,
是大卫的叔伯兄弟,
他全身冒火,将火喷向地面。
大卫没有击退敌人。
这时罕黛特-哈图唱起歌来:
"伯父,你好,一千次地
向你问好。你向大卫喷火,
你向大卫喷火,
你将罕黛特-哈图的家摧毁!"

大卫听见她的歌声,说:
"我就知道她在家里坐不住!"
大卫非常生气。
他将自己的箭对准
阿斯特希克的马肚子,
一箭刺穿马的腹部,
箭尾穿过阿斯特希克的颅顶。
阿斯特希克倒在地上,
哭喊着说:
"哦,我要挨亲戚的打击,
这从出生就命中注定!"
阿斯特希克没有认出大卫。
大卫说:"瞎了我的眼睛!
我们有个风俗:谁的死期临近,

就将自己的头放在族人的膝上，
把灵魂献给上帝。”
大卫将阿斯特希克的脑袋
放在自己的双膝上。
保罗失去知觉躺着，献出灵魂。
保罗刚将灵魂献出，
大卫也昏厥过去，倒下。
敌人过来想抓住大卫。
大卫的宝马贾拉利，
站在主人身旁，
不让大卫被俘。
当大卫恢复知觉，
他跃上马往人群密集处驰去，
顿时整支大军溃逃。
大卫朝他们喊叫：“别怕，
告诉我，你们的国王藏哪儿？”
大军拔营，匆匆后退。
一人对大卫说：
“要是你想知道国王藏哪儿，
就到我们城里走一遭。”
于是大卫拨转马头，
朝罗马教皇的城市疾驰。
他派人去见教皇，说：
“让他出来，我想见他。”
教皇起身，出来。
他一见到大卫——
大卫像座铁塔骑在马上——
便害怕得想溜之大吉，

但大卫在他身后紧追，
一把抓住，当场打死。
在这座城市中剩下的人
全都幸免于难，
大卫另立一人为教皇。
所有显贵他全杀光，
任命普通人代替他们，
说："只要你们在世，
就不该知道战争！
你们只要有困难，
就给我寄信，我一定来！"
全城说："大卫，你的意志，
至死都是我们的法律！"
大卫回身对军队说：
"回到你们的城市去，
我杀了你们的皇帝。"

那天晚上大卫没有回罕黛特家。
罕黛特以为大卫被杀，
对大卫的悲痛灼烧着她的心。
翌晨罕黛特装扮成男子出门，
她骑上马，带上武器。
她手中紧握长矛：
"我得去将大卫的尸首掩埋！"
罕黛特骑马急匆匆向尸体行去，
她只注意巨大的尸体——
用长矛钩，朝亮处翻，
观察死尸的右手，

想找到军功十字章的印记。
突然她见到:从那头
有个人在尸体中偷偷溜过。
那是大卫,他砍杀敌人后,
正顺着田野策马在死尸中驰过。
他看见,罕黛特如何将长矛
扎进士兵们的尸首,抬起来,
看看有无十字勋章,再继续走。
大卫叫道:“喂,你找什么?
你这样东翻西翻,在找谁?
你想要找的那个人,
已经被我杀了有三天,
要是你想老公——我在此!”
罕黛特一瞧:马是大卫的,
而骑手好像不是大卫,
那么他会是谁呢?
罕黛特对他说:“收起你舌头,
你没有能耐把他杀了!
像你这样二十个,
像我这样十个人,
都抵不上他一个指甲盖!
发现他冷却了的尸首,
对我来说比支配你
都要珍贵得多!”
大卫说:“既然如此,
让我们来打一架!”

他们策马,打斗起来。

田野被灰尘和烟雾笼罩。
脚下的大地被翻得乱糟糟,
仿佛用犁翻耕过似的。
他们打了很久,谁也不占上风。
大卫轻轻地砍,
罕黛特拼命往死里打。
突然她挥动槌矛,
给了大卫一槌。
大卫用盾牌挡住自身。
罕黛特用槌矛再击一下,
返身就走,跳到一边,
大卫纵马朝她驰来,
在马镫上欠起身子说:
"面包、酒和真实的上帝!"
他举起大槌——击下,
但是罕黛特蓦地披散开发辫,
从马上跳下,大卫也跟着跳下,
抓住她,将她摔倒在地,
用膝盖压住她的胸部。
罕黛特说:"可怜可怜吧,
我是女人,好汉,别杀我!"
大卫说:"我知道你是女人。
我是为那天的事而报复你:
你记得吧,你用拳头揍我,
打得我嘴里鲜血直流。"
她说:"是你啊,大卫?"
他答:"是我,罕黛特!"
"要是这样,放了我。

你也见到,四十个求婚男子
在那里,在家里,待了七年。
而你刚来我这里,
我就把苹果给了你。
大卫,松手!
你是我丈夫,我是你妻子!”
大卫放了罕黛特,
他们动身,双双把家回。

路上罕黛特说:“大卫,
有一回我们家来了媒婆好多,
将我带到她们自己的国度,
当国王儿子的妻子。
他们让我坐在正屋里,
年轻的丈夫来到我跟前,
我们双双做起了游戏。
他让我抓住他胳膊肘,
原来如此,我心想,
想让我挨近他。
我看一眼,掰断了他的手。
心想:他是王太子,
他不用耕田,不用播种,
缺一只手的残疾人对我倒合适。
我又轻轻握住另一只手,
他的脊柱和手全断了,
他断了气——死了。
这时我才知道,我多么有力。
于是当地的国王说:

‘这个姑娘是凶手。’
他们打发我回家，
我回到了故乡的家，
在那里我发誓说：
‘谁能让我弯腰背触地，
我就嫁给他。’
现在你和我大斗了一场。
你让我背触地，
从此我就是你妻子，
你想上哪儿，把我带走。”

他们到家，罕黛特叫来仆役。
仆役们将贾拉利牵走，给它刷洗，
并将大卫沾满血的衣裳洗濯干净。
大卫和罕黛特来到自己屋里，
坐在桌旁，开始欢宴，
然后躺下睡觉。

过了三天，大卫又将马牵出，
罕黛特牵来另一匹马。
他们双双上马，相拥着，
往萨逊进发。
当他们来到赫拉特，
那里，他们不得不经过
奇姆什金卡苏丹的窗户旁，
奇姆什金卡苏丹望见大卫，
说：“结巴大卫，
你曾发誓娶我为妻，

你和我,我们还交换过戒指!
而如今你将罕黛特领回家,
却将我忘得一干二净!
要知道我和你睡过觉!
难道说我奇丑无比,
不招你喜欢,因此你走了,
却将罕黛特领回家?
现在你过来同我决一死战:
要是我将你杀死,
剩下两个寡妇,罕黛特和我;
要是你杀了我,
你就上罕黛特的床,共效于飞。"

大卫说:"奇姆什金卡苏丹,
我对你有个请求:
这时有个女人同我一起上路,
请允许我们先回到家里。
只过七天,我就回来,
届时我和你再行决战。"
奇姆什金卡苏丹说:
"你向至高无上的圣女马鲁塔,
向你右手上的军功十字章发誓,
过七天你回来同我决战,
我便放你过去!"
大卫说:"我向至高无上的
圣女马鲁塔和我右手上的
军功十字勋章起誓,
只过七天我就回来,

同你决战!”

说完他就领着罕黛特-哈图
朝家乡驱马疾驰。
他们纵马来到萨逊,
召来七名民间歌手,
人们欢宴、歌唱了七天七夜,
给大卫和罕黛特举行了加冕礼,
他们喝啊吃啊,
老人和年轻人个个乐开了花。

可是正当大卫和罕黛特
共享床第之欢的时候,
他却将有关军功十字章
的誓言忘得一干二净!

大卫和姆格尔

一天，大卫说："罕黛特，
自从我将你领回家，
我在那四十个巨人面前，
总有一种负罪感，良心不安，
要知道是我夺了他们未婚妻。
我听说，在格鲁吉亚美女如云。
我有责任将四十个勇士召集起，
为他们找到四十个新娘子，
让他们人人称心如意。
我找到，就回来，你等着我！"

罕黛特-哈图答道：
"你将我领到萨逊定居，
远离母亲，远离父亲，
现在你却想离我而去，
没有你我可怎么办呢？
你将离去，可孩子将出生，
我该如何是好？"

大卫说："罕黛特-哈图，
倘若你给我生个儿子，
就给男孩子起名姆格尔，
让我父亲的英名永存。"
大卫掏出一只镶满
宝石的金手镯，说：

“要是生了个儿子，
就给他戴在右手上；
要是生个女儿，
就让她保存以备婚礼用。
而我若滞留在那里，
你让姆格尔来找我，
我根据手镯便能认出儿子。”

他起身，骑上宝马贾拉利，
动身上路，策马疾驰而去。
他在四十个地方将所有
四十个巨人都一一找到。
他带着他们去了许多地方，
他到过格鲁吉亚，
也到过阿塞拜疆，
替所有巨人找了四十个新娘。
当他们一起同行时，
在路上遇见了一位姑娘，
那位姑娘没有美丽容貌。
大卫说：“让她给罕黛特
当女仆！”便带上了她。

大卫说：“兄弟们，
在这里停一下，前面
对我们来说已经没有路！
走吧，上帝保佑，
各人回自己的国家，
而我也该回萨逊啦！”

于是他们领着那些姑娘回家，
他们鞠躬致意说：
“感谢你，大卫，
我们的愿望通过你实现了！”
他们互相道别，各自上路。
而大卫本人带着那个姑娘，
两人合骑一马回萨逊。

而我们来说说罕黛特的情况。

大卫刚离家去了格鲁吉亚，
瓦乔便派人来带走了罕黛特，
将她送回到卡布特-科赫。
她本人即将分娩，
刚抵达父亲家中，
便躺下将儿子生下。

瓦乔对罕黛特-哈图说：
“倘若小男孩是大卫的儿子，
他身上应该有力量的标志。”
女仆们抱来孩子，给他裹紧，
仆役们拖来犁上的铁链。
他们将铁链盘上，绑在孩子身上。
但孩子刚一哭，就开始
在摇篮里伸胳膊蹬腿，
铁链竟然在他身上绷断，
究竟断成几截无从统计。
(是啊，大卫和罕黛特所生

之子,绝非弱不禁风之辈!)
人人承认:他是勇士的儿子!
于是他们给小男孩洗澡,
发现他的一只小手紧握,
人们用尽各种办法——
他就是不松开拳头。
全城的人都集合起来,
想办法让他松开。
这时瓦乔恐惧地站起身,
给托罗斯写了封信:
“托罗斯,愿你的双眸明亮!
大卫生了个儿子,
可是一只手上有残疾。”

托罗斯一读罢信,
当即骑上列兹根人的快马,
奔卡布特-科赫疾驰而来,
他来到瓦乔家,说:
“哎,襁褓中的婴儿在哪儿,
让我看看,我们的孩子什么样!”
他抱起孩子,开始端详,
他动手擦孩子的小手,
而孩子将拳头紧握。
他发现孩子的手上有个凝血块。
说:“哎哟!除非岩石接收他,
大地可容不得他!
他把世界变成了一滴血,
并紧攥在自己的手掌中。

要是他能活下来，
他将完成许多事业！”
过了两三天，
罕黛特请求给儿子施洗礼，
并给小婴儿起名为姆格尔。
别的孩子都逐年长大，
而姆格尔却逐日长大，
别的孩子逐月长大，
姆格尔却逐时长大。
又过了不长的一段时间，
凯里·托罗斯动身返家，
他带上姆格尔和罕黛特，
同他们一起回到了萨逊。

当姆格尔满一岁时，
他站起身，来到城里满处转。
当姆格尔过了六岁，
城外有条大河流淌，
一座桥将城市连结，
桥上行人往来如织。
那天行人们正在过桥，
来了姆格尔，将行人殴打，
说：“狗崽子，这桥是我所架，
但不是为你们架的，
你们为何要在我的桥上走？”
老百姓转过身，吃力地往回走，
他们下桥，涉水过河。
而姆格尔又走过去，殴打众人，

说:“狗崽子,桥是我架的,
但是为你们所架,
为何你们要蹚水过河?
河水将你们冲走,我心里
我要负上罪孽!”
这时百姓们去向托罗斯诉苦,
于是托罗斯把姆格尔数落几句。

七年过去。大卫没有回来。
有次姆格尔问母亲:
“我的父亲在哪儿,妈?
孩子们常说:‘你没有爸,
你是私生子还是孤儿?’
我怎么没有父亲?我去找他!
我父亲在什么地方?”
母亲告诉他;“你父亲是大卫,
他离家去了格鲁吉亚国家,
四十个巨人结了婚他就回家。
他留下一只金手镯:
要是生个儿子——
给他戴在手上
让儿子来把父亲找。”
于是姆格尔说:
“我要去把父亲找!”
母亲拿出金手镯,
给他戴在手上,
向他指明去格鲁吉亚之路。
姆格尔从马厩牵来匹种马,

身穿铠甲策马去找寻父亲。

他面前是片田野。
他见到迎面来了位黑胡子骑士，
有位美丽姑娘与他同骑一匹马。
他叫道："喂，骑士，
你胡子一大把，而姑娘年纪轻轻，
干吗缠着青春美少女骑一匹马？
将美貌姑娘交给我吧！"
骑士答道："哦，毛头小伙子，
对你来说挺美，对我就不行？"
姆格尔说："她跟我更合适，
我们俩都是年轻人！"
大卫想走，但姆格尔举起手：
"我不让你走，我要夺她。"
大卫勃然大怒，说：
"嘿！嘿！怎么着！
我大江大河都过来了，
从没湿过马蹄子，
眼下遇上这区区小河沟，
它能把我挡住？！
我走遍了悬崖峭壁，
从不知路上有障碍，
见到这么条细细的土围子，
它能把我吓得屁滚尿流？！"
大卫刚说完，姆格尔便说：
"那么这小河沟就是我啰？
那么这细细土围子就是我啰？

爬下马来,我们进入战斗!”
大卫下马,说:“等一下,
等我将姑娘领到一旁,
再来同你厮杀。”
“领吧!”姆格尔说。
大卫把姑娘领上山,
自己又返回到山下。

大卫和姆格尔展开搏斗。
两人你来我往打得激烈。
他们如何交手?……
他们如此交手:
有如夏日在干燥的土地上
人们开始用犁耕田。
高山和巨石在他们脚下
碎裂成粉尘弥漫。
尘土翻滚旋舞,遮天蔽日,
他们汗流浃背,满脸脏污。
他们的大槌飞舞,威力无穷,
引得旋风乍起,吹走大卫的头巾,
直吹到罕黛特的家门口。

罕黛特走出家门,
见到,尘土笼罩世界,
大门旁躺着一方头巾。
她捡起,闻出头巾的气味,
说:“这是大卫的头巾!”
她仔细谛听——

隆隆巨声震得大地嗡嗡作响。
她跃身上马,疾驰而去。
只见四周尘土滚滚,烟雾弥漫。
罕黛特细端详,只见——
是否两座大山互相压在一起?
高高的山峦,峰撞着峰——
那是姆格尔同大卫胸贴着胸
在相互厮杀,在血泊中漂浮。
人无法靠近他们。

这时罕黛特开始扯着嗓门喊叫:
“大卫,别打了!
大卫,别打了!
要知道这是我们唯一的儿子!”
大卫倒是乐意停战,
但内心深处又感到害怕,
因恐惧反而拼命攻击姆格尔。
而姆格尔却对母亲说:
“你别悲伤,他的打击——
恰如来自措瓦萨尔的微风,
只是轻轻吹拂着我的头发。”

罕黛特-哈图叫道:
“姆格尔,别杀他,
姆格尔,别杀他!
要知道这是我们黑胡子大卫!”
姆格尔没有听从。
这时罕黛特唱起来:

"高山啊,为何还在四周耸立?
山谷啊,为何还在四周躺卧?
快将儿子与父亲分开!"

但是难道高山深谷会来援助?
不,高山深谷没来给予奥援。

罕黛特-哈图呼喊道:
"无比美好、宽大的上帝,
你慈爱、伟大,请你下令,
让天使长加百列下凡来,
将儿子同父亲分开。"
于是上帝下旨让加百列[①] 下凡来,
他用手一触,分开了父子俩,
好像有谁突然驱散了
两只好斗的公鸡。

大卫转过身来说:
"你,小伙子,能将我杀了,
可后来好像遇上了我的勇士?"
姆格尔说:"谁是你的勇士?"
大卫答道:"我的那位勇士,

① 此处俄译本原文为"Гавриил-архангел",故译为天使长加百列,亦有译为大天使加俾额尔。据《圣经·路加福音》第一章记载,是他向圣母马利亚预言耶稣即将诞生。但亦有材料认为,此处的 Gabriel,应为加布里埃尔,4 世纪亚美尼亚人皈依基督教后,亚美尼亚神话中出现的与天使长加百列等同的人物。他住在天上,受上帝管辖,手执一柄火剑,每一挥动,天上便出现一道闪光。他亦是上帝和人类之间沟通信息的中间人,因此当大卫和其子小姆格尔争斗时,他来到人间,将父子俩驱开,使其言归于好。

他右手上戴有一只手镯。”
姆格尔朝自己右手低下眼睛，
发现手上竟有一只金手镯。
他哭泣起来，走上前去，
亲吻大卫的手，说：
“你是我父亲，我有罪！”

大卫高呼道：
“姆格尔，既然你同我打斗，
并且你让我饱尝了羞惭，
我向造物主呼吁：
你将永生不死和永无子嗣。”

大卫对姆格尔的诅咒，
激怒了姆格尔，他去了卡布特-科赫。
他邀请四十位青年，
邀请四十位姑娘，坐在桌旁，
开始痛饮七年陈酿石榴红葡萄酒。

大卫和罕黛特-哈图之死

大卫带上罕黛特一起回到家,
大卫也将姑娘送回家。
大卫在同姆格尔厮杀时,
全身都被鲜血染红。
他说:“罕黛特,提水来,我洗洗。”
大卫脱下衣服,打算洗澡。
妻子发现——他手上的十字章
整个儿变黑,像块煤炭。
她哭泣起来,发起愁来。
大卫说:“妻子,
你哭什么,发什么愁?”
她说:“你手上的十字军功章
变黑,像块煤炭。”
而他说:“罕黛特-哈图,
不是姆格尔用剑将我脑袋砍下,
便是我的军功十字章将我伤害!
妻子,我有责任去见奇姆什金卡苏丹,
我曾起誓七天后返回,
七年过去了,我欺骗了她,
我走了,妻子。”
于是他当即起身,
给宝马贾拉利备好鞍鞯,
将青虹剑佩在腰带上,疾驰而去。
他疾驰着,疾驰着,来到
奇姆什金卡苏丹的宫殿前。

她见到大卫来到她宫殿前，
说："大卫，你向我发誓
是七天后，可七年过去了！
我没有丈夫陪伴，
一直望着大路等待着。"
大卫说："啜，你准备好，
我们去集市广场决一死战！"
她说："给我一点时间，
为了决斗我去装扮一番，
我得穿上铠甲，你等着！"

大卫将宝马贾拉利拴在
奇姆什金卡苏丹的大门旁，
说："马儿待在这里，
我下到河里，去泡会儿，
趁她去穿铠甲的当儿。"

大卫脱下衣服，
进入河中。
岸边长着芦苇。
奇姆什金卡苏丹的女儿，
手中拿着箭，给它上了毒，
她走进芦苇丛，在那里藏匿。
趁大卫在河中沐浴，
小姑娘偷偷走近，
朝大卫射出一箭。
箭扎入背部，进入体内，
穿过胸部，朝外露出。

大卫中箭，蓦地大叫一声，
他的声音如七头水牛的吼声，
一直飞临萨逊城。

凯里·托罗斯听到了那声喊叫，
说："小伙子们，快动身，
大卫给杀死了。"
凯里·托罗斯，奥瓦-戈尔兰，
奇奇哈-波里克，科托特-莫托特，
霍尔-马努克和霍尔-古桑——
大伙成群结队全去了。
奥瓦-戈尔兰从萨逊大声喊：
"大卫，我们来了！"
他们都去帮助大卫。
他们来到那条河边。
凯里问大卫：
"勇士，我的孩子，谁干的？"
大卫说："不知道谁干的，
躲在芦苇丛中的人射中了我！"

于是他们朝芦苇丛走去。
他们走着，搜寻着，发现：
那里有位蓝眼睛小姑娘，
她因为大卫的一声喊叫，
吓得死了过去。
大卫这才认出杀他的是
奇姆什金卡苏丹的女儿，
便说："我的一条蛆——

在我体内，我的后代
将我杀死！”

大卫说完，
不再作声，便咽了气，
他将自己的太阳遗赠给
你们的孩子们。

他死了。他的坐骑发了狂。
它挣断绳索，跑得无踪影。
一路上，无论它遇上多少
人、牲口和马匹——它都
用蹄子踢，用蹄子踩。
它疾驰着来到罕黛特-哈图
的大门旁才停下。
罕黛特-哈图出来看究竟。
只见宝马疾驰而来，却无主人。
她立刻将传言接受：
大卫失踪——不见踪影。
凯里·托罗斯说：
“朋友们，请将大卫送回，
我们帮他坐在马鞍上，
用绳子捆住，上路，
一路上表演马技，兴许，
罕黛特将不会明白，
大卫已经去世。”

但罕黛特爬上屋顶，

他们家的屋顶很高，
房子建在悬崖之上。
她朝四处张望：
大卫回来是死是活？
罕黛特张望着并见到：
他们走来，表演着马技，
但大卫在马鞍上一动不动，
罕黛特明白，大卫骑着马，
但已是死人一个。
她说：
“可尊敬的人回来了，
不值得尊敬的人回来了，
而我勇敢的大卫却没回来！”

胆小鬼维尔戈那老家伙，
同她并排站在屋顶上，
他凑近上去对罕黛特说：
“大卫不战自毙——如今
我想当你的情人！
你失去了勇士大卫，
便将找到另一位夫君！”
罕黛特喊叫起来：
“从今往后阳光对我
将是被禁止的，
大卫之后我将不再活着！”

罕黛特爬上要塞，
从塔楼纵身往下跳，

轰的一声脑袋坠落在巨石上,
在那巨石上砸出了一个窟窿。
萨逊人开始往那里倒黍子:
边倒,边在窟窿里捣成粉,
一如在捣臼中那样。
她双乳坠落的地方,
则涌出两眼冰冷的泉水,
而在她七根发辫的地方,
迄今耸立着七根黑圆柱。
要塞前的那个捣臼,
如今还在那里躺着。

他们回来见到罕黛特不在了。
一份痛苦变成了两份!
凯里·托罗斯说:
“谁赶上对她说过话?”
有人说:“特鲁斯-维尔戈
对她说过话。”
托罗斯说:“老狗,等着瞧!”

人们将一对夫妇运来,
给他们裹上白色殓衣,
将两具尸体捆在一起。
四十名司祭,四十名执事,
以及四十名黑衣修士,
以及全城的民众百姓,
混合着号哭声、祈祷声、惨叫声,
伴送他们来到措瓦萨尔,

安葬他们在马鲁塔修道院近旁，
哀悼一周，以示尊敬。

主啊，宽恕他们的灵魂吧！
而祝你们大家，健康长寿！

第 四 篇

小姆格尔

永远怀念你,小姆格尔!
永远怀念你,戈阿尔-哈图!
永远怀念你,奥瓦-戈尔兰!
永远怀念你,凯里·托罗斯!

关于大卫我们唱了七支歌,
现在开始讲姆格尔的故事。

姆格尔为父报仇

大卫之死，
赐予你们的孩子自己的世纪，
他的儿子姆格尔在卡布特-科赫，
姆格尔没有意料到父亲会被杀死。
围着四十个青年，
围着四十个姑娘，
他坐在桌子后面，
饮七年陈酿消遣作乐。

凯里·托罗斯寻思起来，
说："奥瓦，我们一直等待
奇姆什金卡苏丹的到来，
用雨点般的燧石将萨逊消灭。
起来吧，孩子，我们走，
我们去把大卫的儿子姆格尔领回：
他将为大卫报仇。
我们萨逊家族已经无足轻重，
就让我们对巨人族多加关心。"
他同奥瓦-戈尔兰一起，
带上七张牛皮，
赶赴卡布特-科赫。
抵达后同行政长官把话谈：
"我的兄弟和弟媳有个男孩
在你们这里，他在哪儿？"
此人答道："他死了！"

而姆格尔被掩藏在七道门后。
每道门旁都有警卫把守，
人们吹响祖尔纳管敲起鼓，
为的是不让姆格尔听见。
姆格尔正在保卫要塞，
不让敌人进入卡布特-科赫。

凯里·托罗斯说：
“我们的死者都有标记：
我们的一岁孩子个子便有十尺高，
两岁的孩子个子有二十尺高，
而且每年增添十尺。
我们很容易就能认出自己人的墓。”

他们动身去墓地，
没有一座相似的墓穴。
奥瓦-戈尔兰说：
“好吧，用七张牛皮将我裹起，
让我能大声呼喊！”
人们给奥瓦裹上七张牛皮，
全体登上高山，
奥瓦-戈尔兰高喊：
“姆格尔，哎，你喝吧！
姆格尔，哎，你喝吧，
使劲喝你的葡萄酒吧，
你父亲给人打死，
在棺材里已躺了七天！”

姆格尔听到有人在喊他，
而此刻铃鼓和祖尔纳依旧奏鸣。
姆格尔向演奏者们哀求：
“别作声，我的家族在同我说话！
我听到呼叫，但它来自何处？
来自东方？来自西方？
我搞不清，或是来自南方北方？”

这时父亲的兄弟叫喊道：
“他在北方之间，
他在南方之间，
他在西方之间，
他在东方之间，
你的父亲给打死了，
他安葬已有七天。
他的幽魂在大地游荡。
难道你不去
为父亲的灵魂报仇？
或是你并非萨逊家族的后嗣？！”

此刻铃鼓敲得更响，
祖尔纳管吹得更闹！
姆格尔说：
“我得走，父亲的兄弟
在同我说话！”
姆格尔想出去，但守卫说：
“不是萨逊家族在呼喊你，
这是孩子们在号叫，在敲鼓。”

这时姆格尔第三次听到呼喊声,
他破门而出,
一连打破了七道门。
第一道门他用脚从合页上踹开,
接着第二道被第一道门撞开,
第三道被第二道门撞开,
撞开全部七道门后,他走了出来。

他朝凯里·托罗斯走来。
凯里·托罗斯说:
"让我来考验他,奥瓦!
倘若他是大卫的儿子,我接受他,
倘若不是大卫的儿子,我杀了他,
我们一起回萨逊!"
姆格尔走到凯里·托罗斯跟前,
凯里故意惹他发火。
"孩子,你去哪儿?
你走路可是傲得很啊!"
姆格尔答道:"有两个人叫我,
可我不知道在哪儿能找到他们。"
托罗斯对他说:"你究竟是谁,
要让人叫你,早就咂过奶了吧?"
姆格尔答:
"我是人,同你一样!"
凯里对他说:
"那你想不想投掷槌矛?
你是小孩,让你先投,
随后我投。"

姆格尔扬起槌矛，
凯里骑上自己列兹根快马飞奔，
槌矛从马腹下飞过，
姆格尔没有掷中。
托罗斯转过身来，挺直身子。
说：“现在，沉住气，孩子，
我用长矛刺你。”
凯里用长矛刺。
他把姆格尔的腿钉在马鞍上，
拔出长矛时，姆格尔没有哼哼。
姆格尔没有哼哼，于是凯里说：
“孩子，说吧，你父亲是谁，
告诉我，你母亲是谁？
我曾把你当作了废物。
当我用长矛刺的时候，
山岩破裂，劈成碎块，
可你却不哼一声，孩子。”
姆格尔答：“你才是废物，
我的生父是大卫，
罕黛特是我生母。”

这时他们才相互认识，
姆格尔认识了凯里，
也认识了奥瓦-戈尔兰。
“那我父亲在哪里？”
他问他们。
奥瓦回答说：
“你父亲被打死了，

你母亲也命归黄泉！
奇姆什金卡苏丹快抵达我们那里，
要用雨点般的燧石将萨逊消灭！”

姆格尔开始痛哭，双膝跪倒在地，
将脑袋埋在土里。
他一倒在地上，
凯里和奥瓦跑上前去，
无法将姆格尔从地上拉开。
姆格尔的泪水将大地冲刷，
流成了一条深深的河。
第三天姆格尔开始动弹，
从地上起来，说：
“最好瞑目死去，伯祖啊伯祖，
一个孤儿将如何生活，
父亲的彩色头巾并不悦目！
最好瞑目死去，伯祖啊伯祖，
一个孤儿将如何生活，
他的钢腰带并不悦目！
最好瞑目死去，伯祖啊伯祖，
一个孤儿将如何生活，
他的那柄青虹剑并不悦目！
最好瞑目死去，伯祖啊伯祖，
一个孤儿将如何生活，
他的那件锁子甲衬衣并不悦目！
最好瞑目死去，伯祖啊伯祖，
一个孤儿将如何生活，
他的压模战靴并不悦目！

最好瞑目死去，伯祖啊伯祖，
一个孤儿将如何生活，
哦宝马贾拉利，你并不悦目！

他边说边骑上马，
同凯里·托罗斯和奥瓦-戈尔兰
一起上路，朝萨逊大地疾驰。

在去萨逊的路上有座修道院，
名叫“背叛行为牺牲者修道院”。
七位国王，大卫的老对手，
打听姆格尔是否在近处，
打听这条道是否通萨逊。
他们去找男修道院院长，说：
“姆格尔即将到来，
他要在这里经过的时候，
你派人来给我们报个信。”
他们有个图谋，
想截断道路，将姆格尔干掉。

晚上，姆格尔驶近此地，
凯里·托罗斯突然停下。
他走在头里，奥瓦和姆格尔殿后。
姆格尔见到托罗斯停下，
便问：“凯里，为何停下？”
托罗斯说：“有人堆上原木，
挡住了去路，敌人们将至，
并向我们发起攻击！”

(这是男修道院院长挡的路，
他判断:姆格尔会动手搬走原木，
累得筋疲力尽，便在修道院过夜。)
姆格尔问:
“为了清除障碍，那该怎么办?”
托罗斯说:
“该做一件事，
让大卫回到我们身边!
我若是用长矛将那些原木挑起，
他就能用手将它们抱住扔到一边。”
这时姆格尔说:
“凯里。你来挑，我来扔!”
托罗斯用长矛刺，
慢慢挑起原木，稍稍抬起来。
递给姆格尔，说:
“抱住，扔一边去。”
姆格尔抱住原木，
将它搬至悬崖边，
用脚推向深谷。
就这样一根接一根挪开所有原木，
深夜将道路清理干净。
他们纵马疾驰来到修道院。
男修道院院长将上房拨给他们，
飨以最好的饭菜，而自己
偷偷备马驰往七个国王的住地。
这时姆格尔、奥瓦和托罗斯
吃完晚饭，躺下睡觉。

凯里·托罗斯头一个醒来。
他四处张望,见到国王们的军队
来到,将修道院团团围住。
托罗斯发现军队,
叫醒姆格尔,大声喊道:
“快起来,姆格尔,往外瞧,
七个国王领着大军到来,
将修道院团团围住。”
姆格尔勃然大怒,清醒过来,
奥瓦-戈尔兰也醒来,起身。
他来到窗前,只见:
森林里的树木尚可计数,
而那些国王的军队不可胜数,
男修道院院长同他们在一起。

姆格尔说:“凯里,我走了,
你也随我走吧。”
他备好马,绝尘而去。
奥瓦和凯里也站起身,
备好马,纵马疾驰。

姆格尔冲入敌阵。
他左砍右杀,左冲右突,
把敌军砍杀得一团糟,
有如秋风扫落叶一般。
奥瓦和凯里看到这场战斗,
心中燃起团团怒火,
每人连根拔起一棵白杨树,

扛在肩头,投入战斗。
姆格尔见状,问:
“你们怎么啦,用大树打仗?”
他们答道:“是啊,孩子,
我们见到你像在打谷场铺禾捆,
又像是将打好的谷子扬场,
于是我们便从场边扫起。”
他们又砍又杀,把一支军队
杀了个精光,回到了修道院。

姆格尔一手抓起原木,
一手将修道院院长拎至门后,
将他的头塞在原木底下,
挤压他,并说:
“让你那可恶的修道院,
今后别再叫牺牲者修道院,
而叫背叛者修道院。”

他们三人疾驰着返回萨逊。

当他们回到萨逊,
奥瓦将箱子打开,
把靴子、衣服给姆格尔,
给他牵来宝马贾拉利,
说:“孙子,穿上,骑上马,
你是萨逊家族最后一名子嗣,
这一切该为谁珍惜?”
姆格尔拿起大卫的衣衫,

穿上铠甲和靴子，
穿上丝绒长袍，
将钢嚼子套在马嘴上，
镶珠母的马鞍放在马背上，
青虹宝剑佩在腰带上，
右手擎勇士的长矛，
肩上扛祖先的大槌。

他牵上马，想骑上它。
宝马贾拉利对他说：
“喂，狗崽子，知道吗，
要是你想骑上我，
你的技巧要熟练！
别骑吧，你这点力气不够！”
姆格尔答：“贾拉利，
你别让我扫兴。
我可是萨逊家族的子嗣。”
宝马贾拉利说：
“因为珍惜对大卫的怀念，
我就原谅你的那些粗话，
骑上吧！”
姆格尔骑上马，
凯里和奥瓦在前面引路。
他们赴奇姆什金卡苏丹处
与她开战。
奥瓦说：“咳，我很忧伤！
姆格尔少不更事，而我年事已高，
一老一少，我们岂能开战！”

姆格尔说："伯祖，
莫非我们不是萨逊人？
不，我们都是萨逊族。
即使我们牺牲，国王们
也别想从我们灵柩上迈过。
我们驱马前进，去投入战斗！"
于是宝马贾拉利说：
"奥瓦没有宗教信仰，害怕什么？
哪怕军队增加两倍，
我们也将战胜它：
我将会用尾巴扫，
用蹄子踢，
用热气烧，
我们将消灭一切。"

他们纵马疾驰，来到城墙前。
姆格尔问："伯祖，你们
是想夺取城市还是追逐军队？"
他们想了想，说：
"我们要想登城这并非易事，
我们俩无法将城墙推倒。"
姆格尔说："你们俩都比我
重一倍，我把你们一起抛下，
独自一人去战斗，
你们可同意？"
这时奥瓦和凯里说：
"我们来登城吧！"
于是他们登上城墙。

姆格尔则举起父亲的青虹剑，
去追逐敌人。他冲进敌营，
左一扑，右一扑，
士兵们不见了，巨人们不见了，
还有谁在田野上？他杀光所有人，
说："父亲的仇报了！"

他抓住了奇姆什金卡苏丹，
将她的发辫绑在贾拉利的马尾上。
贾拉利猛力一冲，将她拖烂，
一根根发辫挂在尾巴上。

他说："我去看看，
我的伯祖和凯里把事情办得如何。"
姆格尔进城一看：
整座城市躺在废墟中。
一只母猫坐在清真寺的塔顶上，
瞪着眼睛看着姆格尔。
姆格尔拔起一棵梧桐树，
朝清真寺塔猛击，将猫击落，
便去搞破坏。
然后他登上涅姆鲁德山①。
他四下里瞧，发现：
一股浓烟顺风飘荡。
他再瞧：一个老妖婆
在一旁将火点燃。

① 此山的山脚下即赫拉特市。——俄译注

他们三人都朝她走去。
“你为何散放烟气?”他们问。
妖婆答:“为的是你们别显摆,
好像整座赫拉特城是你们破坏,
烟无法从别处冒出。”
姆格尔抓住老妖婆,弯倒两棵树,
将她的双腿绑在树上,
再将树放开弹回。
他就这样杀了妖婆,
赫拉特上空不再冒烟。
“啊哈!我为父亲报了仇。”他说。

奥瓦、凯里同他一起返回萨逊。

姆格尔娶妻和他的远行

过了不少日子。
姆格尔说:“伯祖,
我要到世面上去转转,
我在这里住得太久。
身旁没有什么儿女。
连死神也不来光顾!”

他起身,带上青虹宝剑,
骑上心爱的贾拉利宝驹,
动身上路。

姆格尔走啊,走啊,
突然发现:路到了尽头扎进森林,
茂密的树木代替了道路。
他进入森林,径直纵马疾驰。
他就这样走到天亮,
遇上一座高山悬崖。
姆格尔不想往回返,
悬崖耸立无法通过。
蓦地姆格尔发现一只狐狸跑着,
他顺着狐狸的足迹前行,
往上再往上,他往悬崖上攀登。
往下瞧:那里是座沙皇的城市。
他疾驰着,听凭道路指引。
道路引向一个美丽的岩穴,

他在那里坐下稍事休息。
突然他发现:一头小鹿
飞驰而过,耷拉着舌头。
他拉满弓,射出一箭,
小鹿倒下,被箭射伤。
他点上火,开始将它烧烤。
见到从密林里飞驰出
二十位骑士冲姆格尔斥责道:
"姆格尔,萨逊的疯子大卫的
儿子,他为何将小鹿杀死?
他怎么敢杀死沙皇的小鹿?!"
姆格尔听后,他的心无法忍受,
他站起身,向着他们冲过去。
他们见到姆格尔冲来,
掉转马头,急急离去。

那就是姆格尔!他走啊走啊,
来到帕奇克沙皇的首都跟前。
他翻身下马,摧毁一顶帐篷。
他对帕奇克沙皇说:
"萨逊的姆格尔来到,
在城墙下毁了顶帐篷。"
帕奇克沙皇率众侍从走来,
众大公众维齐跟随左右。
他冲姆格尔迎面走来,说:
"还在你父亲同姆斯拉-梅利克
大战的那些日子里,
你父亲和我,我们曾有约言。"

“你们有何约言？”
帕奇克答道:“你父亲和我，
曾这样起誓:倘若我生个女儿，
而你生个儿子——
我就将女儿嫁给你儿子；
倘若你生个女儿，
而我生个儿子——
你就将女儿嫁给我儿子！”
他还说:“上帝将你，
赐给了你父亲，
而至高无上的神
赐给我一个女儿，
你是否将娶我女儿为妻？”
姆格尔说:“我得看看，
喜欢——我就娶，
不喜欢——就不娶。”

这时沙皇接待姆格尔，
并领他去见自己女儿，
她名叫戈阿尔-哈图。
姆格尔一见,便喜欢上戈阿尔，
而她也对他一见钟情。

到了深夜。戈阿尔从梦中醒来，
她起床,从窗子往外看。
见到姆格尔躺在帐篷下。
看到给他的帐篷太小，
姆格尔的小腿伸出在外。

戈阿尔感到胸口发紧，说：
“阳光会晒着姆格尔的。”
这时她起身，给枣红马戴上嚼子，
身披一袭红袍，
穿上自己的铠甲，
来到帐篷前，
拉起帐篷的幔帘，叫道：

“姆格尔，当心点，
阳光会把你晒坏的！”
姆格尔说：“嗨，我有什么法子，
既然帐篷这么小？”
戈阿尔说：“不是帐篷太小，
而是你的身体实在太伟岸！”
姆格尔说：“算了吧，
让我安稳睡一会儿。”
她说：“起来，姆格尔，
我是帕奇克沙皇的儿子，
来考验考验你。
起来，同我干一架。
要是你胜了我，
把我姐姐戈阿尔给你当老婆，
你带着她疾驰而去，
你打不赢我，
就舍去自己的脑袋！”
姆格尔起来，来到集市广场，
戈阿尔也来到集市广场。
姆格尔掷出槌矛，

戈阿尔将它一把接住；
戈阿尔掷出槌矛，
姆格尔一把接住。
他们谁也赢不了谁。
戈阿尔说："够了，姆格尔，
我们会把马儿折腾死的。
呶，到帐篷歇一会儿，
我给你弄点吃的喝的，
你吃点喝点，睡一觉。"

戈阿尔拨转马头，离去。
她知道姆格尔饿得够呛，
回去，烤了一头羊，
准备了面包和一皮囊酒，
让仆人带上食品和饮料，
将它们给姆格尔带到帐篷，
姆格尔吃饱后，喝了点酒，
躺下睡觉直到天明。

第二天太阳升起。
戈阿尔穿上自己的铠甲，
披上黑色的长袍，
给一匹黑马套上嚼子，
来到帐篷跟前，迈进帐篷。
说："姆格尔，大卫的儿子，
是你吗？"
姆格尔答道："是我。"
"我来替我姐姐戈阿尔

做媒,是你吗?”
姆格尔答道:“是我。”
“那好吧,起来,玩一玩。
要是你赢了我——
我就将姐姐戈阿尔给你,
你带着她疾驰而去,
要是我赢了——
你就完蛋!”
姆格尔问:“那怎么玩?”
她说:“我们往你背篓里射箭,
箭穿过背篓算赢。
谁穿不过,他就输了。”
而姆格尔的背篓不小,
箭很容易穿过去。

戈阿尔瞄准。
她的箭穿过了背篓,
背篓纹丝不动。
于是轮到姆格尔射箭。
姆格尔瞄准,
这时戈阿尔来到他跟前,
朝他转过脸来。
姆格尔看戈阿尔的脸出了神
(戈阿尔原来美如天仙),
姆格尔偷偷盯着戈阿尔瞧,
射了一箭。
他射了一箭,打落了自己的背篓,
却未能让箭穿过背篓。

戈阿尔朝前迈了一步，
说："一言九鼎，拿脑袋来。"
姆格尔却回答说：
"不，你使我的眼睛走了神，
你朝我转过脸，
我看你入了迷。"
这时戈阿尔举起背篓说：
"姆格尔，你射吧，
你将箭穿过背篓，
一言九鼎，我将戈阿尔嫁给你，
没穿过，你拿脑袋来！"
姆格尔朝背篓瞄准射了一箭，
箭穿过了背篓。

这时戈阿尔说：
"你当之无愧是戈阿尔的丈夫，
但我再说一遍：当心太阳！"
她转身离去，送来第二顶帐篷，
吩咐将其支在姆格尔腿的上方。
这时姆格尔才明白，
同他争斗的并非沙皇之子，
而是沙皇的女儿，戈阿尔本人。

不久姆格尔便同她举行了婚礼。
婚宴举办了七天七夜，
人人吃啊喝啊，人人兴高采烈。

姆格尔和自己妻子入洞房。

戈阿尔拿来一把宝剑，
放在自己和姆格尔中间。
戈阿尔对姆格尔说：
“西方的皇帝要求我父亲进贡，
你能使我父亲免除贡赋，
到那时我就是你妻子，
你也才是我的丈夫！”
他们躺下，进入梦乡。
第二天他们起床后，
姆格尔骑上骏马上路。

他疾驰来到西方那个国度。
那里的人们望着姆格尔。
他独自骑马往上疾驰，
悬崖接着另一处悬崖，
人们大张着嘴，感到惊讶，
他们聚集军队，朝姆格尔压来，
姆格尔这时驱着宝马贾拉利，
连人带马朝敌军猛扑，
他在中午前将敌人
全部砍死踩死。
姆格尔将西方王国征服，
回到戈阿尔身边说：
“西方皇帝被杀死，
再没有谁来向你父亲要贡赋。”

时光荏苒，过了不少日子。
奥瓦-戈尔兰起身，

他派人给姆格尔送了一封信函，
上面如此写道："姆格尔，
科兹巴金的孙子们长大成人，
他们是一帮放肆之徒，
他们到来，将萨逊城围困。
我孤身一人，无能为力。
动身吧，赶来，尽快。"

姆格尔说："听着，妻子，
我将槌矛留给你，用它抵住门，
如果巨人般的敌人来了，
见到我的槌矛，
他们便不会碰你，
他们会以为：姆格尔在家睡觉。"

姆格尔动身启程，往萨逊进发。
他一抵达萨逊，
就哭起来，一股思乡情油然而生。
他得以在最后一刻到来。
伯祖躺在家里，大门紧闭。
姆格尔高喊：
"伯祖，伯祖，亲爱的，
起来，你别睡，你起来，
嗨，你起来啊，起来啊！"
喊叫声触动奥瓦的听觉，
蒙眬中他开腔道：
"遥远的声音传来，
触及我的耳朵，

穿过深沉的梦境，
触及我的听觉。”
妻子说：“睡吧，没任何声音。
哎，你啊，待在萨逊，
关在家里，还害怕什么？”
奥瓦答道：
“哦，是的，我怕，
我老了，可亲人们远在天涯！”

姆格尔登上屋顶，
又一次高喊道：
“伯祖，伯祖，亲爱的，
起来，我抛弃了自己的家，
槌矛守卫着我家的大门，
帕奇克沙皇的女儿保存着它。”
奥瓦起床，跑了出去，
亲吻姆格尔的前额，
说：“你说，你抛弃了你的家，
你怎么能弃家来到这里呢？”
姆格尔答：“我离开它，
只有上帝和天使知道它。”
奥瓦说：“你说，你的家
由槌矛守卫着？”
姆格尔：“在那支槌矛上
有颗石子，是宝石，
从它那里太阳射出火焰，
谁也无法靠近大门，
当夜晚降临，蜡烛点燃，

宝石再次突然发光，
将敌人吓跑。”

奥瓦："谢谢你的到来，一千次。
我知道，你将代替大卫。”
姆格尔："是谁同你作对？”
奥瓦说："科兹巴金的孙儿们，
他们一共四人，个个是野兽。”
姆格尔："我去将四人捕获送回，
是杀死还是活捉送回？”
奥瓦说："两种只取其一：
送回或是杀掉。”

黎明时分姆格尔起床，
他骑上马，驱马疾驰，
来到列尔瓦田野前，
他发现科兹巴金的孙儿们
正走在列尔瓦田野上。
他们一见到姆格尔，弯弓射箭，
箭飞速而来，射中贾拉利的蹄子。
姆格尔下马，抽出宝剑砍杀，
将一半的箭砍断，
另一半深扎地下。
姆格尔将四人全部捕获，
活着带回交给奥瓦。
奥瓦抬起贾拉利的马腿，
看了看，说：
“你的宝马出了什么事？”

他俯下身子,发现:
马蹄上中了一箭。
他取来绿宝石和红宝石,
将它们熔化,敷在伤口上。
马儿复苏,比原先更矫健。

姆格尔给科兹巴金的孙儿们松绑,
用钉子将他们钉在大门上,
左边两个,右边两个。
姆格尔骑上宝马贾拉利,
往戈阿尔-哈图家疾驰。
他骑啊骑啊,
突然见到一伙巨人,
他们一行四十人,
朝姆格尔迎面走来。
姆格尔发现他们没有马和骆驼。
他上前问好,那伙人鞠躬答礼,
他们对他备加夸奖,说:
“我们四十人是兄弟,
请你也做我们兄弟,
这样我们将不是四十,
而是四十一人。”
姆格尔说:
“我打算同你们结为兄弟,
但首先告诉我你们的城市名!”
他们答道:“阿列普。”
“你们为何离开自己的城市?”
他们答:“姐姐篡夺了父亲的

王位,将我们赶了出来,
我们只得在露天地里生活!”
姆格尔说:“同我一起走,
我想看看你们的姐姐怎么回事,
居然在那里称王称霸。”
他们说:“你该知道,姆格尔,
我们的姐姐生性残忍是个吸血鬼,
她吃了父亲又吃母亲,
住在城里的人,她全吃尽。”

姆格尔纵马驰进那座空城,
迎面朝他走来一个老妇人,
姆格尔发现她就是那个吸血鬼。
他在她脑门上用指一弹,
将她的脑袋从肩上弹下。
转身对四十位结拜兄弟说:
“我杀了你们的姐姐吸血鬼,
回到自己的城市,生活在那里吧。”
这时四十名巨人来到姆格尔跟前,
开始亲吻他的手和腿,
说:“当我们的国王吧,
你杀了她,将我们解放,
至死我们将为你效力!”
姆格尔答道:“我不想从你们
那里得到任何东西,
既不想当你们的国王,
也不想当城市的主人。
我是大卫的儿子姆格尔,

我不能在这儿滞留。
我既没有子女，
也不想遭那份罪！”

姆格尔骑上宝马贾拉利，
来到杰济拉城，①
该城内有条河叫杰济拉-沙特。
当一百四十条河流泛滥时，
所有河水都流向那一条河。
河流三次将城市冲垮。
姆格尔来到城里，
拽来一块巨大的岩石，
将它卸在城外的激流中，
激流分成两条河，
一条往左流淌，
另一条往右流淌，
城市处在它们之间安然无恙。
他在巨岩上建起座带塔楼的要塞，
而那座要塞永远未遭破坏。

姆格尔骑上宝马疾驰。
他回到家见到：
他抵在门上的槌矛，
依旧如此抵放着，
谁也没有进去过。
姆格尔走进家中，

① 即如今的叙利亚、伊拉克地区。

见到戈阿尔躺在沙发床上，
他碰一下她的手——她死了。
手中紧握着一封遗嘱。
他打开，读道："请求你，
姆格尔，当你回来见到我，
将我送往萨逊，
同罕黛特-哈图葬在一起。"

姆格尔起身，将妻子绑在马鞍上，
随身带着，运回萨逊。
萨逊百姓对他说：
"你的伯祖奥瓦-戈尔兰去世了。"

他为妻子建了座陵墓，
将她与罕黛特-哈图安葬在一起，
做了四十次安魂祈祷，
对所有亡者表示敬意，
萨逊的所有家庭都参加了葬后宴。

姆格尔离家上悬崖

姆格尔从萨逊的家里出来，
只见：他的双腿都陷入土中。

他伏在母亲的墓上说：
“起来，妈妈，起来，妈妈！
我是姆格尔，你怀中的儿子！
你将姆格尔十月怀胎，
你在自己一生中尝尽苦难，
你儿子在世上流浪那么久，
从未找到过谁比你更迷人！”

从地下响起回答声：
“孩子，如何帮助你？
孩子，该如何帮助你？
我们的脸庞毫无血色，
眸子的光芒早已熄灭。
蝎子和长虫聚在一起，
在我头顶上纠结一窝。
别再漂泊无定，孩儿，
你别再漂泊无定了……
你的归宿在沃龙悬崖上，
走吧，去沃龙悬崖吧！”

姆格尔呼唤许久，
母亲的坟茔一派静默。

他伏在父亲的墓上说：
“你起来，父亲！你起来，父亲！”
瞧——我经受了一切，
把全家都安葬了，
我徒劳地在大地上徘徊。
你起来啊，父亲，
你起来啊，父亲！
冰冷的雪覆盖着萨逊，
你儿子站在齐膝的雪地上。
你起来啊，父亲！
你起来啊，父亲！
我怀念你那甜丝丝的气息，
我怀念你那悦耳的嗓音，
我那么久地独自漂泊！”

从地下响起回答声：
“我怎么帮助你，儿子？
我该怎么帮助你，儿子？
我们的脸庞毫无血色，
眸子的光芒早已熄灭。
蝎子和蛇类聚在一起，
在我头顶上纠结一窝。
别再漂泊无定，我的儿子，
你别再在世上到处漂泊了。
你的归宿在沃龙悬崖上。
当世界遭到毁灭
并重新耸立起来的时候，
当大地在你的马蹄下

不再卑躬屈膝的时候,
那么你的日子便将到来!"

姆格尔等候许久,
父亲的坟茔寂静无声。

姆格尔起身,纵马去沃斯塔纳-卡帕①,
当他来到沃斯塔纳-卡帕镇,
一位大公已在那里守伺着他,
他抛出套索,将姆格尔套住。
姆格尔连人带马落入套马索。
姆格尔说:
"面包美酒和真实的上帝,
还有你,至高无上的马鲁塔!"
姆格尔用力一挣,抽出宝剑,
砍死大公,救出宝马贾拉利,
向上帝呼唤哀告道:
"或是同我一起决一死战,
或是将我的灵魂取走。"
上帝派遣七名天使骑着马
来同姆格尔厮杀。
他们从中午战至暮色苍茫,
姆格尔挥动青虹宝剑,
宝剑无法伤及天使们,
姆格尔挥动青虹宝剑,
宝剑飞着将天使们刺穿。

① 瓦湖岸畔的一山地小镇,以山路崎岖难行著称。——俄译注

姆格尔离家上悬崖

姆格尔的宝马在地上站立不稳，
马儿踉跄几步，陷入土中。
大地变得松软，慢慢下沉，
不想再让姆格尔纵马驰骋。
姆格尔说：
“哎哟哟，一切都是枉然！
大地本身也已老态龙钟，
无法再将我的坐骑举起。”
坐骑越陷越深，
直至夜晚姆格尔好不容易
才同坐骑一起摆脱困境。
姆格尔抓住马的辔头牵着，
来到山脚下。
蓦地他面前，
耸起一座悬崖。
这时姆格尔说：
“我用宝剑将悬崖砍掉，
劈开它——我不会倒霉，
不劈它——非倒霉不可。”
姆格尔和宝马登上悬崖，
悬崖合拢，结成一体。

凯里·托罗斯得知此事，
悲痛欲绝，忧伤而死。

人们说，这座悬崖
一年内分开两次：

一次在瓦尔达瓦尔节[1]，
一次在耶稣升天节。
姆格尔只有在一小时内，
走完四十天的路程，
山岩才会挪开。
他骑马在巨石上行走，
坐骑踩着步子，腿被夹住，
无法动弹，急忙跳了回去。
有一次，人们说，
在耶稣升天节的那晚，
一个牧人有机会到达那儿。
姆格尔的山岩挪开。
牧人走了进去，发现：
一个巨人坐在岩穴里。
牧人问道：
“何时你从这儿出来，姆格尔？”

姆格尔回答道：
“要是我站起身，便能来到世上，
大地无法将我留住！
至今这个世界充满邪恶，
至今人间仍将一派虚伪，
我不愿在世上生活。
何时世界遭毁灭并重新建立，
何时小麦有如森林中的核桃，
何时野蔷薇的果实成为粮食，

① 即基督登山变容节，亦译主显圣容节。

那时我的日子便将来到——
那一天我将从这里出去！”

牧人离去，
山岩重又移动，合成一体。
人们说，每逢星期五
悬崖上有泉水缓缓流淌，
那水是从宝马贾拉利那儿流出，
并说每逢星期五过路人
都能听到宝马贾拉利的嘶鸣声。

我们伟大的祖先
我们至诚至笃四十次怀念!
萨纳萨尔和他的兄弟巴格达萨尔
　我们至诚至笃四十次怀念!
大姆格尔
　我们至诚至笃四十次怀念!
你,心爱的大卫
　我们至诚至笃四十次怀念!
小姆格尔
　我们至诚至笃四十次怀念!
我们至诚至笃一千次怀念
　伟大的萨逊人的家乡!
我们至诚至笃一千次怀念
将此民间故事转述给我们的
睿智老人、讲故事大师!

图书在版编目 (CIP) 数据

萨逊的大卫 /（亚美尼亚）佚名著 ；严永兴译 . — 南京 ：译林出版社，2018.12

（世界英雄史诗译丛）

ISBN 978-7-5447-7633-2

I. ①萨… II. ①佚…②严… III. ①英雄史诗 – 亚美尼亚 – 中世纪 IV. ① I369.23

中国版本图书馆 CIP 数据核字 (2018) 第 283563 号

萨逊的大卫 ［亚美尼亚］佚名／著 严永兴／译

责任编辑 冯一兵 张 睿
装帧设计 韦 枫
校 对 季林巧
责任印制 颜 亮

出版发行 译林出版社
地 址 南京市湖南路1号A楼
邮 箱 yilin@yilin.com
网 址 www.yilin.com
市场热线 025-86633278
排 版 南京展望文化发展有限公司
印 刷 江苏凤凰新华印务有限公司
开 本 850 毫米 × 1168 毫米 1/32
印 张 17
插 页 4
版 次 2018年12月第1版 2018年12月第1次印刷
书 号 ISBN 978-7-5447-7633-2
定 价 118.00元